本书受到云南省哲学社会科学学术著作出版专项经费资助

此书的出版还得到"云南艺术学院博士点建设经费"的资助

云南少数民族史诗歌谣中女性形象的认同构建

曾　静◎著

中国社会科学出版社

图书在版编目(CIP)数据

云南少数民族史诗歌谣中女性形象的认同构建/曾静著.—北京：中国社会科学出版社，2014.4

ISBN 978 - 7 - 5161 - 4194 - 6

Ⅰ.①云…　Ⅱ.①曾…　Ⅲ.①少数民族—史诗—女性—人物形象—文学研究—云南省　Ⅳ.①I207.22

中国版本图书馆 CIP 数据核字(2014)第 078124 号

出 版 人	赵剑英
责任编辑	郭　鹏
责任校对	王丹卉
责任印制	戴　宽

出　　版	中国社会科学出版社
社　　址	北京鼓楼西大街甲 158 号（邮编100720）
网　　址	http://www.csspw.cn
	中文域名:中国社科网　　010 - 64070619
发 行 部	010 - 84083685
门 市 部	010 - 84029450
经　　销	新华书店及其他书店

印刷装订	环球印刷(北京)有限公司
版　　次	2014 年 4 月第 1 版
印　　次	2014 年 4 月第 1 次印刷

开　　本	710×1000　1/16
印　　张	13.25
字　　数	223 千字
定　　价	48.00 元

目　录

导　言

　　在"云南少数民族史诗歌谣"中，女性形象从未远离人们关于信仰、人欲，甚至宇宙自然规律的思考。本书主要以《中国歌谣集成·云南卷》（上、下）和《云南民族口传非物质文化遗产总目提要·史诗歌谣卷》（上、下）为文本基础和线索，来描绘云南少数民族创世史诗、创世古歌、叙事长诗及其歌谣中较为突出的女性形象，分析其中所隐含的性别话语运作及其美学意义。近年来，国内女性主义文学批评主要以现当代小说为分析重镇，详解其中的女性形象与特定意识形态之间的关系，当代少数民族作家文学也部分进入其研究范围，但口头非物质文化遗产中的女性形象却并未得到较多关注。尤其，以"认同"作为一个理论分析范畴来对口头文学中的女性形象进行系统研究的著述并不多见。"'认同'乃是文学研究和文化研究中最迫切——也是最具争议性的问题之一。近二十年来，从后殖民研究和族群研究到女性主义和怪异理论各领域中，认同一直是精神分析批评、后结构主义批评和文化唯物主义批评论争的焦点问题。"① 本书欲借"认同"这一理论分析范畴，除了展示出史诗、叙事长诗等典范传唱如何建构女性形象的集体认同外，还将分析妇女在自我吟唱中如何表述自我认同，及其二者之间叠合差异的情况。并且，本书将从中观察其性别话语陈述如何寄寓于一些更基本的审美元陈述中，以及深入解读性别隐喻中所蕴含的文化意义等。

　　"云南少数民族史诗歌谣"的提法其实包括了云南少数民族的创世史诗、创世古歌、叙事长诗等传唱典范，以及情歌、生活歌、劳动歌、

---

① Paula M. L. Moya and Michael R. Hames-Garcia, eds. , *Reclaiming Identity*: *Realist Theory and the Predicament of Postmodernism*, Berkeley: University of California Press, 2000, P. 1.

儿歌等篇幅较短的歌谣。《中国歌谣集成》将具有代表性的云南少数民族史诗、叙事诗收入其歌谣集，而《云南民族口传非物质文化遗产总目提要·史诗歌谣卷》也将史诗、叙事诗、叙事歌和情歌、生活歌、劳动歌、儿歌等篇幅较短的歌谣合编为一卷，并命名为"史诗歌谣卷"。本书援引这一做法，所谓"云南少数民族史诗歌谣"其实包含了上述不同的民间文学形式，下文不再赘述。《中国歌谣集成·云南卷》（上、下）收录了中华人民共和国建立直至20世纪90年代以来的全国民间文学普查中较有代表性的云南少数民族歌谣，集云南少数民族口传歌谣之大成，为本论文的研究和分析提供了丰富的资料。而《云南民族口传非物质遗产总目提要·史诗歌谣卷》（上、下）则收录了新中国成立以来云南各民族具有代表性的史诗、叙事歌谣和歌谣4958项，为本书提供了较好的文本线索。而且，经过查阅和对比其他文学集成①，发现创世史诗、创世古歌和叙事长诗中包含了大量神话和传说的要素，既具有诗歌的形式，又包容了其他文体中具有代表性的典型人物形象、故事情节和细节内容，因此是研究各少数民族女性形象集体表述的较好对象。不单如此，这两套丛书中所收录的大量少数民族妇女自我吟唱的歌谣，也为对比、分析女性形象认同的集体表述与自我表述之间的关系提供了一个较好的结构性框架。

　　在把"云南少数民族史诗歌谣"当成是可靠的"真实"来阅读之前，人们可能首先需要学会把它当作是一种虚拟的话语建构，即把它当作历史的想象而不是历史的事实来看待。当然，本书仍然会结合一些有关云南少数民族妇女真实生活的学术成果，以期待展现出文学的虚拟性建构与权力话语运行变化之间的关系。同时，妇女口头文学歌谣尽管经过了文人的搜集整理，但仍然在很大程度上保留了妇女原汁原味的自我表达。而这种女性自我表述，则将成为描述女性自我认同的重要的美学资料。本书期待在以集体表述为主的女性形象和以女性自我表述为主的女性形象之间，折射出云南少数民族史诗歌谣中女性形象的认同和社会

---

　　① 经查阅和对比同一套丛书中的不同集成卷，即《中国歌谣集成》和《中国民间故事集成》，《云南民族口传非物质文化遗产总目提要》的《史诗歌谣卷》、《神话传说卷》和《民间故事卷》。

意识形态话语之间的微妙关系。既要在文学性中洞见话语权力的运作，也要在话语权力运作之中欣赏其文学性。因为，即使是最极端的他者的男性化幻想也源自于社会现实，而且可以反过来影响社会实践。性别认同所裹挟的复杂性，使得该论题的探讨显现出充分的必要性。

　　"云南少数民族史诗歌谣中女性形象的认同构建"其实包含着三个阐述的重点："云南少数民族史诗歌谣"确定了论题特定的构成材料和阅读范围；"女性形象"是论题围绕的研究对象；"认同"是论题的最终归属。"材料"、"对象"与"归属"是展开论述的重要内容。而在正式进入论述之前，导言主要从以下几个部分为本书的论述奠定理论基础：第一节主要是对女性主义理论中关于认同研究的综述，体现本论题的研究价值意义；第二节主要阐明研究女性形象认同的两个重要维度，以及女性形象认同所包含的内涵；第三节主要介绍本书的研究方法和主要框架，以进一步推进对云南少数民族女性形象的认同研究。

第一节　女性主义理论中关于认同的研究综述

　　"认同"，英文 identity，最早是个哲学问题，被用来说明思维与存在之间的同一，其基本含义为"在物质、成分、特质和属性上存有的同一的性质或者状态；绝对或本质的同一"。① 其核心内涵即"同一性"，在不同的使用语境中有所具化：在逻辑学研究中，重在两个或更多在三段论中不可改变的真值；在心理学研究中，往往指的是个体对于自我的追问和个体自我意识的确认；② 在社会学研究中，常常指的是群体确认自己特定社会身份地位的一致性和延续性，如性别、阶级和种族等。自弗洛伊德以来，精神分析学将 identity （在心理学里被很好地译作"自我认同"）作为自我意识产生的重要机制，尤其是埃里克森的《同一性：青年与危机》一书使得"自我认同"成为日常生活中一个驰名的问题。"我是谁"，"我们是谁"的追问，逐渐被埃里克森及其他学

　　① James A. H. Murray, Henry Bradley, W. A. Craigie and C. T. Onions, eds. , *The Oxford English Dictionary*, *Vol. VII*, Oxford: Clarendon Press, 1989, p. 620.
　　② 参见周宪《文学与认同》，见《文学评论》2006 年第 6 期。

者广泛运用于社会、历史、政治、文化等领域的研究,① 也就是人们对某些事物、群体、自我产生感性或理性的认定与赞同,进而化为身份、知性与生命的一部分。

对于女性主义来说,"女人(作为群体的女人)是什么"、"我(作为个体的女人)是谁"的追问,同样伴随着其理论的发展并成为其核心关注的问题之一。尽管"认同"是个晚近的命题,但回顾西方女性主义的发展历程,一系列运动、潮流、论争和理论都在某种程度上与女性的性别认同有关。从18世纪末19世纪初争取选举权、财产权的第一次西方女性主义运动到20世纪60年代影响深远的西方女性主义运动的第二次浪潮,再到当代的多元女性主义……关于女性身份的界定和建构既是女性主义理论的起点,同时也是女性主义理论批判和反思的重心。同时,无论是"男权制与性别塑造"、"女性文学与女性意识",还是"女性创作与女性的身体话语"、"后殖民女性主义与身份认同"等等女性主义文学命题,无一不可从认同的角度再次得到新的审视和阐发。

女性的认同建构,从客观上来说,主要强调女性人格统合和一贯性;从主观上讲,则是指女性对自身的确信(或感觉),这个确信中包含着周围人对其一贯性和连续性的承认的确信(或感觉)②。"同一性"是进行女性身份认同研究的基点,但主客观之分以及自我认同中的层面交叉,决定了关于性别认同研究的角度是复杂的。而由于寻求认同内涵和依据的角度不一,也使得女性主义文艺理论自身呈现出不同的特点。以笔者之见,可以归纳为四种角度:

第一种角度:以18世纪末到19世纪初的女权主义运动为代表,这一阶段女性的身份认同建立在对妇女所遭受的共同压迫和共同任务的认知上,并跨域了民族、文化、阶级、地域、职业等边界形成了"妇女"这一概念的一致性表达。启蒙思想为女性主义运动提供关于平等、自由、公平的现代政治理想,也为形成作为整体的妇女(women)身份提供了依据。在启蒙主义理想的召唤下,法国奥伦比·德·古日的《女

---

① 参见何言宏《中国书写—当代知识分子写作与现代性问题》,中央编译出版社2002年版,第75页。

② 参见陈映芳《在角色与非角色之间——中国的青年文化》,江苏人民出版社2002年版,第97—98页。

权宣言》、英国玛丽·沃尔斯通克拉夫特的《女权辩护》以及美国伊利莎白·斯坦顿三位女性起草的《权力和意见宣言》，均围绕着妇女"被压迫"的"社会共相"展开：比如经济上男性掌握财产继承而女性不掌握；社会上男性主要占据公共空间而女性退守家庭；政治上男性主导社会话语而女性处于失语状态等。这些关于妇女社会地位共相的描述和表达，有力地支撑着妇女是"受压制"、"被压迫"的群体和处于整个社会从属地位的普遍性观点。因而，"妇女"指的是"在同传统男人进行不可避免的抗争中的妇女，是指必须被唤醒并恢复她们的历史意义的世界性妇女。"① 而这一观点在不同社会、不同民族地域的扩展和传播也促进了关于"妇女"范畴的形成。在中国，20 世纪初的新文化运动推动了妇女地位的大论战。陈独秀在《青年杂志》第 1 卷 5 号发表的《一九一六》中指出："全体人类中，男子征服者也，女子被征服者也"，并向社会发出了"尊重个人独立自主之人格，勿为他人之附属品"的呼吁。② 随后的"五四"运动进一步推动了妇女独立之品格的新文化追求。中华人民共和国更以"男女平等"的政治宣言，将妇女解放事业推到了社会实践和研究的中心。

"妇女"范畴由此被设定为一个稳定的、普遍的以及可以界定的同一体，并以此来区分男人和女人的基本差异。正如弗吉尼亚·沃尔夫所说："作为一个女人，我没有祖国。作为一个女人，我不想要祖国。作为一个女人，我的祖国是整个世界。"③ 当然，这一范畴遭到了后现代女性主义的质疑：首先，"妇女"这一概念过于宽泛，超越民族、文化、阶级、地域、职业的妇女从根本上来说仍然是本质主义的，这一独立整体并不存在，而是分散在每一个具体家庭中；其次，这种认同将男女生理的二元对立扩展到政治上的二元对立，以二元对立来强势塑造对女性的认同建构，从而使其理论诉求过于尖锐化；再次，作为将"妇

---

①　［法］埃莱娜·西苏：《美杜莎的笑声》，见张京媛主编《当代女性主义文学批评》，北京大学出版社 1992 年版，第 188 页。

②　中国社会科学院近代史研究所编：《五四运动文选》，生活·读书·新知三联书店 1979 年版，第 10 页。

③　［英］弗吉尼亚·伍尔芙：《三块金币》，见陈顺馨、戴锦华编《妇女、民族与女性主义》，中央编译出版社 2004 年版，第 85 页。

女"（同一体）维系起来的"妇女解放"，所要求的"平等"是与男性一样的"平等"，须在男人的认同中求证自己的价值，这样就带来了对两性实存差异的无视，而将自身的身份认同构建断送在宽泛的人权要求之中。总体说来，"妇女"这一范畴是从"功能"的角度来建构女性的性别认同，它建立了一个关于性别平等、妇女解放的共同政治理想，并试图以此来有效地整合来自不同国家、不同民族、不同身份地位的人们对于"妇女"的认同。

第二种角度：主要以20世纪初到20世纪60、70年代的女性主义理论和文学批评为代表，该时期的女性性别认同研究以"反本质主义"为其主要特征，即解构西方传统文化中被"客体化"、"他者化"的女性同一性。其中，三位女性主义前驱对于女性的身份认同研究有着重大影响：（法）西蒙那·德·波伏瓦、（美）贝蒂·弗里丹和（美）凯特·米勒特。1949年，法国的西蒙娜·德·波伏瓦发表了被誉为女性主义批评"圣经"的《第二性》。她谈到：

> 定义和区分女人的参照物是男人，而定义和区分男人的参照物却不是女人。她是附属的人，是同主要者（the essential）相对立的次要者（the inessential）。他是主体（the Subject），是绝对（the Absolute），而她则是他者（the Other）。①

波伏娃将基于生理划分的性别规定性 sex，与基于社会认定的气质属相的 gender 区分出来，并对西方传统女性的人格模式进行了批判，指出男性的身份认同是通过对立、否定女性来完成的，而女性 gender 则是作为男性的"他者"被建构起来的。在性别的认同结构中，男性是界定者，而女性是被界定者，女性需要通过男性的界定去界定自身，"一个人之为女人，与其说是'天生的'，不如说是'形成的'。没有任何生理上、心理上或经济上的定名，能决断女人在社会中的地位，而是

---

① ［法］西蒙娜·德·波伏娃：《第二性》（全译本），陶铁柱译，中国书籍出版社1998年，"作者序"第11页。

人类文化之整体，产生着这居于男性与无性中的所谓'女性'。① 作为
女性问题研究的奠基者，尽管波伏瓦并没有直接探讨女性的性别和身份
认同问题，但显然，这种女性作为男性的"他者"的基本定位，已经
为女性性别和身份的归属、群体特征及其存在问题建立了深厚的"反
本质主义"基础。之后，在贝蒂·弗里丹的《女性的奥秘》（1963）和
凯特·米勒特的《性政治》（1970）两部著作中，都对来自社会、历史
中所形成的"女性"的性别特质展开批驳，对西方哲学、历史、文化
中有关妇女的历史性偏见进行了强有力的批判。在她们的影响下，从
20 世纪 60 年代到 70 年代，女性主义文学批评着重从"反本质主义"
的角度出发，针对西方文学作品中的妇女形象，分析清理了"经典"
的男性文学中对于女性形象的歪曲性表现，并指出其身份认同建构过
程。② 其中，以理想型和反理想型的形象对比分析较为常见：以"天
使"为代表的理想化形象，它模糊了妇女的真实和社会情况，引诱妇
女们在虚假的神话中寻求慰藉；以"妖妇"为代表的丑化形象则夸大
虚构了丑恶的女性形象，以达到惩戒和警示女性的作用，让女性自觉选
择符合男性标准的"仙女"形象。女性主义对传统的男性视角进行了
颠覆和反叛，其影响遍布世界各地，取得了丰硕的成果。

　　社会文化中形成的女性同一性的想象，反映的是一个民族关于性别
的历史经验和共有的性别符码，这种经验和符码为女性的性别和身份认
同在历史变化中提供了"稳定、不变和连续的指涉和意义框架。"③ 波
伏娃开启的"反本质主义"的身份建构论，就是要拆解从客观上形成
的稳定、不变的关于女性性别和身份认同的指涉和意义框架。在这种虚
假的女性性别和身份认同中，女性被纳入主客二元对立象征秩序之内，
并被贬到了这一秩序的客体化、边缘化位置，既"内在"又"外在"
于男性社会，既是被浪漫主义理想化的成员，又是被边缘的受害者。进
而，彻底的解构女性主义者认为不存在任何关于女性的范畴。在解构完

　　① ［法］西蒙·波娃：《第二性——女人》序言一，桑竹影、南珊译，湖南文艺出版社
1986 年版，第 9 页。国内一些学者也译为"西蒙娜·德·波伏娃"。
　　② 参见张岩冰《女权主义文论》，山东教育出版社 1998 年版，第 30 页。
　　③ ［英］斯图亚特·霍尔：《文化身份与族裔散居》，见罗钢、刘象愚主编《文化研究
读本》，中国社会科学出版社 2000 年版，第 209 页。

男性制造和维持权力话语的女性形象后，女性主义者回避一切对女性性别和身份认同的回答。茱莉亚·克里斯多娃说："女性主义的实践只能是否定的，同已经存在的事物不相妥协。我们可以说'这个不是'和'那个不是'。"① 然而必须予以指出的是，漫无边际的解构主义在为她们抨击一切从属模式提供方法论依据的同时，却也使得女性主义者陷入了身份认同无家可归以及公共领域缺乏的意义碎片世界。它以"否定"的方式为女性认同确立了认同的边界，即女性主义者可以清楚地回答"什么不是真正的女性"，但却很难回答或者拒绝回答——"什么是真正的女性"或者说"女性如何可能"的问题。因此，女性主义批评家们很快从对男性文本的颠覆性阅读转向了对妇女文学创作主体的研究和对"妇女文学传统"的寻找上。

第三种角度：20世纪70年代中期以后，女性主义文学批评主要致力于通过寻找或者书写"妇女文学传统"来建构女性的自我认同。如果说解构女性主义理论之功在于对"他者"的批判上，那么这一时期寻找"妇女文学传统"则将女性的身份认同建立在对"自我"的发现上。早在1929年，弗吉尼亚·伍尔夫就在其论著《一间自己的屋子》中表述了建立妇女文学传统的重要性，她认为存在着女性文学传统，只是由于男权制的压迫而使得这一传统在文学史的长河中隐而不见或者很不明显。在伍尔夫的启示下，众多挖掘各国和各历史时期女性文学传统的代表性论著诞生。② 其中，肖尔瓦特提出了女性亚文化的观点，认为寻找或者建立女性文学传统的基点，是女性共同的心理和生理体验。这种不同于男性的共同体验可以使妇女紧紧团结在一起，形成一种非自觉的文化上的一贯性。她谈到：

　　　　对于英国妇女来说，女性亚文化群首先产生于一种共同的、不

---

① Julia Kristeva, Woman Can Never Be Defined, in E. Marks and I. Courtivron eds., *New French Feminisms*, New York: Schocken Books, 1981, p. 137.

② 比如帕特里夏·迈耶·斯帕克斯的《女性的想象：一部对妇女作品的文学和心理的考察》（1975）、詹·卡普兰的《现代英国小说中的女性意识》（1975）、艾伦·莫尔的《文学妇女》（1976）、肖尔瓦特的《她们自己的文学》（1977）及桑德拉·吉尔伯特和苏珊·格巴合著的《阁楼上的疯女人》（1979）等。（参见林树明《多维视野中的女性主义文学批评》，中国社会科学出版社2004年版，第37页。）

断变得羞羞答答的和仪式化了的身体体验。发育、来月经、性欲的萌动、怀孕、生育和绝经——整个女性性生活系统——形成一种必须隐瞒起来的生活习惯。尽管这些情节不能公开讨论和承认，却伴随着极为复杂的程序和学问，伴随着客观的方式方法，伴随着女性团结一致的强烈感情。女作家们正是靠她们扮演过女儿、妻子、母亲这样的角色统一起来，正是因为法律和经济对其变动性的限制使之统一。有时，她们围绕一个政治原因用更直接的方式统一起来。①

肖尔瓦特表现出了探求女性传统"一致性"的热情，企图为女性的性别和身份认同建构共同的"原发性"来源。这种原发的女性身体体验，引导着女性主义文学批评投入到寻找同一性传统的过程中。这启发了一些女性主义者从女性的生理成长过程来认识女性的性别和身份认同。如吉尔伯特和格巴合著的《阁楼上的疯女人》（1979）就将女性写作视为建构"女性自我意识"的重要途径，认为西方女作家在主题、意象及象征上呈现出某种一致性——"疯狂"——正是女作家反叛冲动的"重像"，真正的女性自我意识就寓于其中。如果说，肖尔瓦特着重的是一种女性身份认同从无到有的历史建构，那么吉尔伯特和格巴则试图进一步找出使得这种女性性别和身份认同得以成立的内在一致性。② 这对围绕着性别而发展起来的"激进女性主义"颇具影响力，后者则从更极端的角度来推进这一女性自我的强势认同。③

激进女性主义偏激地强调一种女性生物主义，将妇女的优点归结为生理属性而非文化和历史的塑性。比如南西·乔多罗提出女性自我身份的确立是建立在与母亲分裂的基础上。母女关系被乔多罗称为"延长的依存关系"和"自恋式的过分认同"。男性由于与母亲的性别差异而可以彻底完成与母亲的依存关系，从而获得自主独立意识；而女性却由于和母亲无性别差异，而无法与其完全割裂从而无法获得完全的自主

---

① Elaine Showalter, *A Literature of Their own*, Princeton, NJ: Princeton University Press, 1977, p. 15.

② 参见盛宁《二十世纪美国文论》，北京大学出版社 1994 年版，第 218 页。

③ 激进女性主义的代表作主要包括格里尔的《女太监》、摩根的《女人的起源》、米利特的《性的政治》、戴利的《在圣父之外》等。

性，因此女性独立意识的确立必须建立在与母亲关系割裂的基础上，否则所形成是对母女关系的认同。① 这种观点依赖于一个未经考证的预设：认同必定会转变成与母亲和他人的关联，并且把女性自我认同的危机归结于与母亲的性别一致，势必导致母亲和女儿关系的对立——但这并不符合事实。至于露丝·依利格瑞则提出以"女人腔"，在女性喋喋不休的感叹、半句话和隐秘中体现出"另一种意义"，这种言论不能被定义为任何东西，是一种流动的状态。② 这其实是从女性的生理结构出发来建构一种完全属于女性的东西，与埃莱娜·西苏的"用肉体讲真话"③ 极为相似。她们都力图以与女性身体相关的女性气质④来整合女性的认同，认为女性是在主体和客体分离前就以某种完整性承担着人的类特性的统一体。但这一提法未能成为妇女解放的有效策略，因为这是"以某一普遍化的、同质化的趋势把所有妇女淹没在'女人'的范畴下"。⑤

这一阶段的女性主义者对待女性性别和身份认同的态度是积极的，她们致力于把女人的"阴性"气质转化为女性的本真性，将其建构为一种女性自我的强势认同。从认同的客观角度来讲，她们强调中断与男性象征秩序的关联，在妇女文学传统中找寻一贯性，并以此作为整合女性性别和身份认同的依据；从认同的主观角度来讲，她们强调拒绝男性中心文化中的女性性别符号、形象和意义，让女性自身写作，在写作中体验女性"原发"的生理和心理经验，并以此来形成"主体"意识，

---

① 参见蒋欣欣《西方女性主义理论中的"身份/认同"》，见《文艺理论与批评》2006年第 1 期。

② 参见张岩冰《女权主义文论》，山东教育出版社 1998 年版，第 126 页。

③ ［法］埃莱娜·西苏：《美杜莎的笑声》，见张京媛主编《当代女性主义文学批评》，北京大学出版社 1992 年版，第 195—202 页。

④ 与女性身体相关的女性气质，伍尔芙提出了"双性同体"理论，认为这一状态是女性最佳写作状态，是消弭两性冲突的方法。该理论在女性主义内部引起了争论，伊莱恩·肖尔瓦特就认为双性同体理论是对女性自身独特经验的压抑，将性别差异中和为一种特定的性别体系，因而不承认这一性别体系的存在。而埃莱娜·西苏则响应了伍尔芙的理论，从消除男女二元对立的意义上来阐发双性同体，认为双性对于每个人来说都存在，只是其明显与坚决的程度是多种多样的。由于男性处于主导地位并为了维持统治地位而拒绝双性化，而女性则更具有双性同体的包容性。这一理论被其他女性主义者进一步发挥，比如露丝·依赖利格瑞就曾描述女性身体的特殊构造如何缝合两性差异，并将其上升为一种神性。

⑤ Diana Fuss, *Essentially Speaking: Feminism, Nature and Difference*, New York: Routledge, 1989, p. 68.

从而有效地建构自我认同。与解构主义中女性意识无一不处于客体化、他者化相比，这种自我认同方式将以往的负载型认同转化为正面型认同，比如"把妇女的被动无力重新评价为'爱好和平'，把她的情感形容为'自然的倾向'，她的主观性便成为了'增强了的意识'"。①遗憾的是，从波伏娃开启的对女性的性别和身份认同的本质主义的批判，到了这一阶段却又陷入新的本质主义怪圈。尤其是，这种"升级"的本质主义将女性的性别和身份认同建构回归到女性独特生理体验上，其充满隐喻、别出心裁甚至超越于语言的神秘性感受令人费解，同时也就很大程度地限制了这类研究的深度。因为，这种认同建构在形成与男性绝对差异的同时，也在现实中杜绝了女性进入广阔公共领域并获得更多社会认同的可能。

第四种角度：自 20 世纪 80、90 年代以来，在全球多元文化主义（multiculturalism）的影响下，女性的性别和身份认同研究从构筑宏观的女性身份一贯性逐渐转向"多元主体"的女性身份认同。后现代女性主义者佳娅特丽·斯皮瓦克、琼·司各特、伊莱尔·肖尔瓦特等，主张"女性"范畴要通过主体经验实践后再理论化，致力于探究一种既不陷入本质主义，也不游离于本质论框架边缘的性别主体的理论。这一走向，主张将女性的性别范畴回归于现实的社会身份中，在具体的阶级、种族、族群，以及各种学科中研究女性性别。其中，在以这种理论来具体解释女性性别和身份认同建构的理论中，黑人女性主义、第三世界女性主义比较有代表性。以贝尔·胡克斯为代表的黑人女性主义者在其《女权主义理论：从边缘到中心》著作中谈到：

> 女权主义对妇女命运的分析倾向于把焦点仅仅集中在性别问题上而没有为建立女权主义理论提供一个坚实的基础。她们反映了在西方父权统治者头脑中的统治倾向，即掩盖女性现实状况的真相，坚持认为性别是决定女性命运的惟一决定因素……黑人妇女认识到自己处于边缘这一点给我们带来的优势并且利用这一点去批评占统治地位的种族主义、阶级主义和性别主义霸权，同时展望和进行反

---

① 张京媛主编：《当代女性主义文学批评》，北京大学出版社 1992 年版，第 12 页。

霸权活动，这一点在持续发展的女权斗争中是至关重要的。①

贝尔·胡克斯从"妇女"这个大范畴中提出了"黑人妇女"这个亚范畴，并以此来整合出一个更具体、更具地方性的概念。由此，欧美女性主义只关注了那些"经过精心选择的受过大众教育的、中上阶级的、已婚的白人妇女的状况——她们是厌倦了休闲、家庭、孩子和购物，对生活有更高要求的家庭妇女"②，而忽略了非白人的处于贫困之中的劳动妇女。与白人妇女相比，黑人妇女深受三重压迫，一重来自阶级和殖民统治下的种族压迫，一重来自种族内部的阶级压迫，还有就是来自种族内部的性别压迫。而西方主流女性主义则忽视了这一处于边缘之边缘的群体的存在，而将欧美妇女当作是全世界妇女，把所找寻的自身文化传统当作是全世界妇女的文化传统。黑人女性主义则正好弥补了这一宏观视角，而将性别认同范畴的主体维度更加细化，并进一步建构了黑人妇女文学中共同的主题意象：比如根茎、挖草药、念咒祈祷、当接生婆等等，③ 以期呈现出集美国黑人群体经验于一身的主体意象，帮助黑人女性主体体现出历史的、文化的自我。与此类似的观点还有第三世界女性主义。由于受后殖民主义文化批评的影响，女性主义者着重阐述了所谓的"女性"和"第三世界女性"在话语上被殖民化和同质化的情况。无论是佳亚特里·斯皮瓦克还是钱德拉·塔尔帕德·莫汉蒂都曾开宗明义地指出，第三世界妇女是一个特殊的、独一无二的主体产生的过程，④ 并且注意到在西方注视下的其他种族的妇女被看成抹平了文化历史和政治经济特殊语境的一个同质的群体时的身份问题。因此，这就不仅要追问"我是谁"这一个体存在本体论问题，而且要弄清楚"其他的女性是谁"这一社会存在本体论问题。⑤总的说来，"多元主

---

① ［美］贝尔·胡克斯：《女权主义理论：从边缘到中心》，晓征、平林译，江苏人民出版社 2001 年版，第 18—20 页。

② 同上书，第 1 页。

③ 参见 ［美］芭芭拉·史密斯《黑人女性主义评论的萌芽》，见张京媛《当代女性主义文学批评》，北京大学出版社 1992 年版，第 107—108 页。

④ 参见 ［美］钱德拉·塔尔帕德·莫汉蒂《在西方的注视下：女性主义与殖民话语》，见罗钢、刘象愚主编《后殖民主义文化理论》，中国社会科学出版社 1999 年版，第 415 页。

⑤ 参见王岳川《二十世纪西方哲性诗学》，北京大学出版社 1999 年版，第 500 页。

体"的女性主义重视在多种文化霸权主义中不同女性群体失语的问题,认为不存在一个内涵一致、固定不变的妇女统一体,而存在着千差万别的具体女性形态。在女性的身份认同建构中,因而应该用差别化、具体化的身份批评来补充和发展单一的性别批评。这对于女性的性别和身份认同建构来说,可以归结为一种"多元的策略本质论",即避免从生理上界定"女性"的本质论,也避免否定一切具体历史语境中的妇女存在,而将"女性"置于一个亚群体的范围中,结合其历史条件来定义女性,无疑是极富理论启发意义的。

当然,莫汉蒂同时也指出,一些西方女性主义者以话语方式把第三世界妇女的异质性殖民化了,生产出了一个新的想象的"第三世界女性"。这一群体的存在,与现实、历史中的实体妇女的存在是否是同质性的,这是一个很大的疑问。这样的话语建构实质上导致了一种"第三世界妇女"与全世界"妇女"范畴一样的、简约性的、同质性的建构,只是以地域性掩盖了其简约的同质性建构,并潜藏着来自欧美女性自身种族中心主义的意识形态。① 因此,不管是黑人女性主义还是第三世界妇女主义,在对其研究中时刻要警醒的是,不仅要弄清楚"她们如何被命名",还要弄清楚"她们如何命名自身",以及"她们如何命名其他女性"这一主体性和主体间性的问题。②

总体来说,女性主义理论中关于认同的研究历经了女权运动中以政治"功能"整合的世界"妇女"认同,到解构所有"妇女"本质的"边界性"确立,再到以"原发性"女性主体意识来建构认同,最后到细化的社会身份的"多元主体"女性身份认同,这已经从男女主客二元对立模式来界定女性的同一,发展成为关注不同阶级、族裔以及性取向的策略式认同。毫无疑问,研究者们将女性的认同建构与其他意识形态交织在一起审视的诸多方式,为我们理解女性是如何生成这一根本问题提供了多种途径和多种视角。

女性主义传播到中国,对我国女性文学研究影响较大的,主要是:

---

① 参见［美］钱德拉·塔尔帕德·莫汉蒂《在西方的注视下:女性主义与殖民话语》,见罗钢、刘象愚主编:《后殖民主义文化理论》,中国社会科学出版社 1999 年版,第 417 页。

② 参见王岳川《二十世纪西方哲性诗学》,北京大学出版社 1999 年版,第 501 页。

贝蒂·弗里丹、西蒙·波伏娃的"解构主义"和弗吉尼亚·伍尔夫、埃莱娜·肖瓦尔特的女性写作理论。结合这两种理论，国内的女性主义研究者在女性文学形象批评方面取得了很多成果。较有代表性的如孙邵先的《女性主义文学》（1987），李小江的《夏娃的探索》（1988），乔以钢的《中国女性的文学世界》（1993 年），刘慧英的《走出男权传统的樊篱：文学中男权意识的批评》（1995）等等。在这些文本的解析中，学者们对才子佳人的女性形象、忠贞守节的女性形象、被社会解放的女性形象进行了深入阐释和解析。同时，追随 20 世纪 80 年代中后期强调人的主体性的新启蒙思潮，学者们主要从启蒙的立场来建构女性自身的文学史并解析女性的社会身份。在文本选择上，重点则放在了"浮出历史地表"的现当代汉族女性作家文学上，将女性的认同建构重点聚焦在女性内心世界的深入探析上，其中又以刘思谦的《娜拉的演说——中国现代女作家心路历程》（1993），徐坤的《女性意识与女性写作》、《共和国文学五十年》（1999）、李玲的《中国现代文学的性别意识》（2002）、孟悦、戴锦华的《浮出历史地表：现代妇女文学研究》（2004）等较有代表性。在这些论著中，绝大部分以具有较为鲜明的中国本土化概念的"女性意识"① 为标准，肯定"五四"时期与新时期的女性文学，肯定远离主流意识形态的女作家（如前期丁玲、张爱玲、梅娘、沉樱、苏青以及当代的"躯体写作"者②），以女性的主体性来反抗政治化的宏大叙事。③

当然，20 世纪 90 年代以来，随着社会性别理论的引进，使得国内

---

① 20 世纪 80 年代以来我国学术界集中探讨"女性意识"的较有代表性的理论文章有：朱虹：《美国当前的"妇女文学"——〈美国女作家作品选〉序》，见《世界文学》1981 年第 4 期；程文超：《新时期女作家创作的情感历程与时代意识》，见《批评家》1987 年第 4 期；吴黛英：《新时期的"女性文学"漫谈》，见《当代文艺思潮》1983 年第 4 期；陈志红：《走向广阔的人生——对新时期"女性文学"的在思考》，见《文艺理论家》1987 年第 2 期；刘思谦：《关于女性文学》，见《文学评论》1993 年第 2 期；刘钊：《女性意识与女性文学批评》，见《妇女研究论丛》2004 年第 6 期等。

② 我国国内以陈染、林白、徐小斌、徐坤、残雪为代表的女作家，也不同程度受到了这种生理主义的影响，她们的小说一样充满了难于言表的女性表述和隐喻。她们都在努力寻找在女性身体上所承载的独特文化意义。当然，在这种理论影响下也有相当一部分的女性写作，从身体写作滑向了器官写作，反而为人所诟病。

③ 参见武新军《近年来女性文学研究思路批判》，见《学术月刊》2006 年第 7 期。

研究者在建构女性主体性和女性性别认同时，更加注重与本土的文学实践相结合。比如乔以钢的《多彩的旋律：中国女性文学主题研究》、林树明的《女性主义文学批评在中国》等。而在具体文本实践方面，出现了一批研究中国古代文化、文学典籍中性别问题的论著。代表作如叶舒宪的《高唐神女与维纳斯》（1997）、苏者聪的《宋代女性文学》（1997）、黄育馥的《京剧·跷和中国的性别关系》（1998）等等。尽管这些著作没有直接谈到女性的性别和身份认同，但在很多文本细节叙述中已就女性认同与传统文化观念展开了关联分析。与此同时，一些海外学者开始关注我国古代的女性创作和女性认同的现代性起源，譬如曼素恩的《缀珍录——十八世纪及其前后的中国妇女》（2005）、白馥兰的《技术与性别——晚期帝制中国的权力经纬》（2006）、周蕾的《妇女与中国现代性》（2008）、胡缨的《翻译的传说——中国新女性的形成（1898—1918）》（2009）……这些已经翻译出版的论著结合多种跨界研究的方法，对中国历史文化中的女性及其微妙地位进行了新的阐释，将女性的认同与妇女广阔的社会生活和特定时代的意识形态联系起来，极富启发性。

　　但就目前而言，从女性主义的角度来研究少数民族女性形象的代表性文章较少，主要还是运用解构主义的方法来单纯分析当代少数民族文学中女性形象，代表性文章有：章立明《女性体验与男权意识——云南当代文学文本中少数民族妇女形象的文化分析》（《思想战线》2001年第2期）；张淑梅《中国北方少数民族民间文学中的女性形象刍议》（《西北民族大学学报》2007年第6期）；王晓丹《云南文学中的少数民族妇女形象》（《文艺理论与批评》2009年第4期）等。而将女性形象与认同直接关联起来研究少数民族文学则更加少见。当然，这尽管为本书研究的开展留下了空间，但也增加了资料搜集以及分析论证的难度。

第二节　云南少数民族史诗歌谣中女性形象认同研究的价值意义

　　女性主义理论中关于认同理论研究的历程表明，不能以本质主义和普适主义的思维方式去界定女性，把女性看成具有同质内涵的不变实体。但是，这一发展历程内部也存在着种种交叉和矛盾。"妇女"范畴确立了关于女性的同质性，以波伏娃为代表的解构主义解构了关于女性的同质性，而女性写作又着力于新建"原发性"女性同质性，但社会身份的多元主体论又质疑所有女性范畴的同质性，主张将"女性"的同质体分解为多个带有前设条件的女性亚同质体。女性主义的认同理论研究本身就在本质主义和反本质主义之间不断徘徊。对于妇女的性别和身份认同到底该持什么态度，如何建构兼具差异与同一的女性认同，以及在社会实践中如何具体运用这一理论，都是当代国内外女性主义研究所面临的难题。

上文已经说明了认同的主客观层面之分以及自我认同中的层面交叉，决定了关于性别认同研究的角度是复杂的。女性的性别认同，从客观上来说，主要强调社会文化对于女性性别不变性和连续性的指认；从主观上讲，则是指女性对自身的确信（或感觉）。而在女性主义理论的认同研究中，这些角度没有得到有效整合，而是往往从单一角度来看待。比如，仅从客观的基点来研究女性在社会文化中的整体形象，往往导致在文本实践中遭遇尴尬。在男性话语占主导地位的生活现实和文学现实中，主体的地位和话语的领地早已被男权制度牢牢占领。众多的女性除去在规定的位置、用被假塑和假冒的形象出现，以被强制的语言说话外，甚至无从浮出历史地表。① 因此，只要支配的同一性依赖于支配，就难于对被支配者谈自我意识。可见，仅从这种角度来建构女性的认同，注定了要走上解构的道路，从而面临自我怀疑的危机。

同样，只从主观的基点来强调女性的自我认同也会遭遇难题。"女性"是作为性别群体意义上的女性，"我们使用性的复数，即阳性与阴性。不是本身即象征两性的单数的性，而是复数的两个性，一如男女两个性别。"② 群体中每项要素并非单独存在，而是互相扭合交融，无法分割。作为群体的女性不能等同于作为各个个体的女人，正像我们不能

---

① 参见孟悦、戴锦华《浮出历史地表——现代妇女文学研究》，中国人民大学出版社2004年版，第22页。

② ［法］珍妮薇·傅蕾丝：《两性的冲突》，邓丽丹译，天津人民出版社2003年版，第30—31页。

把群体性等同于各个个体的相加。"这种丛集（cluster）并非定型的东西，而是活的，虽不同的情况会改变形状与大小"①，任何权力关系的改变，都会对它做出重新构造和安排。作为权力关系运作的思想观念体——意识形态深刻地制约着女性群体自我认同的构建。在此意义上，并不存在独立于社会意识形态之外的女性的自我认同。所谓女性群体的同一性的塑造，与社会意识形态的建构乃是同一过程。而且，社会意识形态中对于女性群体的共识规定往往内化为女性群体对于自身的共识规定。片面地追求女性的自我认同，反而很难得到社会及其主导文化的认可和支持，这样的自我认同同样面临自我怀疑的困境。

对于女性主义而言，女性自我认同的独特性经常被强化、被夸大，并作为其自我的完整性的一种根本，以强调女性认同的排他性，即女性是女性自身元素建设和展示所独立完成的，或者说"女性使得自己成为自己！"当然，在男性话语占据主导地位的社会历史中，这样的自我建构、自我强化、自我认同无疑成了性别文化生存中一种策略性表述。但是，我们一方面在承认这种策略性表述在对抗男性话语中心中的正当性时，另一方面，也应注意到，这种对女性自我强调与强化的表述也会带给所有人一种误解——似乎女性认同可以在女性群体内部独立完成。但事实上，无论从哪个角度来探讨女性的认同，都需要男性这一元性别的衬托，都需要其充当对立面来解读妇女的各种各样的声音。

基于此，假若把女性的自我认同表述与群体文化的集体认同表述对照起来，那么在这二者之间便会出现如下可能：一种是女性的自我认同表述与群体文化的集体表述相重合，即女性的自我认同与女性的社会认同是一致的；一种是女性的自我认同表述与群体文化的集体表述不重合，即女性的自我认同与女性的社会认同不一致；第三种是它们之间既有重合又有差异，即女性的自我认同有时候可能溢出集体表述的系统综合体，而显现出某种超越性。在女性主观表述的自我与客体性的、意识形态所规定的标准正统自我之间存在着断裂。在众多贴着勤劳善良标签的女性形象中，仍然有着自我抒发的欲望和情感的特别形象。事实上的

① 〔美〕伊罗生：《群氓之族：群体认同与政治变迁》，邓伯宸译，广西师范大学出版社2008年版，第64页。

复杂情况并非反驳了集体表述的权威性，反而说明了性别意识形态的整体性和主导影响力。个别、个体的女性的存在和表达，有时是用一个特别的自我表达的本真性来取代集体一致性，把它作为真正的生活现实的精神基础。对于特别的、情欲的、自私的女性的表述虽然揭露了内在的、深刻的人性的真实感情体验，但是很快集体认同就会把这种形象推至极端的特殊性和个别性，甚至妖魔化，主张自我要合乎外部集体文化认同中所规定的女性和女性形象，并把此当作理想的自我。当然，在从一个从母系社会过渡到父系社会的世界背景中，本书并未预设群体文化的集体表述就完全是"男性化"的，而是意图在动态的交互"关系"中来考察女性的认同，从而既可以避免从单一角度建构女性认同的本质主义倾向，又可以较为恰当地将女性主体认同凸显出来，同时还能够将认同的复杂层面呈现出来，从而以包容的逻辑取代性别冲突的对立逻辑。

云南少数民族史诗歌谣恰好为分析女性形象认同中自我与他者、个体与群体之间的交互建构关系，提供了一个结构性的可供对比的框架。具体说来，关于云南史诗歌谣中的女性认同的建构，笔者认为主要包括了以下几个值得关注的层面。

第一，作为集体表述的系统综合体——创世史诗、创世古歌、叙事诗中的女性形象，它们是云南各少数民族传统文化积淀的产物，是本民族文化中关于女性的总体性人物图式。

史诗、古歌、叙事长诗作为一种经典的传唱文本，涉及的主题常常包括历史事件，并在建构一个民族和文化对自己根源或源头方面具有重要的作用。其中，如女性始祖与当地风物地理、时空观念等密切相关，对于形成一种共享同源的女性认同具有重要作用。而且，史诗、叙事诗中的神话色彩、想象色彩以及题材的类型化和成熟性，对于女性认同所产生的实际作用是值得重点分析的。因为"种种形象总是在相互有相当距离的条件下发生作用的，而且常常再度产生并加大这一距离。形象的属性是一个持续变化之过程的结果，该过程掩盖了预先假定的那些差异，没有那些差异，就不会有任何形象，而且即便只是暂时的，它也会将那些差异转变成具有某种属性的一个形象——从某种距离之外加以观察。"① 在充满非现实的想象中，女性形象的表述在何种程度上、在何种意义上如何形成了一贯性，这都是十分有意味的命题。在云南各少数民族史诗、叙事诗中存在着大量关于女性的颇为相似的表述内容，这些表述重复地、循环地出现——在女性的"身体"、"行动"、"角色"等方面形成了一些共同的形象要素。这些形象要素形成了特定的文化编码和"映射图像"，② 为人们提供了关于可被认知的女性角色的符号，和对于某种生活知识来源的解释。通过运用这些熟悉的提示，可以帮助个体在初入文化境地中去领悟原本不熟悉的女性的社会身份地位以及社会文化赋予女性的特质。将云南史诗、古歌、叙事诗中女性形象的典型要素与女性认同相互关联，可以帮助我们较为深入地透析特定文化群体的精神、信仰、美学风格等对于塑造女性形象的作用。我们不能期望在这些形象要素中发现女性自己主体性的迹象，但是对这些形象要素的研究，将说明特定的少数民族群体的集体文化对所谓民族文化的美德的影响，以及它们在当地女性生活中的适当表现。

第二，史诗、古歌叙事歌谣中形成的女性经典人物形象，对于女性形象的认同具有重要的人格模板作用。

尽管云南各少数民族的史诗、叙事长诗在内容和形式上各不相同，但是都会形成各有特色的具有代表性的经典文本，它们通常是长时段中重复性最高的文本。在这些经典文本中，女性典型形象通过不断反复解读和传唱，被一代又一代人建构成一个复杂的"想象共同体"，凝结着人们许许多多共享的体验和观念。那些典范性的女性人物形象，通常都具有一种"人格"模板的作用，对于后代具有人格塑造功能。③ 例如彝族叙事长诗中的"阿诗玛"，白族叙事诗里的"柏洁夫人"，哈尼族叙事歌中的"简收姑娘"，傣族叙事歌中的孔雀公主"喃诺娜"……这些典型人物形象是各少数民族文化塑造女性形象的核心资源。杜芳琴在《中国社会性别的历史文化寻踪》中谈到汉族儒家文化中的女性形象时

---

① ［丹麦］斯文德·埃里克·拉森：《文化对话：形象间的相互影响》，见乐黛云、张辉主编：《文化传递与文学形象》，北京大学出版社 1999 年版，第 209 页。

② 参见［美］约翰·迈尔斯·弗里《口头诗学：帕里—洛德理论》，朝戈金译，社会科学文献出版社 2000 年，"作者中译本前言"第 7 页。

③ 参见周宪《文学与认同》，见《文学评论》2006 年第 6 期。

说："中国没有基督文化中像圣母玛利亚和夏娃那样对比鲜明的象征意义的好女人和坏女人，但有非常世俗的'尊母'和'厌女'的二元对立的文化传统。"① 汉以前以"母仪"价值取向为主，六朝隋唐"尊母"取向与"仇妒"取向并存，而宋代以降以儒家表彰的"忠贞节妇"剧增，而个性生动的神秘主义者的形象和大胆独立的孝女从正史记载中逐渐消退。与之相比，在云南少数民族叙事长诗中却常常可以看到较典型的"好女人"和"坏女人"的形象。其中，模范的好女人往往具有勤劳、美丽、善良、痴情、反抗权贵的特征，而且大部分都走向悲剧的命运和结局。这种悲剧性的文学色彩，使得对于这种典型女性形象的认同产生了一些复杂的审美效果：在由衷钦慕喜爱角色的同时，也对这些美好的人物感到深深的扼腕痛心。对于这些女性形象的认同，也就应该深入到文本的情境中去分析。可以说，在建构女性认同的诸种形式中，最强有力者便是那些由社会制造和保持的不断存在的那些形象，那些"有关过去的形象，通常服务于现存社会秩序的合法化，"② 形塑着我们关于"女性是什么"的过去、现在和未来。

　　第三，大量丰富的由女性吟唱的歌谣，包括情歌、婚嫁歌、生活歌、劳动歌，以及其他风俗歌谣中，彰显着女性的自我认同意识。由于这些歌谣并不像史诗、古歌、叙事诗那样的权威文学体裁具有相对固定的范例，而是散布于妇女的生活之中而更为口语化、随意化、即兴化，因而是了解当地妇女思想、意识和审美观念的宝贵资料。与目前海外文学中重点关注的明清女性作家相比，③ 少数民族妇女大多来自于社会的普通阶层，她们所受的教育，不像后者那样明显远超于普通人，而能够

---

① 杜芳琴：《中国社会性别的历史文化寻踪》，天津社会科学出版社 1998 年版，第 20 页。

② ［美］保罗·康纳顿：《社会如何记忆》，纳日碧力戈译，上海人民出版社 2000 年版，"导言"第 4 页。

③ 明清时期的女性作家 70% 来自于我国中部的沿海地区的名门望族，而且其作品往往是权贵家庭为显示博学的母亲或女儿的成就而刊刻出版的，这些著作女作者都来自于社会顶端的精英阶层，所受教育程度之高远超于当今的很多人。闲适与饱学将她们与明清时期 99.9% 的妇女隔绝开来，其闺秀作品并不能作为了解当时妇女生活世界的完全证据。（参见［美］曼素恩《缀珍录——十八世纪及其前后的中国妇女》，江苏人民出版社 2005 年版，第 4 页。）

真正代表广大的当地女性。云南各少数民族特定的当地社会文化家庭组织形态、男女分工、亲缘关系，形成了不同于汉族的性别社会结构。因而在家庭中谁听命于谁的等级结构、依据性别而决定的资源的分配、男性和女性被配置的生产性角色与再生产角色等，并不像汉族社会中的妇女那样处于森严的宗法等级结构中而难以发出自己的声音。在那些妇女即兴创作的歌谣中，内容和主题比较多元，情感的释放也较为激烈。妇女自我吟唱的歌谣则常常溢出少数民族史诗、古歌、叙事诗中女性形象的图式范围，而表露出女性更丰富的爱恨、悲伤和喜好。而且，大部分少数民族妇女都擅长歌唱。在自由的山歌和日常风俗吟唱中，女性能够扩大和建立女性的交往空间，建立家庭地缘以外的人际关系网络，展示出女性的审美意识。这些歌谣在一定程度上，彰显了女性的自我意识和自主性。同时，也提示我们，女性的认同研究应是一个在被动与自主、无权与有权、压抑与释放之间不断游移的动态过程。妇女作为个体行动者与传统、主流意识形态之间的关系是相互的，[①] 前者同样能够使用自身的主动性去迎合、反对或者利用后者对其的认同，为女性自身的主体发展争取更多空间。

第三节　本书的研究方法及篇章结构

"云南少数民族史诗歌谣中女性形象的认同构建"这一论题决定了方法论的跨学科性和交叉性。而且，以女性为对象的研究"一直深受社会学、历史学、文化学、语言学以及其他社会科学研究的影响"，因而女性文学研究的基本性质"应当是文学的、审美的，而不是其他；它同时又是融合性别视角的，区别于一般文学研究所取的中性的（实际上往往是男性中心的）眼光。但其具体研究的表现形态自当无限丰富，对性别视角的运用方式和程度也尽可不拘一格。"[②] 就本论题的几个核心关键词而言，必然需要在文学、女性学、美学、社会学、民族

---

① 参见徐霄鹰《歌唱与敬神——村镇视野中的客家妇女生活》，广西师范大学出版社2006年版，第270—271页。

② 乔以钢：《论女性文学的学科建设》，见《南开学报》2003年第2期。

学、人类学等等不同领域学科的交汇处进行综合考察。首先，本论题是以
"女性认同"为核心的，因而方法论的重要基点之一就是女性主义，并
且集中地探讨社会性别的认同问题。其次，本论题是具体从"文学形
象"入手来分析女性认同的，因而须从文学话语与意识形态的关系来
分析认同的形成过程，兼顾女性形象认同当中不可或缺的政治性与审美
性。再次，本论题是以"云南少数民族史诗歌谣"为研究范围的，因
而需要借助主题形象研究和叙事学理论等来进行文本细读。

1. 女性主义的社会性别认同理论

将女性主义的社会性别认同理论引入到文学中开展女性形象的认同
研究，以此作为考察和分析的范畴，首先需要将云南少数民族史诗歌谣
中的女性形象的存在形式视为一种具体化的存在。将女性形象视为具体
的种族、民族、阶级和特定生活阶段的存在状态，有利于呈现和还原女
性形象的多样性。正是受到后殖民主义挑战西方白人妇女中心主义视角
的启发，才使得探析云南少数民族口头史诗歌谣中女性形象认同构建的
研究有了可能。"最重要的发展就是最终承认视角的多样差异；同时，
通过重新利用和重新部署主体的位置来呼唤现代主体以某些新的形式的
回归。如此一来，女性不把成为像男人一样的主体，而把发展新的、专
属于女性主体和女性自我的语言、哲学和文化等作为自己的奋斗目标就
成为可能的了。"①当然，运用社会性别理论并非要消解人们在历史文
化中所形成的对于"女性"的统一的感性或理性的认定与赞同，而是
要将这种认定与赞同视为一种受一定条件限制和受男性意识形态影响的
一种产物。女性主义性别认同理论的介入是为了解释"认同"的形成
过程，反映女性认同因特定的民族文化、特定的生活背景而出现的变化
以及在变化中保持的某种一致性。

笔者认为，重视社会性别认同的理论有利于打破普遍主义的神话和
摆脱本质主义的泥淖。云南少数民族妇女的性别身份不但与西方不相
同，也与汉族妇女不相同，在家庭地位、妇女品格等方面既有一些共性
的地方，但更多的是差异，因而这两部分都必须给予关注。当然，如果
强调完全的差异化的社会身份，便不但意味着将是云南 25 个少数民族

---

① 戴雪红：《他者与主体：女性主义的视角》，见《哲学研究》2007 年第 6 期。

妇女的具体考察，而且甚至是具化到各个村寨实在生境之中的考察，这样的女性形象的认同研究势必将使其引入到基于实地考察和社会生活实践阐析中，故而本书仍然明确是在云南少数民族口传歌谣集成的文本基础上进行分析研究。

或许有人认为云南少数民族并不是一个同质体，各个民族的语言和文化自成一体、相互独立，以至于在本质上无法互相比量。对于此，曾有学者在《文学传递与文学形象》中指出，这种对于个别特性的夸大是无建设性的，"激进的相对主义迫使我们重又回到'非全即无'的选择……这种过头论点把一种最初具有合理性的思想转变为一种不可接受的观点。实际上，'差异'这一概念是与'人性'这一概念相辅相成的。"① 我们不能将云南少数民族妇女视为一个同质体，但实际上却可以在云南少数民族史诗歌谣中的女性形象中，找出其共性或一致性，同时结合民族文化的限制性条件，进一步分析其中的差异性和多样性。正是这些"共性"、"一致性"的形成和"差异"的存在，将丰富我们对于女性形象认同的研究。我们固然扎根于一定的民族历史文化之中，但首先超越于绝对的个体主义之上的，是我们有生物学——躯体的精神的共同结构，这是最基本的和不变的。因为"不仅存在着一个差异的基础，还有一个更深层的基础，它指向人类的同一性。正是人类的同一性使我们能够超越古代、中世纪和现代，超越民族和陆地的界限而融入一种有着创世神话和艺术杰作的共同体。"② 当我们读到云南少数民族的史诗、古歌、叙事歌谣以及民间歌谣的时候，会清晰地发现各民族在主题上（如母神、崇拜、爱情、复仇、战争、权力争夺、激情、死亡，对神的追寻等等）和感动人心的方式上是如此相近。这些相似的主题的归纳，对于洞悉女性形象的性别认同建构，具有基础性的意义。

2. 文学话语的意识形态分析

女性形象为文化、历史、社会的想象所塑造，一方面，"她"与不同环境中的社会群体的同一性想象有关，具有稳定不变的本质和连续性

① ［罗马尼亚］保罗·柯奈阿：《相对主义的挑战和理解"他者"》，见乐黛云、张辉主编：《文化传递与文学形象》，北京大学出版社 1999 年版，第42页。
② 同上书，第38页。

的历史意义；另一方面，"她"又是被人为地作为一个有序的类型置于心理世界和社会世界的多重特性之上。因此，对于"她"的认同的分析就不能只停留在单纯的文字表述之中，而应该深入到影响文字表述之后的意识形态的分析上。

以福柯为代表的话语分析和以伊格尔顿为代表的审美意识形态分析，为女性主义文学批评提供了富于哲思的分析切入点。借助于文学话语的意识形态分析理论，本文要将人们习以为常的关于"她"的无意识呈现出来，重新看待那些历史文化传统中形成的习以为常的女性观念、知识、经验和形象表征，分辨出其中所包含的性别政治话语内涵。这提示笔者关注那些一般情况下不经任何验证就给予承认的文学归纳，反思那些现成的女性形象的类型——她们可以在既定时代同时并存的连续存在的现象之间建立某种意义的共同性、某些象征联系、某些相似的和反射性的印象——其实是某种权力主体的集体意识被作为一致性和解释原则的文学表征而已。① 对于这种现成的女性形象和一开始就已经形成的有效性的关联应该提出必要的质疑。女性形象相关的所有意义、价值、语言、感情和经验，以及相关的任何一种理论，都必然要与更深广的价值和信念密切相关，才能使得女性形象显现出相应的序列性、稳定性及其变异性。

当然，除了注重女性形象认同的意识形态层面，同时还要注重女性形象认同的感性层面，正是这个层面构成了"她"的具体生命和具体可感的丰富存在要素。因此，开展文学话语意识形态分析的同时，还必须联系到以情绪态度、风俗习惯、审美风尚等形式存在的感性意识形态，这样的分析方能丰富和鲜活。社会意识形态（以男权为主导）在一定程度上操作着女性形象及其主题叙述，但并不意味着这是一种简单的因果制约关系；反过来，反而是女性形象的感性层面，在一定程度上影响了"她"的形成和构建。正是因为审美形象的超越性，才使得一些社会意识形态能够不经反思地深刻而"自然"地沉积在集体认同意识中。

---

① 参见［法］米歇尔·福柯《知识考古学》，谢强、马月译，生活·读书·新知三联书店 2007 年版，第 21 页。

3. 主题形象研究和叙事学理论

以往研究民间口头叙事文学多从"类型"切入，将有相似情节的民间叙事文学作品归类，进行比较研究，揭示其互相影响和流传变异的轨迹，这是比较故事学的一贯做法。其优点是能展示相同类型叙事流变的历史纵深和在不同地域空间的变异情况。运用此方法的学者往往将注意力集中于历史渊源的追溯和考证上。但这种方式有时候也可能有碍于研究，因为大多数传说故事似乎更多是多源发生说甚于一源发生说。而且，有时为了掘出一种原型的共源，大量的考证关联甚至导致某些牵强附会的可能。以主题形象作为单位，则可以避除历史起源追溯这一复杂的问题，并且可以有限地集中在一条线索上行使笔墨。主题形象所涉及的研究范围与类型不同。故事类型着重的是情节，关注的是结构要素；而主题形象着重的是某类人物思想观念，即便涉及到情节，目的也是为了解释。

当然，此论题的提出是基于同一特征的女性形象在云南少数民族史诗歌谣中反复出现的情况。我们可以把这种形象叫做"频发性形象"，因为同一形象的异文有可能与历史关联，也可能与历史无关。同一"类型"的异文在情节上总是相似，并常常被认为同出一源，而同一主题形象的异文在情节上未必相似或同出一源。① 比如将"施予者"作为一类主题形象，就可以把完全不同叙述情节的云南少数民族的歌谣合理地进行归类研究。比如，"天鹅处女"和"难题求婚"两种叙述情节分属两个完全不同的类型，但它们所塑造的女性形象却具有相同的对于男性积极主动的施予、奉献精神等。从类型学的角度，造人神话、洪水神话、遮天大树等歌谣中的叙述情节看上去风牛马不相及，但"母神"却是它们共同所拥有的主题形象。因此，在我们的文本细读研究中，尽管笔者没有套用主题、形象学的术语和概念，但通过主题来聚合并比较不同的史诗歌谣中女性形象的基本思路和方法却贯穿始终。

云南少数民族史诗歌谣中的女性形象认同是一个较为复杂的问题，它不仅涉及文学形象问题，而且关涉到女性的认同和审美意识形态分

---

① 何廷瑞、王炽文：《台湾高山族神话·传说比较研究》，见《民间文学论坛》1985 年第 3 期。

析，需要解决的问题较为复杂。针对这样情况，除了借鉴上述主要的方法论以外，笔者还选择性地综合运用了一些文化人类学、心理学、民俗学的理论和资料，以期能够较好地对论题进行论证。主要从以下几个方面来展开分析：

第一章"史诗、叙事诗等典范传唱对女性形象认同的塑造"，着重描述了云南少数民族史诗、古歌、叙事诗等口传典范对女性形象认同的建构，集中呈现群体文化对于女性形象的指认谱系。本章主要通过身体形象、行为形态和性格角色三个方面，来展示典范传唱中所赋予的女性的身体、行为和性格角色的社会群体同一性想象。首先，云南少数民族史诗歌谣中所展现的三种不同的女性的身体形象表明：第一种作为永恒性的创生象征体的形象，因其与自然乃至超自然世界的普遍性关联，凸显了女性身体的自然属性、功能特质及其超自然的超越性意义；第二种破坏性象征体的女性身体形象，则以其反常性的强调，呈现了一种极具反面能量的女性特征；第三种理想化的美丽女性身体形象，则在凸显女性身体表象的美感特征中展现了男权权威的社会性规范与塑造。而围绕女性与男性之间的关系，则将女性的行为形态划分为三类：第一是作为执于爱情者的女性行为。它以理想"爱情"的道德化与神圣化，推动女性充当了反抗社会不公秩序中的男性声音的代言，从而双向性地完成了对社会价值观的认同；第二是作为婚姻施予者的女性行为，她们在被充分赋予了所谓"女性"特质过程中，在女性的自我想象、肯定与模塑中不断强化；第三种是作为家庭坏事者的女性行为。她们通过破坏者尤其是诸如违禁者的方式出现，从而显著地体现了以男性为主导的、不平等话语体系的全面控制与深度渗透。而女性角色气质的他者认同，则围绕母亲、妻子、女儿这三种身份角色展开：母亲角色构成了温柔与暴戾并存的两极化及其话语结构；勤劳持家的妻子角色气质，则不仅推动了女性的自我满足及其相关地位和信念，同时也让丈夫的潜在利益及其支配地位得以遮蔽性运作。最后，出嫁前后变化的女儿角色气质，以其财富与劳动力转移的象征而发生角色形象的微妙变化，表达了女性的认同困境。综上，如果说以上方面可以主要归为一种集体认同建构的话，那么日常歌谣中对女性形象的认同，则更倾向于一种自我认同建构。当然，二者之间不可截然地视为简单对立，而是相互交织作用的。

　　第二章"以妇女为吟唱主体的歌谣对女性形象认同的构建"，着重分析了以女性为主体言说者、以女性经验为主要内容的云南少数民族歌谣，即通过情歌对唱、婚嫁歌唱以及其他歌谣中女性的自我表述，来分析女性对于自我身份的同一性的想象。女性首先在情歌对唱中，在自身角色的自我观照中表现个性，并在自主的荣誉感的获得与想象性享受中构建了自我主体。而在"对天盟誓"的形象中，妇女所忠执的情义观既受到主流价值观的影响，同时也是女性的自我认同乃至自我存在的一种表达。更重要的在于，这个过程常常以游戏的、艺术的、仪式的、表演的等方式来实现。而在婚嫁歌唱中，则可分为"巧言索聘"与"哭嫁新娘"两种女性形象。第一种类型不仅展示了女性不可替代的社会生产性价值，同时也借此表达了女性对以男性为主导的社会的抗议。在第二种类型中，女性在过渡状态中，不仅宣泄了由于身份认同的暂时性错位所产生的情感冲突，同时也藉此实现了认同重塑及其对主流价值观的依从。另外，在其他劳动歌、生活歌、儿歌等歌谣中，还突出展现了"姑娘手儿巧"的体面与"媳妇最可怜"的苦闷。它们的共同作用，让女性的自我认同体现为自我性与他性交汇的临界状态，从而展现了认同的多样可能性与变易性。

　　第三章"典范传唱与自我吟唱中女性形象认同的交互构建"，则在史诗、叙事长诗等典范传唱中的女性形象与在女性自我吟唱歌谣中的形象之间展开比较分析，呈现二者之间的叠合与差异，揭示出这二者之间相互建构的复杂样态。首先，在这二者之间，从女性性别角色、女性行为形态、身体形象等来看，均是既有叠合又有差异的。正是在自然身体与文化身体共同搭建的意义网络中，性别化的身体形象以无意识显现的方式，共享了某种关于"美"的典型的甚至是标准的领悟模式。其中，"完型镜像"作为一种颇具理想型的、整体性要素集合的同一化的表征，为女性形象认同发生的各种情境提供了具有典型性的镜像式参照系，它决定了认同的构建同时也是一种审美活动。而女性"片段感发"式的自我认同，则以抒情方式持续地冲击着"完型镜像式"女性形象的理想性。

　　第四章"从女性形象的性别认同到民族审美认同"，探讨了云南少数民族史诗歌谣中女性形象认同的基础层面、自我认同的困境及解决途

径，以及性别认同中所蕴含的审美特质。从认同的基础层面来看，女性
形象认同建构的基础源于人性的"类"本质，女性群体属性以及个体
的深层生命经验。这三个层面体现了女性生命经验的复杂性，表达了性
别的人性化和人的性别化的相互渗透和互相影响。从云南少数民族妇女
的一些婚嫁歌、生活歌、劳动歌中来看，女性的自我认同建构总体上仍
然内化于一种男权意识形态的生产结构之中。以反抗为手段的自我认
同，却常常最终落入了既存意识形态的认同关系结构之中。当然，口传
文学的活态传承，使得女性形象的自我认同和主体性的建构有进一步自
觉化的可能性。在云南少数民族女性歌谣中，女性的主体性的强弱在不
同的人生时刻处于不断流变的状态。女性的自我认同中存在着困境，但
女性的自我认同从来都是在困境中的自我认同。辩证地接纳自我认同中
作为社会历史文化积淀下来的、有意义的他者部分，从民族审美文化中
汲取性别认同的养分，并寓性别认同于民族审美认同之中，也许才是走
出目前困境的较好途径。云南少数民族史诗歌谣中女性形象认同建构所
蕴含的"女性与自然亲缘同构"的审美意识，"两性耦合共生"的审美
取向，以及"不离日用伦常"的审美趣味，可能正是提高女性的主体
性和进一步建构女性形象认同的最具特性的美学土壤。

　　结语部分主要反思了，云南少数民族史诗歌谣中的女性形象认同对
于当代女性追求自我认同和建构女性主体性的启示，探讨了性别认同与
审美认同之间的内在关系，即认为只有建构女性形象的审美认同，特别
是性别认同与审美认同相结合，才能给予性别认同以超越性的方式，真
正突破传统语义领域与话语规范的潜在疆界，从而重构文学艺术领域乃
至社会生活实践中的既有性别结构。

第一章　史诗、叙事诗等典范传唱对女性形象认同的塑造

　　史诗、古歌、叙事长诗作为少数民族集体记忆的文化总汇，是后世对于世界本源问题的追寻、族源问题的考辨、性别文化的规制以及各种知识的考古发掘的基础话语体系。米歇尔·福柯将这种基础性话语理解为"口述或书写的仪式"①，而郎索瓦·利奥塔在谈到这种"叙述的语用学礼仪"则进一步指出："一个把叙事作为关键能力形式的集体不需要回忆自己的过去。它不仅可以在叙事的意义中找到自己的社会关系，而且也可以在叙述行为中找到自己的社会关系。"② 这提示着我们，史诗、古歌、叙事长诗中关于女性的叙述，关乎人们对于现实生活中性别的意义和合理性的理解和运用。"伴随着对古人的追索，日复一日的年鉴，流传着的典范汇编，仍然是而且永远是权力的表现，它不仅仅是一种形象，而且是刺激人的一套程序。"③ 从某种程度上来说，史诗、古歌、叙事长诗是表达认同的故事，④ 除了作为文化群体自我辨识的寄托，也成为文化群体内部男女性别自我辨识的原则叙事和超级叙事。

　　如果允许从作为类的人的历史生活来观察人的形象和价值，那么，它们就会与具体的人的形象和价值不同，其展现的意义也不同。云南史诗、古歌、叙事长诗中的女性形象不代表着某个歌手、某个文本，而代

---

　　① ［法］米歇尔·福柯：《必须保卫社会》，钱翰译，上海人民出版社1999年版，第60页。

　　② ［法］让·弗朗索瓦·利奥塔：《后现代性与公正游戏》，谈源洲译，上海人民出版社1997年版，第168页。

　　③ ［法］米歇尔·福柯：《必须保卫社会》，钱翰译，上海人民出版社1999年版，第62页。

　　④ 参见孟慧英《史诗与认同表述》，见《民族文学研究》2001年第2期。

表着多数人的共识，它甚至可以超越阶层与身份，超越地域与时间。它不一定有系统完整的理论阐释，更多的是想象的女性集合体。女性形象的集体表述传统具有某种强大的力量，它不但会使人们在大量的形象中选择符合自己的理想的形象，甚至也会改造形象，扭转形象的指向。本书将这种集体表述作为一种考察"他者认同"的重要资料。

在此，他者并不是一个人的概念，而指的是一个符号系统。在这个符号系统中，处于其中的个人和群体本身被当作一个相当程度上并不真实的同一幻想来处理和对待。在一定意义上，他者是一种结构，他者虽然不直接决定现实或指导个体做出选择，但其通过一种话语来对个体产生效果和作用。而作为个体的自我往往无法意识到这个符号系统的存在。女性主义者倾向于把这种符号系统仅仅解释为男权制。因为，在女性主义者看来，这个符号系统的生产、维持以及发展无一不是围绕着男权进行的。

史诗、古歌、叙事长诗在少数民族生活中占据着重要的地位，是人们生活中不可缺少的组成部分。史诗的传唱常常与少数民族重大的节日、庆典、农事和祭祀活动紧密结合，是人们了解和掌握本民族文化的重要途径。因而，史诗中的叙述形式，是与权威性、合法性的诉求密切相关的文本叙述准则。这种准则，事关一种文化或文化中人物的"完美性"陈述，应理解为一种积极的通过特定表述创造秩序的过程，而并非某种贬义的存在状态。这些叙述暗示着——尽管有些隐晦——社会文化主流价值的信念，即社会文化主流价值积极地影响了女性的身体、价值和身份的同一性表述。它形象地描绘了走向一种共同认可的女性生活会得到什么样的言语奖赏，或者，与此相反，不能那样的生活将会失去什么，并且积极地激励着女性去期盼那些标榜的种种美好回报。文学传统引导着人们对女性身份进行选择性考察，在这种"滤光镜"的作用下，一些符合集体认同的形象被凸显出来，而不符合集体认同的大量事实则常常被遮蔽了。① 在此意义上，本文重在突出史诗、古歌、叙事长诗中那些恪守经典的正统性叙述，重在描述特定意识形态对于女性形

---

① 参见吴承学《"诗能穷人"与"诗能达人"——中国古代对于诗人的集体认同》，见《中国社会科学》2010 年第 4 期。

象的指认。本部分主要集中从身体形象、行为形态以及角色气质三个方面，来解读云南少数民族史诗、古歌、叙事长诗中，作为集体文化表述的女性形象。

第一节　女性身体形象认同的构建

在云南少数民族史诗、古歌、叙事长诗中，对于女性形象的认同和指认，离不开大量描述女性形貌身体的叙述。人们总是倾向于将一种完整、稳定的认同感与一种完型的、整体的身体形象联系在一起。正如雅克·拉康所说："（形象）这个术语有各种意义，这些意义从通俗的到古旧的，指的是对一个事件的观念，一个印象的原型，或以一个想法筑起的结构。这些意义很好地表达了形象作为对象的本能形式，作为心迹的造像形式和作为发展的生成形式的作用。"① 也就是说，形象常常成为人们对某一对象（包括自我）的误认的牺牲品；但是，镜中的形象显然是可见世界的门槛。女性的身体形象，在语言的镜像中作为一种凝定的格式塔，常常被当作一种现实存在。这种现实存在属于同形确认的过程范围，而这个范围又属于更大的作为成形作用的和作为情欲生成的美感的问题。它建立起了有机体与它的实在之间的关系，建立起了内在世界与外在世界的关系。

我们由此可以将女性身体形象看作是根据由意识形态产生和反映的身体表象而构成的主观表象，其在文学中表现为一套规范性的身体表意符号。在此意义上，将身体定位为表象层面，即在文学文化中由群体反映的描述性和规范性的反馈，它产生自我形象，并意味着关于身体的一套社会效应和社会评价。② 身体形象不仅具有物质性的外形，而且能够凝结和进行文化的交换，并最终达成一种可供交换和认同的符号，这种符号所指涉的具体形象可以无休止地互相彼此映照和反映。身体在它的可见的叙述表征中，在区分男性气质和女性气质、美和丑，以及自然和

---

① ［法］拉康：《拉康选集》，褚孝泉译，上海三联书店2001年版，第72页。
② 参见［法］皮埃尔·布迪尔《实践感》，蒋梓骅译，译林出版社2003年版，第111—112页。

文化之中扮演着重要作用。

在云南少数民族史诗歌谣中，至少存在着三种不同的女性的身体形象：第一种是被视为永恒的生命创世象征体，凸显女性身体的超自然构造及其创造能力；第二种形象是具有破坏性的生殖象征体，重在表现其邪恶的、分裂的、令人不安的身体能量，① 其身体意义是由他者来赋予的物化显现；第三种是理想化的女性身体形象，凸显女性身体表象的美感特征，其身体意义往往是由他者来赋予的社会性的显现。这三种身体形象在史诗、叙事诗中较为常见，女性身体形象认同的建构呈现出复杂性。

一　永恒的生命创世象征体的女性身体形象

作为永恒生命创世象征体的女性身体形象，在云南少数民族的创世史诗中占有重要位置。"众多值得称道的母亲神、女儿神、女孙神的女神神系"，② 在很多云南少数民族的创世史诗、古歌中都可以看到。这些女神都是在男性配偶神缺失的情况下孕育世界万物，强调其身体系统的完整性和自足性。因而，在身体上汇聚了多重感官形态，超越了具象的个体身体，而体现出身体器官的神格化。

比如流传于云南省元阳县彝族聚居区的彝族创世史诗《阿赫希尼摩》史诗中唱到，在远古天地尚未出现时，茫茫苍穹之中产生了一位头似狮子、身子像一座山、背上长有龙鳞，有十四只耳朵、六双眼睛，长有二十八只奶的万物之母阿赫希尼摩。她睡在宇宙中一个名叫奢彻海的金海里，她的胃有九千零八十二层，天地日月等万物均孕育其中。怀孕期满，她就生下了天、地、日、月、星、辰、云、风等。③ 又如云南西双版纳自治州、红河州多地的哈尼族聚居区，流传着关于"金鱼娘"的女始祖形象的创世古歌。金鱼娘生活在混沌的茫茫大雾之中，是一条九千九百九十九庹长，七十七个"缅花戚里"（目光所及的最大距离）

---

① 参见黄应贵《返景入深林——人类学的观照、理论与实践》，商务印书馆 2010 年版，第 144 页。

② 过伟：《中国女神》，广西教育出版社 2000 年版，第 10 页。

③ 参见罗希吾戈《阿赫希尼摩》，普学旺译注，云南民族出版社 1990 年版，第 5—14 页。

宽的大金鱼娘。① 而且，其身体成为万物的起源：

> 金鱼娘醒过来，它把天地来生养……从脖子的鱼鳞里面，抖出一对大神，先出来的是太阳神约罗，后出来的是月亮神约白……背上的鱼鳞一抖，金光把天地照亮，这回又生出两个大神，就是天神俄玛，和那地神密玛……紧靠鱼尾的细腰，又跳出一对大神，他们就是有名的人神，男的叫做烟碟，女的叫做碟玛……

这种描述难以以现代人的逻辑去分析，身体形象看来一团混沌。大堆不定形的语无伦次的观念，与现代普遍意义上的女性身体形象的明晰性相比，这种形象并不清晰。或者，与其说上述女神的身体形象是女性的，不如说它们是自然物。这些身体形象主要以自然界的物象为基础，在此基础上汇集、融合为一个创生容器。这种身体形象，与人的身体形象相去甚远，而依凭着自然的个别生命的形体构造幻想而成。在关于自然与生命的概念中，所有的这些认知都被一种更为强烈的情感所湮没：女性的身体形象与自然物的形体仿佛属于亲族关系一样，她们之间是可以互相转化的，从而呈现为一种生命的一体化（solidarity of life）状态②；并且是能够沟通多种多样、形形色色的个别生命形式。

因而，少数民族创世史诗和古歌中对于女性身体形象的理解，不仅有一个性别的背景，更重要的是有一个宇宙的和形而上的背景。身体形象一方面是被自然、社会和文化构成的，同时，女性身体还构成世界的原型本身。人类从远古时代，便以女性身体为原型去构想宇宙的形态、社会的形态，乃至精神的形态。在云南少数民族的创世史诗中，女性身体形象作为宇宙的起源、世界形成以及人种起源，都说明了这个问题。正如流传在云南省红河两岸的哈尼族史诗《哈尼阿培聪坡坡》中所记述的人祖"塔婆"：

---

① 史军超：《哈尼族文学史》，云南民族出版社 1998 年版，第 136—137 页。
② 参见［德］恩斯特·卡西尔《人论》，甘阳译，上海译文出版社 1985 年版，第 105—106 页。

　　　　塔婆是能干的女人，

　　　　她把世人生养。

　　　　在她的头发里，

　　　　生出住在白云山顶上的人；

　　　　在她的鼻根里上，

　　　　生出在高山上骑马的人；

　　　　在她白生生的牙巴骨上，

　　　　生出的人住在山崖边；

　　　　在她软软的胳肢窝里，生出的人爱穿花衣裳；

　　　　粗壮的腰杆上人最多，

　　　　雾露和他们来做伴；

　　　　脚底板上人也不少，河水对她们把歌唱。①

　　"塔婆"作为后于"金鱼娘"的女始祖，逐渐褪去个别自然物的形体而聚合为人体的形象，从而具备了一定的形象感知的清晰性。这样的女始祖形象可以视为放大了的人的形象，而进一步推延出各种人种的形象。种种关于女神身体的想象有一种济世的宗教意味。这一类的女神形象的存在实质，并不是为了迎合或者确认男性的存在，而只凸显了她自身的完满性。"她反映了人类关于生育与死亡、生存与消亡的基本经验。她是赋予生命的母亲，但同时也是地母，人们死后都要回到她的怀抱里。"② 生与死的经验同时在女神身上并存，并未遭到罪孽经验、惩罚经验与异化经验的分裂。在这里，女神的身体形象表现的是世界的概念，她就是世界。她表现为一种时间的起始。女神的形象激励女人把自己视作神灵，把自己的躯体看得神圣，把自己的生命的各个阶段奉为生命源泉……其身体的强大原发力量，仿佛根本就不存在男人可以与之比较的东西，有着本身存在的绝对性。

　　上述女神的故事较为简朴和单一，众多女神群像几乎可以完全集中

---

　　① 云南省少数民族古籍整理出版规划办公室编：《哈尼阿培聪坡坡》，云南民族出版社1986年版，第6—7页。

　　② ［德］温德尔：《女性主义神学景观：那片流淌着奶和蜜的土地》，刁文俊译，生活·读书·新知三联书店1995年版，第51页。

为一个形象——原母神形象，是后代一切女神的终极原型。① 她体现了
人类生命经验的完整性，她不仅是自然和生命的起始和结束，同时也是
智慧与知识的象征，女神掌握着众多自然物和生命的力量，阅历丰富，
神奇万能。在基诺族、德昂族、壮族、侗族、苗族等少数民族的史诗和
古歌中，女神不仅是人类的创造者，还是动植物的创造者，生产劳作的
创始人，知识经验的发明者，以及人生各个阶段生命经验的赋予者。比
如苗族史诗《纳罗引勾和他的神子神孙》中的纳罗引勾是创世男神，
但他遇到难题时，必去求教于乌筛乌列的神婆婆务罗务素，由此保存着
女神地位高于男神的遗迹……大部分学者均认可古代文化中存在着女神
崇拜。无论是亚洲、欧洲，还是非洲，在原始时代曾经具有某种文化的
民族，都保留有众多的具有代表性的女神。大多女神并不是与男神婚配
生育，而是与自然物发生交感而创造和繁衍了人类世界。② 杨堃说：
"认为妇女与某种动物相婚配而生育之说，也是后起的。当时人们并不
知道，妇女必须和男性婚配，才能生育，而是认为妇女本身便具有生殖
能力，所以出现母性崇拜。"③ 可以说，这种母性崇拜最初是超越性别
的，而具有宇宙形而上学的阐释意义。

　　尽管这种女神形象在云南众多的少数民族文化中的"名字"各不
相同，有着多样性和差异性；但是这种身体形象的本身同时也拥有相当
的同质性。随着人类社会的发展，这种同质性总体上逐渐从"世界"
的转化为"生殖"的。也就是说，女性身体"生育"、"生殖"经验凸
现出来，成为某种固定性的经验认同。比如，壮族古歌里的女神脒洛甲
是由唯一至尊的创世女神，发展到了有配偶的卜洛陀，卜洛陀取代其创
世神的位置后，演变为主宰婚姻与生育的女神。这样的女神身体形象的
转变在云南少数民族史诗和古歌中是较为常见的，如大多都是从一元女

---

　　① 叶舒宪：《高唐神女与维纳斯：中西文化中的爱与美主题》，中国社会科学出版社
1997 年版，第 5 页。

　　② 侗族史诗《嘎茫莽道时嘉》中的创世女神萨天巴及其后代神的业绩，至今依然保持
着至尊的地位。"萨"即祖母，"天"即"千"，"巴"即"姑妈"，"萨天巴"意为生育千万
个姑妈的祖母。史诗中唱述到："女神萨天巴生下地、生下天、生下众神，她还造火球、月球
挂于天成了日月，撒汗毛、虮子于地育出了万千植物、动物。"（参见《侗族远祖歌——嘎茫
莽道时嘉》，杨保愿采录翻译、过伟序，中国民间文艺出版社 1986 年版，第 5 页。）

　　③ 杨堃：《女娲考》，见《民间文学论坛》1986 年第 6 期。

神发展为二元男女神，再分化多种神灵。

　　作为女神的母体形象其实缺乏细节刻画，并且基本上是一种类型化的速写，一种宗教化的标记。众多的女神身体形象凸显出强烈的"母体"特征，比如腹部隆起、丰臀、丰胸等。美国学者艾利亚德写道："要确定这些形象的宗教作用尚不可能。可以假定，这些偶像用某种形式表达了女性的圣化（feminine sacrality），也就是女神所拥有的法术——宗教力量。由女人的特殊存在方式所构成的'神秘性'在众多的宗教中——不论是原始的，还是历史上的——扮演了重要的作用。"①与女性及女性生殖力相关的种种具象的母体崇拜逐渐发展起来，如葫芦崇拜、蛙崇拜、洞穴崇拜、灵石崇拜……除此以外，西方学者纽曼关于"女性＝身体＝容器＝世界"这个基本的象征等式，代表了初民对女性生育的认知观念的早期凝结。②这些崇拜物与多子、繁殖、祭祖、延续等等内涵关联在一起。

　　在这里，我们不能把这种丰腴的女神身体形象简单看成是被打上男性化烙印的功能躯体。因为对于全身心浸入现象世界且尚未掌握抽象理性逻辑思维的云南少数民族的初民来说，在人类的男和女两大性别中更容易引起直观和注意的不是男人而是女人。亨利·德尔波尔特就曾提出过"女性身体"作为早期人类把握世界方式的说明：

　　　　动物作品代表人类外部有生命的世界，与之相反，女性形象表现人、部落及整个人类。既然女性能保证传宗接代和人类永存，女性形象代表人类就是合乎情理的。"人类——女性"和"生命世界——动物"两个假说的对比可以解释在女性像（面部特征看不清楚）和动物像（写实、形态精确）之间所观察到的区别，同时也可解释旧石器艺术中为什么缺少男性作品。③

────────────

　　①　转引自叶舒宪《高唐神女与维纳斯：中西文化中的爱与美主题》，中国社会科学出版社1997年版，第18页。

　　②　参见［德］诺伊曼《大母神：原型分析》，李以洪译，东方出版社1998年版，第42页。

　　③　转引自［法］伊·巴丹特尔《男女论》，陈伏保等译，湖南文艺出版社1988年版，第32页。

同时，由于女性身体的特殊规律性存在使其成为代表生命周而复始循环的表征。在这种原始朴素的神话思维支配下，女性身体在少数民族文化中有显示宇宙生命秩序运转的重要作用。她将这种生命秩序感赋予人类，使人们保持与宇宙生命秩序的协调一致的认同感。因而，在云南少数民族史诗和古歌中，"男性与女神两者本身并不代表'男性'或者'女性'，而是表现丰富多彩的神性。"① 这与西方基督教神话中，女人作为男人的附属者被创造出来的性别起源并不相同，后者鲜明地表达了宗教思维对于性别原则的渗透，隐含着男性中心主义色彩。

既然女神身体是自然的作者，那么人们便可以通过了解女性身体来达到了解自然的目的。在此，女性身体成为这一秩序转化过程中隐含的形式和价值的阐释者，她成为一种能够产生现世形式和秩序的意志的精神力量，成为人类世界与超自然神灵世界之间沟通交流的重要方式和途径。她既是人类对自然及自我认识的集中体现，更是人类选择女性形象来将自我投射于其中的表达，并试图以此更好地理解、认知甚至把握世界。在此意义上，作为人类与自然同一性的典型形象表征，她是人类与自然之间双向认同的集中体现。

二　破坏性的女性身体形象

第二种身体形象是被视为破坏性的女性身体形象，重在表现其令人不安的、分裂的、破坏性的乃至邪恶的女性身体能量。在云南少数民族的史诗歌谣中，除了上述通过创立有序宇宙并提供人类所需的一切的女神以外，同样存在着暴力、野性而不可控制的女性身体形象。"仁慈的养育者和非理性的施虐者均是女性的性别形象，均是女性性别的特征观念向外部世界的投射。"② 我主要以哈尼族为例来说明。

在哈尼族神话古歌《烟本霍本》的神灵谱系中，金鱼娘生出的七位大神，其中天神俄玛是最高最大的神女，并由她生出了专司哈尼族十二种古规古礼的法典女神、一系列自然神和万能的神王"阿匹梅烟"

---

① ［德］温德尔《女性主义神学景观：那片流淌着奶和蜜的土地》，刁文俊译，生活·读书·新知三联书店 1995 年版，第 53 页。

② ［美］卡洛琳·麦茜特：《自然之死——妇女、生态与科学革命》，吴国盛等译，吉林人民出版社 1999 年版，第 2 页。

（老祖母梅烟）。然后又生下了人神玛窝，从此开启了"俄玛——玛窝——窝觉——觉涅……"的哈尼族家族世系连名谱牒。天神俄玛处处洋溢着女性养育万类和造物万种的神性光芒，是作为传承人类生命并且处于与人类后世同一亲属纽带的创世神。与之相比，金鱼娘生出的另一位女神——海洋之神密嵯嵯玛，却是造成宇宙动荡不安的破坏神。密嵯嵯玛发誓要与其他神灵争当万能的神王。史诗中描绘了密嵯嵯玛庞大、孔壮的身躯。当她骑上金鱼娘的背摇动鱼尾，大地就摇晃起来。她的鼻孔能吹出狂风席卷巨石，而她的嘴巴喷出的粗气，顿时让宇宙风沙走石陷入昏乱之中。

与天神俄玛的高贵慈爱相比，海洋之神密嵯嵯玛就是一位脾气粗野、破坏力十足的恶神。① 虽然她同样具有神性，其威力不亚于天神俄玛。但毫无疑问，天神俄玛在哈尼族神话谱系中是作为原神来尊崇的，而密嵯嵯玛则是作为对立面被贬斥的。天神俄玛之所以被文化认同，是因为其作为生命创造者，既不脱离神性而又肯定自然生命的延续性，其活力和自我再生力量可为人所控制而与人类心灵具有某种协调性，自然为人们所接受。而海洋之神密嵯嵯玛表现为野性、威胁性的破坏者而与心灵存在有着某种难于协调或者不可协调性，因而为人所畏惧、甚至厌恶。

这样野性难驯的女性身体形象，在哈尼族古歌中并不少见。仍然以哈尼族族古歌《窝果策尼果》为例，从金鱼娘生七位大神开始，到了人类共祖塔婆这一代，塔婆为避免后代遭受洪水烈日之苦，编篾牛祭神以安定人世。与此同时，一个女人植一杖于龙潭边，转瞬间便长成遮天蔽日的大树，世界陷入黑暗——遮天大树王"嵯祝俄都玛佐"。"嵯祝俄都玛佐"在哈尼语中意为"最古老、最高达的直顶天空的母树王"：

> 遮天大树长过三天，
> 树头伸进天神烟沙的大门，
> 遮天大树长过三夜，
> 树荫遮到天神烟沙的门前，

① 参见史军超《哈尼族文学史》，云南民族出版社1998年版，第173—178页。

高大的树身遮住太阳的眼睛，

浓浓的树叶蒙住月亮的脸。

远古的时候，

天不会亮，

就是从这里产生！

地不会亮，

就是从这里出发！

——《窝果策尼果》第十一章

　　遮天大树的意象，可以看作是女性过度繁殖能力的隐喻。史军超认为遮天大树王是母系权威的象征，而遮天大树王最终被砍也象征着母系社会让位于父系社会的剧烈的社会斗争①。母系社会在不同人类社会群体中是否普遍存在及其历史演变状况，在当代学术界仍有诸多质疑与争论，因此并无完全一致的公认定论。但将某种植物视为母体，或者将母体视为某种植物，在云南少数民族乃至世界比较古老的民族的文献中并不少见。可以说，植根于土地的树，对于任何农业社会来说，就像女性身体之于社会群体延续一样，都是关系农业生产乃至生命存续的根本基础。而树及其母体，其核心都指向生命的繁殖力。如在古希腊语言中，播种和生育乃是同一个词。朱狄先生曾谈到："农耕巫术最重要的特征就是认为自然的生产力和妇女的生育能力相关，两者之间甚至被认为是可以画等号的……自然的繁殖力要依赖于妇女的繁殖力，妇女的繁殖力也要依赖于自然的繁殖力"，"人类的繁殖力，特别是妇女的繁殖力，和自然的繁殖力属于存在的同一秩序。"②这种交感巫术中的"相似律"原则的作用，使得女性获得一种全所未有的重要性，让她们的形象化身为神的形象。由于人们对待神圣的态度是既崇拜而又畏惧的，于是，人们在唱述遮天母树王对于世界的危害的同时，又表达出对于母树繁殖力

---

① 参见史军超《哈尼族文学史》，云南民族出版社1998年版，第221—225页。

② 朱狄：《信仰时代的文明——中西文化的趋同与差异》，武汉大学出版社2008年版，第193、207页。

的敬畏。

当遮天大树使世界陷入黑暗之后，人们团结一致砍树。最后在鬼的启发下用涂抹鸡屎的手段砍倒了大树。当大树倒下后，木渣化为江鱼，树果化为田螺，树枝化为泥鳅，树叶化为谷物。令人惊叹的是，遮天大树惊人的繁殖力，和对于世界的改造能力！砍树之举，无疑是对生命繁殖力的恐惧，是对于生命死亡的文化显现；而树的化生，则是经由人化力量，去改造不受控制的“野性”的自然力量，从而使之转化为有利于自身生存发展的境遇的具体再现。这两种看似极为矛盾的态度混沌地融合在一起。其实，所有这些都被暗藏在一种宇宙和生命的律动中，因为来自自然的力量与人类的力量在重构后得到了有机融合和提升。既然经过这一改造过程后，妇女的繁殖力和自然的繁殖力属于存在的同一秩序，那么通过控制妇女的繁殖力，也就可达到对于自然繁殖力的控制，从而达到控制宇宙的目的。人们借助对于女性身体繁殖力的驯化，实质表达的是对自然宇宙的调控。

本书认为，创世史诗、创世古歌对于后世的更为重要的意义在于文化群体意识的认同塑造，而不只是成为社会历史发展的照镜式呈现。尽管这种唱述包含了许多的虚构成分，它更多地是指向解释当下生活的意义和合理性。如果创世女神形象是以人的原型去构想并归为人类生命系统的，那么乱世女神的形象则把女性的身体形象划归为非人类和异类。而“女人只有不做人了的时候，才能对抗强梁世界的压迫，才能无视森严的牌坊和笔挺的衣冠，逃到众目睽睽之外，才能拥有人原该拥有的权利。”[①]这种反面的女性形象，在一些云南少数民族文化中体现为“鬼”的身体形象。彝族、苗族等云南少数民族的经籍歌谣，在讲述“鬼”的来源时都将其指认为女性。以流行在川滇交界处的彝族咒鬼经《紫孜妮楂》为典型，其故事梗概是：

在孜子濮乌方向，彝族小伙子们在争夺猎物白獐。当这只白獐被闻名的英雄罕依滇古射中后，从树林走出了一位美女——紫孜妮楂。后来，贵族首领阿维尼库带着猎犬进山寻猎，与紫孜妮楂不期

---

① 莜敏：《女神之名》，花城出版社 1997 年版，第 40 页。

而遇，一见钟情。紫孜妮楂跟随阿维尼库来到他的部落寨子，幸福地生活在一起。第一年紫孜妮楂是一位花容月貌的美妻，第二年紫孜妮楂是一位聪慧能干的贤妻，但到第三年紫孜妮楂变成了一个吃人的妖鬼。第四年阿维尼库生了重病。他得知紫孜妮楂的家世和来历后，开始谋划除掉紫孜妮楂。阿维尼库佯装病重，紫孜妮楂决定到千里之外的雪山采雪救夫。紫孜妮楂出门后，阿维尼库随即请了寨头的九十位毕摩和寨尾的七十位苏尼在家中作法。在诅咒中，紫孜妮楂变成一只山羊后被射杀。很多人因食用她变成的山羊而致死，又都变成了到处害人的鬼。乌撒拉义、维勒吉足、果足吉木、笃比吉萨等部落支系的彝人都为其所害。于是，各部落的毕摩和苏尼都在诅咒紫孜妮楂，说鬼的来源就是紫孜妮楂。

　　彝族学者巴莫曲布嫫谈到《紫孜妮楂》在彝族社会所产生的接受效应是不同的："毕摩咒得气势汹汹，妇女听了含悲流泪，男子听了戏言怖畏。"[1] 对于毕摩来说，紫孜妮楂是万鬼之始而必须无情扫除；对于普通男性来说，紫孜妮楂美丽魅惑而又令人惧怕；对于女性来说，紫孜妮楂对爱情坚贞不渝而令人同情。毕摩的咒语中指出要将紫孜妮楂杀除的原因："一声朗朗诵，紫孜妮楂，你花嘴巧舌，你色相迷人，你妖法惑众，你快快伏法！……紫孜妮楂，你野山树精，你空中淫鸟，你妖法失效，你快快伏法！……"[2] 可见，毕摩对于紫孜妮楂的指责主要集中在美色和淫荡上。但从整个故事来讲，这个指控却是牵强的。当紫孜妮楂历尽艰辛从雪山采雪归来，却因毕摩、苏尼的诅咒而慢慢变成一只山羊时，很多妇女痛心为何要把诅咒加附在如此痴情的女性身上。尤其此时她为阿维尼库采的雪还夹在蹄缝中、卷在皮毛中、藏在耳孔中、裹在犄角上……可阿维尼库又遣来九十个男青年，用箭射杀山羊，并将其捆缚打入山洞。可能有两个原因导致紫孜妮楂不容于世：一是紫孜妮楂是野山树精，没有明确的出身来源，意味着某种不确定性和危险性；二

　　① 巴莫曲布嫫：《彝族祝咒经诗〈紫孜妮楂〉的巫化叙事风格》，见中国社会科学院少数民族文学研究所编《民族文学论丛》，内蒙古大学出版社 2000 年版，第 272 页。
　　② 同上。

是结婚四年都无子嗣，在彝族传统社会中必遭嫌弃。彝家所谓"贤女依凭的是生育魂，圣男依靠的是护身魂"。① 在以男权为主的彝族家庭里，这样的女性身体尽管美丽却是有害的。于是，彝家传统文化将这种女性身体形象指认为"鬼魅"，并且通过毕摩和苏尼的宗教神权将其定罪杀除。

　　由此可知，诗歌中通过"紫孜妮楂"至少形成了三种女性身体形象的认同：一是美丽女性与厉鬼之间的形象置换，即女性身体的恐怖化。紫孜妮楂的美丽是异于常人的，"颈脖直长长，嘴唇玲巧巧，面颊娇润润，明眸亮熠熠，睫毛翘翩翩，手指细长长，腕臂柔纤纤，长腿丰腴腴……"② 异于常人的身体则意味着异于正常的人类身体。明显超越甚至异于正常的人类身体便无法纳入到社会组织的分类秩序中。"实际上，我们对事情进行分类，是要把它们安排在各个群体中，这些群体相互有别，彼此之间有一条明确的界线把它们清清楚楚地区分开来。"③ 而异于寻常的美丽女体，则成为分类秩序中无法加以区分和把握的对象，而往往被排除在正常的观念秩序范围之外。紫孜妮楂转变为鬼魅的过程十分可怖："前眼后眼生，前后两双眼；前眼在看路，后眼窥视人；前嘴后嘴生，前后两张嘴；前嘴乃吃饭，后嘴乃吃人；前手后手生，前后两双手，前手拾柴烧，后手掏人心。"④ "美丽女体"与"厉鬼"之间的前后转换，将二者化为同一非人类的种属。

　　二是认为美丽女性可与自然动物的相互变异，将女性身体物化。诗中讲到，紫孜妮楂按照丈夫治病的要求，变化成各种飞禽走兽，上天入地想尽办法为夫寻药治病。可以说紫孜妮楂的"鬼魅"的身体形象是通过一系列"异变"的"自然物象"构成的：从花白獐、大红树、花豹、水獭、赤鹬、灰白色褐红尾山羊等，都是奇特艳丽的自然物象，在

---

① 巴莫曲布嫫：《彝族祝咒经诗〈紫孜妮楂〉的巫化叙事风格》，见中国社会科学院少数民族文学研究所编《民族文学论丛》，内蒙古大学出版社 2000 年版，第 268 页。

② 同上书，第 266 页。

③ ［法］爱弥儿·涂尔干、马塞尔·莫斯：《原始分类》，汲喆译，世纪出版集团/上海人民出版社 2005 年版，第 3 页。

④ 巴莫曲布嫫：《彝族祝咒经诗〈紫孜妮楂〉的巫化叙事风格》，见中国社会科学院少数民族文学研究所编：《民族文学论丛》，内蒙古大学出版社 2000 年版，第 266 页。

彝族少数民族生活中并不常见。① 这些动植物都具有特定意义，即毕摩所说的"树精"、"淫鸟"和"淫兽"，在彝族文化中是邪恶淫荡的物象象征。而紫孜妮楂作为这一系列物象的幻化，其人格降滑为"动物伙伴"、"植物伙伴"共同组成一个物格。这种认同使得人们认定，她也具备上述邪恶淫荡的动物特征。女人、动物、非生命体的对应关系，这样的例子真是不胜枚举。

　　三是在美丽女性与战争、死亡等厄运之间建构因果逻辑，将女性身体污名化。紫孜妮楂幻化的白獐一开场就引起了彝族青年之间的争夺。诗歌描写到：当白獐遇上了兹密阿基，他向白獐射去，箭却飞向了白云；白獐又遇上了默克达则，他向白獐射去，箭却飞向雾层；当白獐碰上丁举世闻名的英雄罕依滇古，被射中却不见影子——而从森林中走出一位俊美的姑娘——紫孜妮楂。但紫孜妮楂最终却不为英雄而为贵族首领阿维尼库所拥有。这里所蕴含的性争夺的意味是强烈的。美丽的女性对于任何民族都是一种稀缺资源，一般来说可以通过三种方法获得：交换、强取与毁灭。② 紫孜妮楂对于部落的普通彝人来说，是不可通过前两种方式得到的。要止息争端，只有通过污名的方式将其从文化秩序中彻底排斥出去。因而，人们往往将各种不洁、不详的起因追溯到女体身上，使女性成为鬼魂、妖孽的化身。经文中，紫孜妮楂第三年突然变成了妖鬼，所谓"寨子死人食人肉，山上焚尸啃骨头"，成为整个部落生命安全的威胁者，人人诛之而后快。在其他的彝族经籍中，也可以看到这种将女性身体污名化的类似情况，如《查诗拉书》"除邪气篇"、"驱妖秽篇"中，都将鬼邪的起源归结于一个未婚配、未生育的女子，"遥远古时候，人人有伴侣；只有一个女，一生未婚配。后来她死了，变成邪气鬼，躲在寨子里，躲在村子里，""年满二十五，不能婚嫁人，头

————————

　　① 彝族学者刘尧汉认为彝族是尚黑的民族："川滇凉山彝族全自称'诺苏'，贵州彝族自称'糯苏'，云南彝族有'纳苏'、'尼苏'、'涅苏'，云南彝族有'纳苏'、'糯'、'纳'、'尼'、'涅'意为黑，'苏'意人，都是黑人或黑族的意思。'罗罗'的男女祖先画像名'昔罗摩'，也有黑母虎的意思。"因此，黑色在彝族眼里是正常高贵的颜色，而红色则有淫邪的意味。(刘尧汉：《中国文明源头新探——道家与彝族虎宇宙观》，云南人民出版社1985年版，第46页。)

　　② 刘锋：《巫蛊与婚姻》，云南大学2005年博士论文。

发似棉花，身子像树桩……嫁狗狗不要，嫁猪猪不理。"①可见，那些异常美丽的女子，往往容易引起人际争端，无法正常婚配和生育。而无法正常婚配和生育又反过来加深了她们身体的不洁色彩，以至直接将她们划拨到了非人的世界以起到警诫后人、维护婚俗秩序的作用。紫孜妮楂作为鬼的起源形象，人们对其身体的恐怖感早已掩盖了这个人物本身所包含的悲剧事实。在这样的民族村落文化中，即使紫孜妮楂再怎么痴情不悔，却终不为彝族主流文化所认同。生与死、人与鬼的界限已经将人们对女性形象的认同隔离开来。从女性形象的认同的角度来看，这种极端的女性形象，仍然表达的是对于正统继嗣女性母体形象的推崇和对于非继嗣性的女体形象的排斥，并最终巩固了对于前者的进一步认同。

三 理想化的美丽女性身体形象

史诗歌谣中的第三种女性身体形象，是理想化的美丽身体形象。在史诗歌谣的发展历程中，尤其是从创世史诗、古歌发展到叙事长诗，女性身体形象在不断清晰化的同时，进一步体现出明显的女性性属特征。云南各少数民族绝大部分都有比较著名的叙事长诗，在叙事长诗中也塑造了民族文化中较为典型的女性人物形象。典型的女性人物形象，是在当地文化中具有极高的认知度，集中代表了当地文化中理想女性的文化群像，具有某种人格模板的作用，对于构建女性身体形象的认同具有较为明显的示范作用。

云南各少数民族的叙事长诗中塑造的典型女性人物形象，逐步褪去了早期史诗中女神的无形体的模糊形态，而成为有姿态、有美感的身体形象。"美"的身体形象表现为一系列女性性属特征：即女性的身体各部分的美感，包括体形、声音以及穿着、饰物的全面综合。我们试以著名的彝族的《阿诗玛》和傣族的《十二头魔王》为例来说明。这两个叙事诗在情节内容有很大的相似性，但也有不同。前者是以女性为主角，描述了阿诗玛如何抵抗权势逼婚，哥哥阿黑奋力营救的故事；而后

---

①　云南省少数民族古籍整理出版规划办公室编：《查诗拉书》，普学旺等译注，云南民族出版社1987年版，第87、92页。

者是以男性为主角，描述的重点是男性英雄之间为争夺女性而展开的争斗。尽管歌唱内容的具体细节不一，但其关键都围绕着美丽的女性身体的争夺展开。

《阿诗玛》是流传于云南省石林彝族自治县彝族撒尼支系聚居区的叙事长诗。诗中的典型女性形象阿诗玛，是撒尼女性的代表，至今撒尼姑娘仍然自豪地称"我们个个都是阿诗玛"。阿诗玛作为当地女性的形象典范，集中体现了当地人对于"美"的女性身体形象的认同。以20世纪50年代初云南人民文工团组织圭山工作组搜集整理，后由中国作家协会云南省分会重新整理形成的定本为准，来看云南圭山地区彝族分支撒尼人的理想女性形象。诗歌描绘了阿诗玛出生时的晶莹剔透和成长时的出类拔萃，所谓"千万朵山茶，你是最美的一朵；千万个撒尼姑娘，你是最好的一个。"当阿诗玛长成妙龄少女时，诗歌简笔描写了阿诗玛的美：

> 不知不觉长到十七岁了，
> 绣花包头头上戴，
> 美丽的姑娘惹人爱；
> 绣花围腰亮闪闪，
> 人人看她看花了眼。
> ……
> 谁把小伙子招进公房①？
> 阿诗玛的歌声最响亮。
> 谁教小伴织麻缝衣裳？
> 阿诗玛的手艺最高强。
> ……
> 阿诗玛呵，
> 可爱的阿诗玛，
> 在小伴们身旁，

---

① 撒尼青年在十二岁以后到结婚前都到公房集中住宿。小姑娘住的叫女公房，小伙子住的叫男公房。每晚青年男女可以在公房中唱歌，吹笛，弹三弦，拉二胡，谈情说爱。

你像石竹花一样清香。①

在这段对阿诗玛美貌的描写中，女性的身体美首要地表现为服饰美。服饰作为附着于身体之上的外在物反而成为判定身体的重要标志。服饰作为性别类型化的文化标示具有重要作用，除了起到分辨性别的作用，还赋予社会性别以"美"的意义。服饰强化了生理性别与社会性别的一致性，将人们对于服饰的认同和认识，内化为人们对于性别的经验和常识。正如阿诗玛的身体美，是由"绣花包头"和"绣花围腰"这些彝族标准饰物来标示的。从女权主义者的角度来看，这种女性形象的标准化和典型化，象征着社会文化对于女性身体的规训。美国女权主义者在考察中国少数民族文化时，认为女性服饰成为少数民族文化传统服饰的典型代表，正是源于男性文化对于女性身体的操控。女性服饰成了"对传统进行争执和重建的基础"，② 女性的身体成为被驯化的工具。

但是，服饰之所以成为女性身体美的代表，除了性别政治文化的规制之外，还有其他的文化成因。在这段对阿诗玛的描写中，下半部分唱述道："谁教小伴织麻缝衣裳？阿诗玛的手艺最高强。"这就透露出，服饰美成为阿诗玛女性美的象征，其重要原因在于她所掌握的服饰的制作工艺。这种高超的技艺对于人们来说，在产出实际利益的同时塑造了关于女性美的概念。服饰不仅满足了少数民族家庭日常的生活需要，还成为衡量女性能力的重要指标。其技艺的高低在很大程度决定了形象的理想程度。因而，除了彝族以外，我们看到包括苗族、哈尼族、傣族、景颇族等几乎所有的云南少数民族叙事长诗中，都有对于女性服饰的集中铺叙，以及对女性高妙的纺织技艺的夸赞。

当服饰美成为女性美的专属特性，在社会性别期待中不断复现和生产，这种形象就成为支配女性身体发展的模具。尤其是，在这类形象的传播和复现中，女性身体的第二性征不断凸显出来，垄断了对女性身体形象的意义概括，而女性身体第一性征则不断退回到私人话语的领域。

---

① 云南省人民文工团圭山工作组搜集整理、中国作家协会昆明分会重新整理：《阿诗玛》，人民文学出版社 2000 年版，第 17—18 页。

② ［美］路易莎·沙因：《中国的社会性别与内部东方主义》，见马元曦主编《社会性别与发展译文集》，生活·读书·新知三联书店 2007 年版，第 116 页。

对于女性身体形象的认同构建逐渐集中在被凝视的第二性征部分，如身段、脸庞、腰肢等。所谓女为悦己者容，对女性身体形象的认同逐渐局限于静态的视觉感官上，从某种程度上讲是将女性身体消解为单一的客体性。性别的社会化过程首先就是一个躯体化过程（somatization），用福柯的"惩戒凝视"（disciplinary gaze）理论来看，即"用不着武器，用不着肉体的暴力和物质上的禁止，只需要一个凝视，一个监督的凝视，每个人就会在这一凝视的重压之下变得卑微。……监视其实是由每个人自己加以实施的。"① 在傣族的叙事长诗《十二头魔王》② 中对于女性身体形象的描写尤其体现了女性身体的凝视。其中，以天后投生的美丽的楠西拉为代表：

> 光阴一年一年过去，
> 楠西拉一年一年长大。
> 转眼就是十六年，
> 姑娘就像湖里的一朵荷花。
> 嫩白的手臂像莲藕，
> 红润的脸蛋似彩霞，
> 明亮的眼睛如水井，
> 薄薄的嘴唇似竹芽。
>
> 细细的腰肢像黄蜂，
> 柔软的身材像孔雀，
> 白天像天边的彩虹，
> 晚上像洁白的月亮。
>
> 天上的花朵没有比她更清香，

---

① 转引自李银河《女性主义》，山东人民出版社 2005 年版，第 68 页。

② 傣族的叙事长诗《十二头魔王》是傣族叙事长诗三大"诗王"之一。所谓傣族的"三大诗王"指的是《吾沙麻罗》、《沾西巴顿》和《十二头魔王》（又名《兰嘎西贺》），后来又增加了创世史诗《巴塔麻嘎捧尚罗》和《粘响》，合称为"五大诗王"。以诗的长度为标准，在一万行以上，同时其内容和影响在傣族民间具有重要影响力的诗歌才称得上"诗王"。

天下的姑娘没有比她更漂亮，
谁见了她都眼花缭乱，
仿佛眼前闪着万道金光。

——《十二头魔王》①

　　如果说《阿诗玛》中对于"阿诗玛"这一理想女性形象是对云南圭山地区彝族撒尼支系女性群像的现实主义手法勾勒的话，那么，《十二头魔王》中"楠西拉"的描写则是对傣族理想女性的浪漫主义铺写。"楠西拉"的手臂、脸蛋、眼睛、嘴唇、腰肢、身材都被比喻为缤纷的视觉物象。"荷花"、"莲藕"、"竹芽"等喻像描述出女性身体的柔弱感，"彩虹"、"彩霞"等喻像描述出女性身体的艳丽感和明亮感，而"腰肢"的纤细与"身段"的婀娜则更是体现出女性身体的性感。综合对楠西拉的美丽身体的传奇化书写，包括标准的面部和曲线、服装与装饰品，以及特定的花草、植物的喻像，可谓美轮美奂。作为男性的理想化女性形象，她的身体是一切视觉形式的总和。女性的身体形象已经脱离生理性别转向文化与规范约束的性别形态，其中性的暗示秘而不宣地占据着首位。

　　从生殖力崇拜再到美色崇拜，女性看起来虽然还是身体本身的主人，但其实女性的身体已经变化为客体化的对象。在这种凝视中，女性自我被分解，如波伏娃所说：

　　女人不得不审视自己的一切，自己所做的一切，因为她如何露面——最关键的，如何在男人面前露面，是自我表现的关键所在。她本人的自在感被在他人意识的自为感所代替。而只有当她成为他人体验的内容，她本人的生活和体验对她来说才有意义。为了生活，她就不得不把自己安排在他人的生活之中。②

---

　　①　岩温等编：《十二头魔王》（兰嘎西贺），中国民间文艺出版社1990年版，第108—109页。
　　②　[德]西蒙·波娃：《第二性——女人》，桑竹影、南珊译，湖南文艺出版社1986年版，第149页。

　　在"看—被看"的结构中，不仅包含着男性"看"的意向性，还包含着女性"被看"的自觉性。正如马克思所说："眼睛成为人的眼睛，正像眼睛的对象成为社会的、人的、由人创造出来的对象一样。"①在《十二头魔王》整部叙事长诗中，如楠西拉一样美艳的女性很多，她们不仅是男性权力征服欲望的战利品，而且还是战争的人质、筹码和抵押品，并最终成为悲剧的牺牲品。这种女性身体形象必须随时注重迎合"看"的意向并提供调整的义务，当失去"被看"的欲求后其身体意义也就消亡了。每一类这样"熟悉"的"物化感官"的再现，都将巩固"看"与"被看"的性别政治关系。但女性却限于观念的先入前见而将这种不平等的关系通过自己的身体传承下去。

　　除此之外，云南傣族叙事长诗《乌沙麻罗》中的"麻罗"、《粘巴西顿》中的"楠光罕"、《召树屯》的"喃婼娜"、《葫芦信》中的"南慕罕"……六十多部傣族叙事长诗中都有"似曾相识"的理想化女性形象。其女性身体形象的基本标准可以概括为：年轻纤巧、曲线优美、唇红齿白、眼睛清澈如水、衣着鲜艳、清香迷人等等。女性身体的生命力在于所有感官数据综合孕育之结果。② 这一形象标准对于多数云南少数民族都适用。比如彝族叙事长诗《赛玻嫫》中的"七妹"、《嫩娥少薇》中的"嫩娥少薇"、《牧羊人史郎若》中的"依南妮"；哈尼族叙事歌《阿查和阿尼娥》中的"阿尼娥"、《姐耶与央才》中的"姐耶"；壮族叙事长诗《侬罗与迪灵》中的"迪灵"、《板拢和板栗》中"板栗"；苗族叙事诗《金笛》中的"蒙诗彩奏"、《昭莠俭与高帕施》中的"高帕施"、《卯蚩格明》中的"蚩格明彩"；纳西族叙事诗《鲁般鲁饶》中的"康美久"、《达勒·乌萨命》中的"乌萨命"；瑶族叙事诗《桑妹与西郎》中的"桑妹"、《虹腮与婵美》中的"婵美"……这些非现实的极尽想象的完美女性身体形象，作为衡量女性自身价值的重

————————

① ［德］马克思：《1844 年经济学哲学手稿》，中共中央马克思恩格斯列宁斯大林著作编译局译，人民出版社 2000 年版，第 86 页。
② 参见文洁华《美学与性别冲突：女性主义审美革命的中国境遇》，北京大学出版社 2005 年版，第 112 页。

要砝码，是女性获得爱情和获得社会关注的根本性条件。① 关于女性身体的神话，在此意义上其实是情感、政治、经济和性别压制的综合体。在这些女性身体的神话中，不断复现着女性身体与美好物质的类比。美貌与物质概念的比邻性本身不是一种自然关系，而是一种在特定语境中形成的适用于女人的象征性表达。

总而言之，女性身体形象在史诗、古歌和叙事长诗中经常地、系统地得到生产、维护和呈现。回顾三种女性身体形象，第一种女性身体形象是自由的，遵循着通常的发展过程，与动植物和宇宙属于同一序列的概念；第二种女性身体形象，则表现为反常、傲慢、野蛮、鬼魅的非正常存在；第三种女性身体形象，则被置于限制、规范和塑造之中，被秩序建构为新东西，就像人造制品表现出来的那样。因而三种身体代表着：从正常、反常到规范的历程，女性的身体不断降滑。由此，第一种情况是"自然"身体的自我发展，表达的是有生命的、自我完善的一种有机的身体观。而第二种则是失范的身体，它象征着邪恶、阴暗和破坏性。因为邪恶作用不能为正统的、精神的行动来解释，它们就不得不用反常活动的结果来解释，从而面向一个混乱的状态。因而，必须引入强力来改造这种身体的反常性，并且挫败身体的最后的努力和挣扎，使其统一在一个秩序范围之内。第三种理想化的美丽女性身体形象，即借助于权威的引导，将女性身体与自然的改造汇成一体，从而使得女性的身体形象符合于占据主流的男权制社会的秩序，最终呈现为一种"再造身体"的存在。

第二节　女性行为形态认同的构建

如果说身体形象是女性性别认同建构的重要对象的话，那么由身体所操作的"行为"则展示了性别认同建构的动态过程。身体的特殊性在于其不可绕过的物质性——这一物质性使得认同的建构时常遭遇灵肉合一问题的质疑。但行为本身所包含的"意向性"——即身体通过身

① 参见刘慧英《走出男权传统的樊篱：文学中男权意识的批判》，生活·读书·新知三联书店1996年版，第18页。

体的实践表现自身——则突破了这种二元对立的束缚。个体的行为可以
表明，人作为自然之内的实体，是如何通过实践来实现自身，以及如何
体现出对于社会文化的认同。这一认同的建构过程，对于单个个体而言
是一种感觉的、积极的选择过程。当然，对于社会群体而言则是一种导
引的、被动的选择过程。但无论如何，行为本身所表现出身心的同一
性，是文化认同建构的重要体系。所谓身心同一性，指的是由于身体与
行为的不可分离性，身体是行为的身体，而行为则是身体的行为，是一
种有生命、有思维、有感情、有意愿的活动的同一。

　　可以说，对女性行为形态的分析描述将女性认同研究从"是什么"
扩展到"做什么"，将有利于进一步对女性形象所蕴含的文化信息进行
理解。尽管云南少数民族史诗歌谣中的女性人物名字各异、千变万化，
但她们的行为方式却是稳定可辨的。与史诗歌谣中女性人物的巨大数量
相比，女性行为的方式却是有限的。一方面，她们千奇百怪，栩栩如
生，五光十色；另一方面，她们千篇一律，似曾相识。在很多史诗歌谣
中，故事结构是相似的，尽管在细节上可能衍化出变体，但是相当程度
上给人的感受便是相似性。并且，本书并不是将女性行为当作与社会性
别政治无关的符号矩阵，而是始终将其与性别认同结合起来解读。而
且，当把行为者的行为作为性别政治文化产物来加以破解的时候，行为
便可以被视作性别化身体的"惯习"①，即布迪厄所说的"持久的、可
转换的潜在行为的倾向系统，是一些有结构的结构，倾向于促成结构化
的结构发挥作用，也就是说作为实践活动和表象的生成和组织原则其作
用，而由其生成和组织的时间活动和表象活动能够客观地适应自身的意
图，而不用设定有意识的目的和特地把握这些目的所必须的程序"。② 也
就是说，在文学文本中所看见的女性行为总是客观地得到调节并合乎文
化规则，仿佛不是服从规则的结果，而是作为女性群体自然的选择结果。
性别化的身体总是通过特定的身体习惯去践行意识形态与世俗信念。

　　在云南少数民族史诗歌谣尤其是叙事诗中所唱述的故事里，尽管人

---

　　① 也翻译做"习性"，［法］皮埃尔·布迪厄：《实践感》，蒋梓骅译，译林出版社 2003
年版，第 70 页。

　　② ［法］皮埃尔·布迪尔：《实践感》，蒋梓骅译，译林出版社 2003 年版，第 80—81 页。

们拥有形形色色的实际经验，但深层的结构稳定性规约了行为叙事的可能性。本书认为，云南少数民族史诗歌谣中所唱述的女性行为形态，具有普罗普所言的两重性：在具体情境下姿态各异，但同时多有重复，很多民族将女性行为经验组合为文化形式的过程如出一辙。围绕女性与男性之间的关系，云南少数民族史诗歌谣尤其是长篇叙事诗①中女性人物形象的行为形态，可以大致概括为"作为执于爱情者的女性行为"、"作为婚姻施予者的女性行为"和"作为坏事者的女性行为"等三个类型。下文将从其中选取一些故事，叙述其内容梗概，以揭示女性行为如何体现出以上几种类型的共同性。

一　作为执于爱情者的女性行为

云南少数民族叙事歌谣多以男女爱情为主题，占据着绝对的主体位置。歌谣当中对于男女之间真挚之情的崇尚，以及时时刻刻表现的极为强烈的唯美主义的抒情倾向，都标示着"爱情"②在少数民族文化理想中的重要地位。

在《云南民族口传非物质文化遗产总目提要·史诗歌谣卷》③上下两卷中，其中彝族共有 39 部长篇叙事诗、叙事歌谣，以爱情为主题的共 36 部。其中，《阿诗玛》、《力芝与索布》、《木荷与薇叶》、《卖花人》、《嫩娥少薇》、《娥拜姆哈与偌莫嘎腾》、《朵卜若与颉薇妮》、《金花与雄鹰》、《何歌与李矣规》、《奕罗若阿芝》、《唐昂驰》、《妮薇与塔

---

①　云南少数民族创世史诗、古歌中的女神形象，其身体形象与行为形态是多合为一体的。身体形象和行为形态基本上相互混淆。行为形态的变化与身体的变化、品质的传递之间相互替代。故本节不再赘述女神形象的行为形态，而重点分析叙事长诗中的女性行为形态。

②　"爱情"在云南少数民族爱情叙事歌谣的叙事结构中至关重要。在《中国民间故事类型索引》的传奇故事（爱情故事）部分共有 117 种关于爱情故事的叙事类型，这些类型在云南少数民族长篇爱情叙事歌谣中都有体现。在众多爱情叙事结构中，最为凸显的是 885B 型"忠贞的恋人自杀"（男女相爱但受到权势逼迫而自杀）、885A 型"好像死去的人"（情人的真心使姑娘复活）、888 型"忠实的妻子"（妻子等待丈夫）、888C* 型"贞妻为丈夫复仇"等叙事类型。这些叙事要素在云南少数民族的不同爱情叙事歌谣异文本中复现，突出的表现出各少数民族文化中对于男女忠贞爱情的共同诉求，而女性以自己的全部生命践行着这一文化理想。（参见丁乃通著《中国民间故事类型索引》，中国民间文艺出版社 1986 年版，第 270—279 页。）

③　普学旺主编、云南省少数民族古籍整理出版规划办公室编：《云南民族口传非物质文化遗产总目提要·史诗歌谣卷》上、下卷，云南教育出版社 2008 年版。

培茨》、《夺慕与罗侬》、《黄梨妹与白梨歌》、《英雄白云汉》、《吉逻升杯妮》、《阿驰奕芝勒》、《丫娌与嘎力戈》、《阿狄遇者清底迷》、《除魔》、《太阳与月亮》、《猎人寨的来历》、《争郎调》、《苦情调》、《虹》等25部叙事歌谣中，都共同言说着同一主题：忠贞的恋人以及他们为此而做出的坚贞不渝的抗争和努力。在白族42部叙事歌谣中共有14部以忠贞爱情为主题，忠贞、抗婚、殉难的叙事结构是基本相同的。其中最有名当以《火照松明楼》中歌颂忠贞的白洁夫人为代表。哈尼族6部叙事歌中以爱情为主题的共5部，其中三部表现了忠贞恋人抗婚的故事。壮族5部叙事长诗《幽骚》、《解少》、《依罗和迪灵》、《板拢和板栗》、《仑董解》均长篇铺叙了男女初识、恋歌、订终身、发誓、抗婚、私奔等情节，故事结局或终成眷属或共同殉情。诗篇荡气回肠，少的有十二部分，多则长达二十六部分。其中"仑董解"发展成为当地专门的以歌定情、以歌劝导的曲调。傣族67部叙事长诗都是关于男女情爱和英雄救美的主题，塑造了很多忠贞不渝的女性形象，以《召树屯》中的喃婼娜、《缅桂花》中月罕姑娘、《娴波冠》中的娴波冠、《南娥洛桑》中的南娥、《线秀》中的郎线玲、《金纳丽》中的金纳丽等为代表。苗族叙事歌38部中有10部描写了忠贞恋人的曲折爱情，其中以《金笛》和《牵心的歌绳》为代表，以英雄从虎口救美为特点。佤族4部叙事歌都表现了男女真心真情不畏艰难的主题。在为爱殉情的女性形象中，尤以纳西族的叙事诗为最。其中6部叙事歌中都有女性为爱殉情化为石头或云彩的情节。《鲁般鲁饶》、《游悲》和《达勒·乌萨命》中都表现了凄美浪漫的爱情殉道主题。至于瑶族、藏族、景颇族、普米族等其他少数民族叙事歌中都存在此类叙事结构。

在这些叙事结构中，一方面，歌谣中男女主人公的爱情是重要的表现对象；另一方面，男女恋情在歌谣中成为一条核心线索，由此串联起一系列社会矛盾、冲突，成为展示云南各少数民族观念价值和性别文化的重要形态。我们从中来看女性形象的行为表现：

首先，歌谣中的女主角大都积极、主动地追求意中人，坦率地表露出对于男子的心仪，激烈地陷入到浪漫的爱情中。女性常常直抒胸臆，率性而吟，其表达思恋的感情或坚决有力，或温柔执着。在傣族著名的爱情叙事诗《娴波冠》中，当娴波冠（意为"美丽的荷花"）被贫穷的猎人宰坝（意为"山林之子"）从虎口救下之后，救命之恩激起了少女之情。宰坝开始并未对美丽的少女表示出动情之意。而媚波冠却早已芳心暗许，诗中写道：

> 绿叶里掠过一朵红霞，
> 红霞落在媚波冠的脸颊。
> 姑娘低头站在猎人面前，
> 跳动的心不知该说什么话。
>
> 她已忘了刚才的灾难，
> 虎口相遇也许是爱神的指点。
> 这意外的欢欣和喜悦啊，
> 触动了姑娘从来没有过的情感。
>
> "勇敢的哥哥啊，
> 林中的归鸟成双对。
> 林中的孤儿啊，
> 为何不能比翼飞？"
>
> "也许过了这一天，
> 欢乐就会丢在路边。
> 待明日妹妹来到这林中时，
> 将仍旧只有牛群孤影相伴。"
>
> "按照傣家的规矩，
> 媚波冠应该献上万两黄金。
> 可是妹妹是个穷苦人，
> 只有一颗赤诚的心。"①

---

① 王松主编：《相勐：三部傣族叙事长诗》，云南民族出版社 2007 年版，第 303—304 页。

　　但宰坝依然请求婍波冠原谅，说有要事在身而与姑娘辞别。婍波冠看着宰坝远去的身影久久不肯离去。婍波冠回到家后便把自己的心事告诉了母亲。母亲第二天便带上婍波冠的礼物到了宰坝家表示感谢，并转达了婍波冠的心意。

　　在这段叙事歌谣中，婍波冠与宰坝二人在对待感情方面，婍波冠较为直接和热烈，而宰坝则更多地表现出谦和与被动。在婍波冠和母亲的多次表示之后，宰坝才在母亲的首肯下接受了亲事。相对于男人的敬礼守节，女性的率真自然跃然于纸上。当然，在其他叙事歌谣文本中，男性也表现出相应的激情和浪漫，比如傣族叙事诗《宛帕纳丽》、《召树屯》、《缅桂花》等。在其他少数民族的叙事歌谣中，女性在爱情叙事诗歌当中的勇敢和坚决的态度往往被认同和讴歌。又如，布依族古代民间长诗《月亮歌》，就歌颂了少女大胆追求自由恋爱、忠于纯真爱情的过程。诗篇开头就从女性的角度将读者带入到对于恋人的思念和回忆中。所谓"看到月亮想起哥，看到星星忆情人"，"抬头望见是明月，低头思念是情人"，"海枯石烂不变心"，毫不掩饰着自己对于情郎的相思之情。当她的情郎受到布依族婚制影响，没有讨到八字不能结婚时，姑娘义愤填膺地抨击媒人、八字的婚制；当情郎在婚姻制度的羁绊下，迟迟未来与她相会时，姑娘思虑交加："哥哥为何迟迟不来，当初说话比石头硬。哥若是来到半路，是哪蓬阎王刺抓到你衣襟？"并深情呼唤："月亮呀，别忙下山，大地啊，为何黑得这么快？哥在哪里快来吧，露水湿鞋妹跟你换洗。"①在许多少数民族的叙事歌谣中，这种勇于真心剖露自己心灵的女性形象比比皆是。相对于男性来说，女性在面对恋爱的困难时，表现出坚定的信念。"有吃无吃不焦，没有绸缎就穿自己织的土布衣……寨上不分房子，我俩到大山上新起……"② 在苦难来临时，女性也往往成为炽热感情的最坚定的执行者，给予男性以信心和鼓励。

　　对于这种差异化的表现，西美尔在谈到女性心灵行为与男性心灵行

---

　　①　参见田兵等《布依族文学史》，广西民族出版社1983年版，第150—152页。
　　②　同上书，第153页。

为时，声称其中有本质性对立的地方："就其天性而言，女性是更专注自身的存在物，其欲望和思想更集中受到这些点的激发。相比起来，男人较为分化，男人的兴趣和行为更多体现在客观确定的自主性、劳动分工同个性整体和内心的脱节。"① 这种观点带有某种本质主义的色彩，但如果从性别认同的角度来看，它则揭示出一定的实质。从话语塑造的角度来看，女性这种被建构的或者说在每个个体中都有不同程度体现的"天性"，在文学语言中展示得如此充分。我们不知道是不是每个女性在面对情爱的时候，都会采取要求直接满足的"唯乐原则"② 的行为，但至少在语言文学作品中我们看到的，大部分都是没有压抑、直接的行动。女性在面对情感时候的作为一种传统意义上的特征，本非是自足的，而是被建构而成的，正如男性的责任感也同样是文化建构的一样。这些习惯性的行为描述，看上去是个体行为，其实已经超越了个体，是已有的文化活动及其未来规范的客观化结果。

爱及其要求的持久的、可靠的关系以性欲与"情感"的联合为基础，而这种联合又是一个漫长的、残酷的驯化过程的历史结果。③ 在这个过程中，本能而合法地表现为一种至高无上的东西——这就是对于"爱情"的道德升华。而这个被升华的爱情的代言人正是这些一群又一群有着同样执着浪漫情怀的女性形象。女性在对待性、感情、爱欲等方面的直接与热情，高度参与到欲爱的活动并成为其行为的最大特征。但关键在于，真正的爱情是以所爱者的互爱为前提的。在歌谣中所诉说中的种种巨大的压迫中，那种孤注一掷、铤而走险的爱情至上的行动原则，可能只有在文学与认同的观念互动中，不断地去争取，才有转化为现实的可能性。

其次，歌谣中的女性在面对利诱的时候，都做出了不慕权贵、只求真心的选择。恩格斯曾说："在整个古代，婚姻都是由父母为当事人缔

---

① [德] 西美尔：《金钱、性别、现代生活风格》，顾仁明译、刘小枫编，学林出版社2000年版，第160页。

② [奥] 西格蒙德·弗洛伊德：《弗洛伊德后期著作选》，林尘等译，上海译文出版社1986年版，第7页。

③ 参见 [美] 赫伯特·马尔库塞《爱欲与文明》，黄勇、薛民译，上海译文出版社1987年版，第146页。

结的，当事人则安心顺从。"① 但在云南各少数民族的爱情叙事歌谣当中，许多女主人公都没有"安心顺从"，而是坚决地拒绝了婚姻的包办和买办。以著名彝族叙事长诗《阿诗玛》为例，热布巴拉家请媒人到阿诗玛家说媒，温柔的阿诗玛十分强硬：

> "不管他家多有钱，
> 休想迷住我的心，
> 不管我家怎样穷，
> 都不嫁给有钱人！"

> "清水不愿和浑水在一起，
> 我绝不嫁给热布巴拉家，
> 绵羊不愿和豺狼作伙伴，
> 我绝不嫁给热布巴拉家。"
> ……
> "穷人知道穷人的苦，
> 穷人爱听穷人的话，
> 穷人喜欢的是一样，
> 受冻受饿我不怕！"②

从阿诗玛严辞拒绝热布巴拉家的话语中，可以看出在彝族撒尼社会底层劳动人民与富人阶级之间尖锐的冲突。"穷人绝不嫁富人"，穷人与富人好比绵羊与豺狼一样势不两立。在私有制发展的过程中，女性与财物、土地、牲畜一样，是部落、部落联盟以及部落内部之间争夺的重要对象。而阿诗玛对自身婚姻归属性的宣告——"穷人喜欢的是一样"——正是作为来自撒尼彝族底层社会对于压迫方的努力抗争的表现。弗洛伊德曾说，动物性的人成为人类的惟一途径就是其本性的根本

---

① ［德］恩格斯：《家庭、私有制和国家的起源》，见《马克思恩格斯选集》第四卷，人民出版社1995年版，第74—75页。

② 云南省人民文工团圭山工作组搜集整理、中国作家协会昆明分会重新整理：《阿诗玛》，人民文学出版社2000年版，第31—33页。

转变——即从服从唯乐原则到唯实原则的转变。这种转变最早发生在原始部落男权垄断权力和快乐，并强令儿子克制。并且，在人类和每个个体的历史中普通存在。① 而在《阿诗玛》中所反映的彝族社会从土司封建领主经济向地主经济转变时期，这种唯乐原则与唯实原则之间的冲突，则体现在奴隶主、封建领主（含土司、土目、土官）在恋爱婚姻中的优先掠夺权上。② 这种不平等的制度成为当时底层社会的人普遍要遵从的现实原则。按正常人的行事逻辑来说，在自我保存本能的影响下，唯实原则会取代唯乐原则。但与此相反，歌谣中的女性在面临自我生存危险的时候，并没有遵从唯实原则，而是从本能出发抵抗现实。

那么，如何来理解歌谣当中普遍、大量存在的充满浪漫主义色彩的反抗行为呢？这其实是幻想在人体心理机制中的重要作用。在幻想和想象中，"个体与整体、欲望与实现、幸福与理性得到了调和。"③ 想象原则，成为人在唯实原则与唯乐原则之间的第三种原则——正是这种原则"使作为自由主体的人的形象与制度化的压抑相对抗，但在一种非自由的状态下，艺术只能通过否定非自由来维持自由的形象。"④ 也就是说，云南少数民族歌谣中的女性群像是非现实的文学虚构。在话语的虚构和想象中，女性以自身的全部生命和精神，来对现实生活统治者的组织逻辑进行持久的抗议，以此来缓解和释放来自现实中的不满。在这个意义上，与其说歌谣中女性形象是为爱情而生的，不如说是为自由而生的。正是在无数像阿诗玛一样的女性对"富人"统治逻辑的讽刺和拒斥中，人们欢欣鼓舞，因为他们读到、看到和听到了原本自己心目中所经历过的愤懑、痛苦、反抗、胜利抑或灭亡。所有这一切都以审美的方式进行，人们可以尽情地享受它，然后再重新面对现实。因而，毋庸置疑，歌谣是鼓励女性朝着乌托邦迈进的。

再次，歌谣中的女性在爱情理想受到逼迫时，总是毅然决然地做出

---

① 参见［奥］西格蒙德·弗洛伊德《弗洛伊德后期著作选》，林尘等译，上海译文出版社 1986 年版，第 7 页。

② 参见左玉堂主编《彝族文学史》，云南民族出版社 2006 年版，第 535—538 页。

③ ［美］赫伯特·马尔库塞：《爱欲与文明》，黄勇、薛民译，上海译文出版社 1987 年版，第 103 页。

④ 转引自［美］赫伯特·马尔库塞《爱欲与文明》，黄勇、薛民译，上海译文出版社 1987 年版，第 104 页。

极端的抉择和激进的牺牲。通观上述云南各少数民族叙事爱情歌谣，女性形象总是充满了一种激进的感情。这种激进的感情表现为两个极端：一是当爱情伴侣在统治压迫中被害后，女性走上了复仇的道路，她往往将赔上自己的性命，与统治压迫者同归于尽；二是在压迫者的强大的不可逆转的威胁中，女性，或者女性和她的恋人，共同走向了毁灭。当然如今我们所看到的有些歌谣版本，经过了整理和改编，诗歌当中的激进绝望的反抗经过了浪漫主义的处理：或者女主人公死而复生，或者死后化为自然物，与恋人永远在一起。比如，作为《阿诗玛》的重要整理者，公刘先生反复强调了《阿诗玛》的整理工作中的二十份原本在故事的完整性和情节的合理性上都是"有缺陷的"，而且有很多地方有着浓重的宿命论的绝望情绪。比如，阿诗玛或被山岩压死；或被突发的山洪淹死；或者与石头黏在一块的诸种结局。公刘先生认为这里甚至已经闻到了"天谴"和"神的惩罚"的味道，是非界限十分模糊。其他翻译者们也认为不能采用这一类型的结尾，这一类型的结尾将把人的心灵导向无限的悲观消极。于是大家"经过再三再四的研究、分析，决定运用另一个民间传说的素材，即关于'应山歌'姑娘诗卡都勒玛德民间传说的素材，大胆加以改造，以阿诗玛遇救，变为回声作结局。"[1]

　　可见，原本那些叙事歌谣中对于矛盾冲突所采取的行为抉择是激进的，其结局是极为极端的。在云南彝族以爱情斗争为主题的叙事长诗和叙事歌中，《阿诗玛》中的阿诗玛宁可被洪水卷进漩涡也绝不屈服；《力芝与索布》中的力芝被打死也不顺从，最终化作了羽毛飞向了太阳；《木荷与薇叶》中的薇叶抗婚而自杀于花轿中……这样的例子不胜枚举。在白族叙事歌《火烧松明楼》中柏洁夫人誓死不从皮逻阁，最终断粮身亡。哈尼族叙事歌《阿查和阿妮娥》中阿妮娥跳进了熊熊火堆。壮族叙事长诗《幽骚》中的男女主人公受尽严刑拷打但始终坚贞不渝。傣族叙事长诗中的男女恋情常常伴随着战争和死亡，有的通过战争赢得了幸福，有的则走上了死亡和复仇的道路。比如《楠波冠》中宰坝在妻子死后展开了对国王召果腊的复仇……

　　　　　　　　　　　　　　　　　　　　

　　① 公刘：《〈阿诗玛〉的整理工作》，见赵德光主编《阿诗玛研究论文集》，云南民族出版社 2002 年版，第 19 页。

人在激情状态之时往往不受理智的控制，导致许多困局，引发许多丑闻，甚至酿成许多悲剧。激情之爱常常引发个体自我的意识混乱，群体之间的争夺和嫉妒，甚至部落之间的战争等等。如美国学者弗莱西斯科·奥尔伯罗尼在《陷入情网》中所言："激情之爱是一种急切的渴望，极力要求从那种容易与激情之爱产生冲突的日常生活俗务中分离出来。同他人的情感纠缠是普遍带有渗透性的——它如此强劲以至于使个体或两个以上个体漠视正常的义务。激情之爱具有一种只能存在于宗教迷狂中的魔性。世间万物突然无比新颖；然而，与此同时，它又不可能让单个人为之着迷，个人旨趣是同爱恋对象紧紧地维系着的。在个人关系层面上，激情之爱类似于卡理斯玛魅力，尤其具有破坏性；它将个体从生活世界连根拔起，让个体时刻考虑极端的抉择和激进的牺牲"。①

不仅如此，在云南少数民族的所有爱情叙事歌谣中，男女主人公的浪漫之爱还常常伴随着嫉妒、误解、斗争、毁灭、屠杀等激烈的行为冲突。但是，即使冒着这种种的危险，恋爱中的男女尤其是女性，仍然从原有的社会秩序、社会等级、社会义务中超拔出来。为了理想中的爱情，女性可以冒犯权贵、可以背弃父母、可以背井离乡、可以跳进火塘、可以跃下山崖。然而，歌谣的魅力正在于它最终又将这种激情之爱的毁灭性，作了"浪漫主义"式的化解，重新赋予其生命力。因而，在上述的大部分歌谣当中，我们看到这些女性在为了理想在做出激进选择而导致死亡后，往往获得神话式的拯救：她们或者化为彩虹，或者化为羽毛，或者化为响声，或者变成飞鸟……最终爱情战胜了压制。彝族叙事诗歌《一双彩虹》中歌颂了彝族姑娘娄黛露奏在祭奠丈夫时跳进了熊熊的烈火中，抱着丈夫自尽了。这时"天空飘火焰，天空升火柱，火焰火柱中，长出两棵树。两棵树伸出青枝，两棵树长出绿叶，一枝盖着一枝。一丈高，两长高，十长高，百长高，像一把遮天伞，从地上撑到云霄。"最后，狂风暴雨之后，"天山不是花边，天山不是弯弓，是一对年轻人的精灵，变成一双美丽的彩虹。"② 白族、哈尼族、彝族、

---

① 转引自［英］安东尼·吉登斯《亲密关系的变革：现代社会中的性、爱和爱欲》，陈永国、汪民安等译，社会科学文献出版社 2001 年版，第 50—51 页。

② 何积全编：《彝族叙事诗》，贵州人民出版社 1997 年版，第 31—32 页。

怒族等，都有美丽的女子为了守候心爱的男子死后变成"望夫云"或者"望夫石"的故事。运用这样的方式来形容至死不渝的感情，便是神话对于一切不美好、不自由的抗拒和拒绝。这种浪漫的叙事手法，把一种叙事观念导入到女性的个体生命之中——尽管是一种套式，但它"从根本上延伸了崇高爱情的反射性，""把自我和个人都镶入了一种同广阔的社会进程没有特殊指涉的个人叙述之中，"① 浪漫之爱把个体纳入自由与自我实现的新型纽带之中。它使得，女性在爱情的"激情"与崇高的"德行"之间纠缠不清，不但使得女性无惧于脱离社会规制所带来的危害，也使女性义无反顾地加入到对于弱势爱情争夺者的保护之中。无数的类似的女性形象，不断地被人们辨识为一种富有"德行"的形象，而女性在这种辨识的形成中，将完成自身对于婚姻和性的最高价值目标的认同。

纳西族的"殉情之风"正与这种对激情行为的普遍认同紧密相关。对于忠贞爱情的不渝信仰，支持着现实中的男男女女无惧生命的终结而选择勇敢地殉情。清光绪《续云南通志》载曰："滚岩之俗多出丽江府属的夷民。原因：未婚男女，野合有素，情隆胶漆，伉俪无缘，分袂难已，即私谋合葬，各新冠服，登悬崖之颠，尽日酬唱，饱餐酒已，则雍容就死，携手结襟，同滚岩下，至粉身碎骨，肝脑涂地，固所愿也。"② 一方面，纳西族对于游魂的宗教信仰使殉情得到一定程度抚慰。"但与此同时，东巴教的祭风活动和仪式中咏诵的《鲁班鲁饶》等'殉情文学'作品在一定程度上又促使新一轮殉情发生，形成惯性效应"。③ 这种浪漫之爱的升华，再也不是一种特殊的不真实的魔咒，而是呼唤着虚构领域中的可能性，这便是文学的认同力量对于现实和生活的影响力。通过文学这种中介所形成的认同，成为一种控制人们行为的潜在捷径。"对于那些为浪漫之爱所支配了生活的人们而言，它还是一种（从根本

---

① ［英］安东尼·吉登斯：《亲密关系的变革：现代社会中的性、爱和爱欲》，陈永国、汪民安等译，社会科学文献出版社 2001 年版，第 54 页。

② 转引自杨福泉《政治制度变迁与纳西族的殉情》，见《中南民族大学学报》2005 年第 5 期。

③ 木仕华：《东巴教与纳西文化》，中央民族大学出版社 2002 年版，第 92 页。

上）保障心理安全的形式。"① 从某种程度上讲，它就像初民时期宇宙与自然的命运一样，将女性纳入到一种心灵秩序的命运认同之中。以爱之名义行事能让人获得不可替代的勇气和力量。

综上所述，"爱情"在云南少数民族歌谣中是重要的叙事主题，但它的意义并不限于男女情爱，而是具有多种涵义。最基本的意义指生理意义上的男女之间"感情"或者"情爱"，并且衍生出精神上的与虚伪相对的"德行"的内在精神，和在审美上的"浪漫"的情趣。正是这种对于"爱情"的复合式的观念认同，导引着女性形象在行为方面产生多样的变化。在面对情爱欢乐时，女性行为遵从着本能上的快乐原则，勇敢表达着对于情爱的热情和渴望；在面对爱情理想时，女性行为则遵从来自底层社会价值观的现实的德行原则，拒绝和反抗着来自统治阶层的压迫。从叙事的话语倾向上看，女性行为则不断地得到了浪漫主义的唯美鼓励，从而使得自身的反抗得到巨大的精神抚慰。

而且，男女之间激进的浪漫爱情的书写，更多地是对女性而非男性的愿望产生影响。一方面，它引导着女性将其人生理想最高目标置于"爱情"这一不断被道德化、神圣化、纯粹化的理想之中，有助于将妇女把自身的定位局限于有限的两性关系之中；另一方面，它又以浪漫之爱的纯粹姿态，支使着众多优秀的女性去充当反抗社会不公秩序中的男性声音的代言人，在"伟大布道"的爱情追求过程中，最终完成了对社会价值观的认同。当这些以女性形象的"高尚"行为为歌颂对象的叙事诗歌，不断被传唱、交流、表演的时候，妇女本身就会产生强烈的认同感。这种认同对妇女置身于其中的生活场景进行了再现、再造、审视和反思。在这种意义上，这些口耳相传的叙事诗，就像文化经籍一样，给女性提供源源不断的可以模仿的行为典范。

二　作为婚姻施予者的女性行为

女性身体力量在男权家庭中的驯化，同样可以从女性行为的变化中看出。在女神、女巫的形象中，女性行为是常常伴随着重要物质的创造

---

① ［英］安东尼·吉登斯：《亲密关系的变革：现代社会中的性、爱和爱欲》，陈永国、汪民安等译，社会科学文献出版社 2001 年版，第 55 页。

活动展开的。但在云南少数民族的长篇叙事歌谣中，女性形象及其行为形态在很大程度上被精神化了。这些女性不再拥有母神一般的身体，却保留了神一般的施予或者赐予的某些品性。这些女性不再具备母神一般的物质创造力，但她们依然能够为男性带来丰硕的物质财富。如波伏娃所言，她成为藏在事物表面之下的欲望的深刻现实，是其核心和精髓。她是男人与生命的中介，人与神之间的中介，她象征着神圣的道德。①在这种叙事结构中，男性在获取婚姻的过程中，女性的行为恰恰与上述对抗性行为相反，她们支持着男性求婚者的行动，给予这些男性灵感和帮助。

　　首先，从施予的主体来看，作为婚姻施予者的女性大部分都是动植物精灵或者仙女。② 在云南少数民族叙事歌谣中，女性都是具有神界出生背景的，或为天上飞的凤凰、孔雀，或为水里的红鱼、田螺，不是精灵就是龙女。如云南楚雄地区彝族创世古歌《仙女传凡宗》中的女神仙白姑秋，叙事长诗《则谷阿列与依妮》中的龙女依妮、《硬针比狄迷》的天神女儿、《花鹿姑娘》中的花鹿姑娘、《苦情调》里的仙女玉花等。云南白族叙事歌《崔文瑞砍柴》中的张四姐下凡与崔文瑞成婚；云南文山地区壮族史诗《德傣掸登俄》中仙女下凡与罗傣结婚；在云南西双版纳傣族自治州地区的傣族长篇叙事歌谣中，绝大部分的女性也都是天神转世，如家喻户晓的《召树屯》中的孔雀公主喃婼娜、《螺蛳姑娘》中金螺蛳、《南悦罕》中的森林仙子、《南亥发》中的蛋变仙女、

----

　　① ［德］西蒙娜·德·波伏娃：《第二性·Ⅰ》（全译本），陶铁柱译，中国书籍出版社1998 年版，第 286 页。

　　② 民俗学界对于"天鹅处女型"、"羽毛仙女型"、"鱼女型"、"白鸟羽衣型"、"动物报恩型"、"难题求婚型"等主题的充分研究，为我们分析女性作为婚姻施予者的行为打开了方便之门。这些主题因时代、文化等各方面的相互作用，叙事要素之间相互结合，存在着很多异文。在云南彝族、哈尼族、纳西族、苗族、瑶族、佤族、怒族、普米族、傈僳族等少数民族的叙事诗歌中，都流传着这种某些相似的结构质素。国内外学者们从故事的起源、传播、文化背景、美学特点等多种角度进行了解读，钟敬文先生、丁乃通教授以及日本君岛久子等对这些故事类型及其异文进行过研究和分类。在丁乃通教授《中国民间故事类型索引》，仅313A1 型"英雄与神女"的异文具有 40 多篇，女性都是具有神界出生背景的，既为动植物精灵又为仙女的双重形象。本文则在吸取前人研究成果的基础上，针对这些叙事结构中有关女性行为形态的要素进行研究和分析。（参见丁乃通《中国民间故事类型索引》，中国民间文艺出版社 1986 年版，第 76—80 页。）

《景亚丽与南达纳》中的下凡天女景亚丽、《盘巴与雀女》中的雀女、《秀披秀滚》里的龙女。还有云南文山地区苗族创世史诗《洪水滔天歌》中天神主各枭的女儿下嫁、叙事诗《召腊娶了龙王女》中的龙女等。其他的少数民族叙事歌谣中，比较有代表性的还有佤族叙事诗《岩惹惹木》中的龙女、玉龙纳西族地区的叙事诗《神秘的金鹿》中的阿枝姑娘、瑶族叙事诗《虹岗霞与七妹》中仙女七妹、景颇族创世史诗《宁贯娃》中的龙女、藏族叙事歌《热巴舞的传说》中的仙女阿日拉姆、布朗族创世歌《布咪雅劈木成人》中的木偶仙女、普米族创世诗《帕米查哩》中的仙女下嫁……在这些叙事结构中，女性拥有神的出生背景，但大多并不拥有相应的神力，其爱恨悲欢、生儿育女都依照人类的法则进行。神女面临猛兽追逐的危险，神女同样受到来自各方的限制，女性的神性仅仅在对男性施予婚姻的时候发生作用，成为男性婚姻幻想中的一个理想身份而已。她们美貌贤惠、智慧秀巧，能够帮助男性积累财富、战胜强权，而无需承担任何来自女性家庭的责任和义务。她们在各方面较为完美地表达了少数民族社会男性关于现实生活的所有幻想。

其次，从施予的对象而言，被施予的男性或是孤儿穷人或是勇士能手。他们的善良、勇敢之举常常被言说成为女性施予行为的直接原因。同时，他贫穷艰难的处境和遭遇则给予了女性的施予行为道德上的必要性。歌谣中的孤儿穷人或者父母过世、或者跟着母亲、或者跟着哥嫂，过着孤苦伶仃的生活。但是，在此艰难的物质环境之中，他们仍然保持善良勤劳的生活习惯。由于偶然的善举或者机缘，在与仙女结合之后，便立即收获衣食无忧的生活。在上述所列举的云南各少数民族的二十多部史诗、叙事歌谣中，如彝族创世古歌《仙女传凡宗》、《则谷阿列与依妮》、《硬针比狄迷》，傣族叙事歌谣《螺蛳姑娘》、《南亥发》、《景亚丽与南达纳》，苗族的《召腊娶了龙王女》，佤族叙事诗《岩惹惹木》、纳西族《神秘的金鹿》、普米族创世诗《帕米查哩》等中的男主角，便都属于孤儿或者穷苦人类型。其他史诗和叙事歌谣的男主人公则都属于本民族文化中的勇敢者。他们的生产劳作的技能和勇敢的特质，成为女性婚姻施予行为的重要原因。也就是说，少数民族主流文化往往将女性的青睐和婚姻当作是对男性的一种合理馈赠和奖赏。而在叙事歌中，与女性形象相比，男性形象无需完美。他可以是贫困的、弱势的和普通的，也可以是有能力的、勇敢的，或者是前者与后者复合在一起的。他们接近于生活实际状态中的男性群像，而她们则在各方面被理想化。事实上，无论是孤儿还是英雄，此种叙事结构的广泛存在，塑造着一种广泛的社会意识认同：女性对于男性的主动、热情、无偿、丰盛的感情施予行为，而男性对于女性施予行为的理所当然的接受行为，都是被文化广泛认可的。

从施予行为的过程和效果来看，男性成为施予行为最大的收益者。以流传于沧源佤族自治县地区的叙事诗《岩惹惹木》为例来说明。该叙事诗的内容梗概是：（1）岩惹惹木是孤儿；（2）孤儿捕到小鱼；（3）鱼变成龙女为男孩做饭收拾家务；（4）龙女被发现但表示喜欢岩惹惹木；（5）龙女带孤儿回龙宫见龙王；（6）龙王向孤儿提出一系列难题。比如"一天内铲完一箩小红米的荒地"、"挖出能撒三箩黄豆的土地"和"把撒在田间的黄豆完全找回来"。这些难题都在龙女的帮助下完成了；（7）龙女帮助孤儿彻底打败龙王，龙王认输并同意婚事；（8）龙女被部落王子抢走；（9）龙女叫孤儿打造"百鸟衣"并施计杀死了王子；（10）百姓要求孤儿做部落的王子。通观整个叙事内容，女性总是在男性面对难题的时候施予帮助，如萧兵所说，这些未婚女性总是私通关节，难中帮忙，表现出似乎过多的"爱"和"热情"。① 这种过多的"爱"和"热情"表现在：对于贫困男性的无条件的喜爱、对于自身家庭的无理由的背叛以及对于其他权贵男性的无理由的抗拒，甚至是对丈夫无情背弃的无理由的原谅和接受。

男性求婚中的难题设置，在很大程度上反映了西南很多少数民族不落夫家的风俗和两性在婚嫁过程中的利益冲突。而在此利益冲突中，这种美化的女性形象及其行为，已经超过了其在自身关系归属中做出选择的合理性。格里尔认为，爱情在本质上是人的自恋精神的延续，其认可的是同类，是自我的扩大化。即使是表现出所谓的自我牺牲和热忱奉

---

① 参见鹿忆鹿《难题求婚模式的神话原型》，见《民间文学论坛》1993 年第 2 期。

献，终究最终目的还是有利于自身。① 然而，在歌谣中的这些过度的女性行为中，实在看不到其合理性和任何利己主义的存在。尤其是，有的女主人公甚至帮助男青年杀死自己的父亲这一情节，实在不符合现实中的伦理道德。在彝族爱情叙事长诗《则谷阿列与依妮》中，龙女依妮在帮助孤儿则谷阿列成为富贵人家之后遭到了他的无情休弃，但当则谷阿列因为再次遭遇贫困而来寻找她的时候，她竟然帮助则谷阿列通过各种难题，甚至最终杀死了自己的父亲。有学者谈到，岳父的死亡和男青年取代其位，是两性文化冲突的一个高潮，"至于女性在整个婚变过程中完全站在求婚者一边，求婚者往往得到神秘帮助的情节，则更集中地表达了男性文化的特征，恐怕也更多地含有男性文化的主观心理，甚至在于昭示着男娶女嫁、人与异类婚媾乃合天意、得神助之必然之举。"②"阿列带着龙母和依妮回到人间过上了幸福的日子"——这一圆满的叙事结局意味着，所有的施予行为均围绕着叙事结构中的男性主体的位置展开并最终符合其愿望，而女性则表现出"为了施予而施予"的盲目的爱和热情，甚至是对女性自身道德的无视。因而，这种理想的、美化的女性形象及其行为，不是女性道德的自我陶醉，而是男性"自我陶醉"、"自我扩张"的意志经由女性这一中介隐晦曲折的投射和反应。直接激发此类女性行为幻想的正是少数民族民间普遍存在的男性性爱饥渴和性爱幻想。当这些违背常规的行为被人们津津乐道的时候，毋庸讳言，从现实相反的幻觉中，他们感受到了某种替代性的满足。

　　这种叙事结构的程式化，催生着一种男性生活的"白日梦"情绪：简单的、幸运的、被施予的对于婚姻和性关系的渴望。亦如美国人类学家本尼·迪克特所说："人们对青春仪式用心良苦、精心安排，为的是对女性羁绊的象征性抛弃，并象征性地使男性骄傲自大，成为其社区负有全部责任的人。"③ 在叙事中，通过让女性来扮演不断施予的角色，

---

① 参见［澳］杰梅茵·格里尔《女太监》，欧阳昱译，漓江出版社1991年版，第156—157页。

② 肖远平：《生命底蕴的拓展——"鱼姑娘"型故事初探》，见刘守华、黄永林主编：《民间叙事文学研究》，华中师范大学出版社2005年版，第301页。

③ ［美］露丝·本尼迪克：《文化模式》，何锡章、黄欢译，华夏出版社1987年版，第20页。

使得男性在现实生活中地位身份的诸多焦虑得以化解。通过倾听这种叙事歌谣会使人感到，女性，仿佛就是为了对男性施予而生的。女性主义所尊崇的亲密、给予、忍让的价值跟男性所推崇的竞争、勇猛的价值观形成鲜明的对比。那么，问题在于，这些女性的行为美德到底是女性的自我本真性，还是男权制强加给她们的他性呢？其实都是。女性"在其他人眼里"所表现出来的正常的行为美德，本来就是女性形象社会化的结果。这便是文学认同对于改变现实，改造性别关系的重要作用。女性所扮演和操行的行动，成为女性自身——她就存在于她的形象的表演之中。

三　作为坏事者的女性行为

在史诗歌谣中，生产着来自主流文化认同的范例，同时也生产着受到男权制文化不断压抑，从而出现笼罩着负面情感的范例。从女性主义批评的角度来说，在发自心灵的光彩夺目的史诗歌谣中，不仅那些与理想人物形成强烈对比的女性形象值得关注，那些在理想人物身边并造成事情客观失败的形象，同样值得关注。作为坏事者的女性行为表现为：

一种是勾引男人、破坏别人家庭幸福。她们花言巧语、处心积虑，天生就是作恶的坏人。这种反面形象与理想形象一样，是同一种女性认同建构的两面。理想女性形象的存在与反面女性形象的存在，互相为对方提供话语权力的生产机制。正面女性形象的深入人心，永远需要反面女性形象的映衬才显示出其正当性。在这种框架结构中，两种女性形象被置于一个对比框架之内。

一种是无知、多嘴和误事。有时她们连形象都称不上，而只是作为一种叙事符号存在于故事之中。她们代表了一类主题——就像云南彝族撒尼人关于当地"撒尼老母"、壮族史诗《莫一大王》中的"莫母"，和哈尼族迁徙史诗《哈尼阿培聪坡坡》中的头人女儿"乌木"姑娘……这些女性的无意之举，导致了整个事情理想情况的终止和失败。或者使得英雄陷入危险、或者使得族群遭遇灾难、或者使得丈夫丧命。她们或者因为无知、或者因为多嘴、或者因为不小心，而最终而破坏了整个事情的发展，导致了理想的幻灭。与第一种相比，这种形象的指认在整个故事结构中并不明显，但它对于女性形象的建构同样具有重要作用。

　　第一种"坏事者"的女性形象，被批判的主要是不端的性行为和不道德的作假行为。云南少数民族大部分的叙事歌谣中，围绕着男女主人公的忠贞爱情展开，总会出现围绕在男性身边的淫荡的女性。这些女性对男主角展开了谄媚、勾引的行为，导致了原本完美的爱情或婚姻的破裂。彝族叙事歌《争郎调》中心肠狠毒的柏树姑娘死死地缠住善心哥，花言巧语、争风吃醋，在得到不到爱人后设计害死了一对真心相爱的恋人。傣族长篇叙事诗《粘巴西顿》中歹毒的王后陷害杀死了楠光罕。而《金乌龟》中的小妾嘎维后，唆使丈夫害死了原配的妻子……

　　围绕着争夺男性的情感，女性投入到了一场疯狂的厮杀行动之中。恩格斯在对人类婚姻发展过程中的三种形式——即群婚制、对偶婚和一夫一妻制进行考察以后，认为这种婚姻顺序以表面上性别关系的进步性掩盖了实际上性别关系的非进步性。其原因在于，"妇女越来越被剥夺了群婚的性的自由，而男性却没有被剥夺。的确，群婚对于男子到今天事实上仍然存在着。凡在妇女方面被认为是犯罪并且要引起严重的法律结果和社会结果的一切，对于男子却被认为是一种光荣，至多也不过被当作可以欣然接受的道德上的小污点。"① 绝大多数云南少数民族叙事歌谣，普遍推崇一男一女相对平等的情感付出和婚姻行为。"真心人"的歌谣唱词是对男女一夫一妻制度的认同，也是对男女之间感情相互专属的认同。但围绕着男性展开的性争夺，也证明了事实上这种婚姻制度中存在着不平等的情况。所有的道德指控仿佛全部落在了反面女性形象的行为上，两性权力在叙事中并没有获得同等的话语显现。凡在女性方面的不端行为都被认为是淫荡不端行为，在歌谣中将遭到最恶毒的咒骂。而与之对比的男性不端行为，则被针对女性的强烈的道德谴责所遮盖。如流传于文山苗族地区的叙事歌《金笛》中的男主角"扎董丕冉"，在与凤凰化身的"蒙诗彩奏"订情之后，在赶往花山定亲的路上前后遭遇三个妖娆女性的"拦路"挑逗。"可是三个姑娘啊，死搅活缠来拦路。一个糯珠彩奏，一个叫花傣彩奏，一个叫竺妞彩奏，一个更比

---

　　① ［德］恩格斯：《家庭、私有制和国家的起源》，见《马克思恩格斯选集》第四卷，人民出版社 1995 年版，第 73 页。

一个漂亮……"①"扎董丕冉"心潮翻滚，差点儿就陷入了情网，但最终道德理智还是战胜了女色的诱惑。这个关于"凤凰女"的故事几乎在文山所有苗族居住区都有流传，只是人物姓名有所不同，情节略有差异。作为它的异文变体，在苗族民间故事《诺施休妻》②中，男主角"诺施"也是救了凤凰女"然老彩奏"后两人成婚。在苗族踩花山盛会上，诺施遇上了花枝招展的"玛告苟"。③诺施与玛告苟对唱了一天，两人情投意合，玛告苟便唆使他把妻子杀掉。当真相大白之后，诺施后悔莫及但无法挽回。而"然老彩奏"却心系孩子需要人抚养，亡灵的歌声指引着"诺施"与另一名寡妇结为夫妇。

诗歌通过一个完满家庭的悲剧，昭示了对家庭稳定产生威胁和破坏性的女性行为。同时，指出了妻子既是家庭事务自我牺牲的管理者，同时也是他的道德的指引者。女性行为与婚姻幸福与否之间的直接关联，本身就体现了以男性为中心的社会体系是如何通过行为规范来管理个人，特别是针对女性的行为。妻子与坏事者这两种形象对比，所隐含的认同与不认同，指出了可以接受的性行为和不被接受的性行为的界限。同时，这种二元对立的行为，在对与错、正常与非正常之间的区别上有着高度选择性和明显的说教性，它的目的在于对性行为作出规定，从而支持以男性为中心的家庭的稳定。

被丑化的女性形象的行为，其特征通常是因无知、多嘴等"不明智"的犯忌行为，④而导致事情完满发展的终止和失败。在这种叙事结构中，女性形象仅是一个虚设的主角，不过是传报禁忌信息的一个中介人物。整个故事依靠男性来推动，故事的焦点，情节的扩展、挺进都取

---

① 文山壮族苗族自治州苗学发展研究会编：《文山苗族民间文学集·诗歌卷》，云南民族出版社 2006 年版，第 37—63 页。

② 文山州文化局/文山州民族事务委员会编：《苗族民间故事》，云南人民出版社 1988 年版，第 49—58 页。

③ "玛告苟"是苗族传说中癞蛤蟆变成的美女，专门挑拨离间破坏别人婚姻。

④ 在万建中先生的《解读禁忌：中国神话、传说和故事中的禁忌主题》一书中，"禁室型"禁忌主题与"赶山鞭型"禁忌主题，都涉及到女性违反禁忌导致事情的败坏。丁乃通所归纳的 302 型"食人妖（魔鬼）的心在蛋中"中也有此主题。（参见万建中《解读禁忌：中国神话、传说和故事中的禁忌主题》，商务印书馆 2001 年版，第 201 页；丁乃通《中国民间故事类型索引》，中国民间文艺出版社 1986 年版，第 67—68 页。）

决于男性如何应对由于这种犯忌而带来的危害，从而更加展现出男性的胆量、勇气、智谋，而最终渲染出男性失败的悲剧性。比如流传于滇东北苗族聚居区的叙事诗《铁柱悲歌》，叙述了以首领沙格米和卯格米为首的两个部落之间的斗争。双方商议谁的铁柱能够开花，就能坐镇东方。老实的卯格米被阴险的沙格米毒害，临死前告诉妻子说："我死后不要埋，要将我蒸三天三夜，这样我便会活回来。"可是蒸到两天半时，妻子害怕把他蒸烂便打开了蒸笼，于是，英雄卯格米就再也回不来了，妻子成为寡妇。① 这些禁忌主题的都有共同的地方，其叙事情节都可以概括为：男性为本民族的神灵、英雄或能人；男英雄交待禁忌；他的女性亲属违反禁令；男性神灵、英雄或能人因此送命，其事业功归一篑。

细细看来，这些叙事中散发着不易觉察的性别意味，其性别象征意义是不言而喻的。其禁忌的结构及内涵是：设禁者是具有特异性的男性人物，违禁的都是为人之女、妻、母。"在历史唯物主义看来，禁忌是原始社会由于社会生产力和科学水平低下，人们把偶然发生的灾祸和意外伤害当作必然性的结果"。② 而这些偶然发生的灾祸和意外伤害，往往由女性的日常生活行为造成。这种人为必然性的关联透露出作为叙事创作民众和传播民众内心深处的性别倾向性：从根本上来说，男性行为维持着民间劳作生活的正常运行，他代表着某种必然性和正常性；而女性行为总是破坏了这种正常运行，她则象征着某种偶然性和非正常性。在这些叙事情节中，"女角的违禁是无意的，她没有任何显示的参照和得到任何提示，反而当时具体的情境引她步入了违禁的陷阱。"③ 故事

---

① 参见《中国苗族文学丛书》编辑委员会编《中国苗族文学丛书——西部民间文学作品选》，贵州民族出版社 1998 年版，第 6 页。另外一篇同样流传于云南省滇东北苗族地区苗族叙事诗《离魂》，讲述斋佼施是个优秀的芦笙歌舞手。一次天神主各鸟家作祭特来请他去吹芦笙，他嘱咐妻子缩攘缩芳好好看护他的肉身直到他的魂魄回来。他的小妹进屋来看见大热天哥哥还捂头睡觉，于是帮忙他擦脸。谁知竟惹了大祸，斋佼施都再也回不来了，缩攘缩芳成为了寡妇。（参见龙江莉编《云南苗族口传非物质文化遗产提要》，云南民族出版社 2006 年版，第 357 页。）

② 周国茂：《民俗行为模式》，见陈勤建编《当代中国民俗学》，上海文艺出版社 1988 年版，第 91 页。

③ 万建中：《解读禁忌：中国神话、传说和故事中的禁忌主题》，商务印书馆 2001 年版，第 253 页。

中的禁忌尽管不是现实中行为禁忌的直接复制，但是仍然具有行为禁忌的实质、社会功能。而在行为禁忌中依然充斥着对于性别角色的机械认同。

性别二元对立的思维深深渗透在这种禁忌叙事中。这些禁忌主题含有男权思想，体现了现实生活中关于女性的禁忌风俗。"禁忌风俗中，有相当一部分是针对妇女的，尤其是在只有成年男子参加大型活动中，诸如大规模的生产、狩猎活动、战争、祭祀礼仪等，禁止妇女在场。俗言妇女为不详，恐败大事。"①除了上述神奇的英雄斗争、祭祀敬神外，对于女性违忌行为的批判还体现在很多云南少数民族的迁徙长诗中。一些云南少数民族将本民族颠沛流离的迁徙历史归咎于女性。在拉祜族迁徙长诗《勐属密属》中，拉祜族原本居住在"牡缅密缅"（直译为"天边地边"）这个好地方。英勇的拉祜族男人们一度挫败官家的进攻。后来，官家设计了九筐九箩响篾，借男人赶集的日子向拉祜族妇女换取了拉祜族人家的弓弩扳机。等到官家再来攻打的时候，由于找不到弓弩扳机，最终战败而不得不离开"牡缅密缅"。②云南布朗族创世歌《迁徙之歌》，回忆了布朗族祖先历经千辛万苦进行迁徙的历史。歌谣中讲到，布朗族到了鱼米之乡"帕筐弄俄"（帕筐：澜沧江边；弄俄：长满芦苇的湖泊），过上了丰衣足食的生活。由于一个外寨的妇女不懂规矩，生育后私自下湖洗澡，得罪了湖鬼，召来了发冷发热病，传染了全村人，于是人们只好弃家上山，安身山上。③这些歌谣中有意设置的女性违禁行为，从某程度上来说，正反映出这些少数民族文化对于女性尤其是孕妇的禁忌、偏见和歧视。比如说，滇南彝族地区，至今仍有禁止妇女多说话、管闲事的风俗，女子不能上雾灯、不能跨过火塘，不能参加祭祀，不能触摸男子的发髻和猎具，不能摸毕摩的法具等等④。而苗族地区则严禁妇女背男性的褰衣，壮族地区禁止寡妇和孕妇之夫参加

---

① 万建中：《解读禁忌：中国神话、传说和故事中的禁忌主题》，商务印书馆2001年版，第204页。

② 参见雷波、刘辉豪《拉祜族文学简史》，云南民族出版社1995年版，第147—149页。

③ 佚名唱述、林璋记录、整理：《布朗人之歌》，见普学旺主编、云南省少数民族古籍整理出版规划办公室编：《云南民族口传非物质文化遗产总目提要·史诗歌谣卷》下卷，云南教育出版社2008年版，第242页。

④ 白兴发：《彝族传统禁忌文化研究》，云南大学出版社2006年版，第95页。

祭社，瑶族忌孕妇在产后走过神龛，纳西族忌女子参加祭天……①纯粹由男性建立起来的禁忌系统，在诗歌中看上去皆为"合理的行为"。而女性自行停止这种"合理的行为"，就预示着妇女在某种程度上失去了生活的理性及秩序性，便会受到惩处。此类禁忌主题中的叙事无一例外都是这样。诗歌中对于女性行为的禁忌设置，成为性别文化再生产的强大工具，再次体现了其中不平等的权力关系，也正是在此过程中，具有差异性乃至等级性的认同结构得到了不断巩固和强化。

第三节　女性角色气质认同的构建

美国女性人类学家玛格丽特·米德在《三个原始部落的性别与气质》中，通过对三个原始部落居民的调查，发现性别气质的同一性是可疑的。对于性别气质而言，同一性别在不同文化背景下，可能获得迥然不同甚至恰恰相反的气质。但米德同样也意识到，性别差异的社会界定的历史，显示出社会文化在这方面是专断的，这种按照社会意志的编排，在学术和艺术领域尤为突出。② 关注性别差异的人们往往只取其前意，而忽视了后者。事实上，在性别社会化的过程中，性别气质是最容易被静态化和类型化的。在云南少数民族的史诗、古歌和叙事长诗中，笔者怀抱着寻找特异性、个性化的女性角色气质的阅读期望，却总是回到类型化的角色气质的这一阅读事实中。正是这一事实说明，女性角色气质的在文学中的认同是带有社会认知偏向性和规范性的。

云南少数民族史诗歌谣的叙事功能，很多都是按照故事中的角色，即情节中人物的功能来划分和确定的。每一种身份角色，都有相应的性格气质与之协调构成，这源于人们所赋予她们的不同的情感价值。云南史诗歌谣中的女性形象角色，既是抽象的也是实在的，既是一也是多。她们可以无限地分身，但总是呈现出集体表象的规律性。史诗、古歌和叙事长诗作为各少数民族文化意义汇聚的表演模本，享有一种我们不能

---

① 参见方素梅主编《中国少数民族禁忌大观》，广西民族出版社 1996 年版，第 34、55、88、186 页。

② 参见［美］玛格丽特·米德《三个原始部落的性别与气质》，宋践等译，浙江人民出版社 1988 年版，第 270 页。

随意弃之不顾的权威性。每一种人物角色气质的设定，随着每一次表演的重启，都激起、保持和再造着该文化群体的某些精神状态和意义系统。当然，并不是说规律总是被永恒地刻入人的头脑，而是说个体的感觉经验至少部分地依赖于这些规律性的形象。在现实生活当中，个体感觉的"自由"也是真实存在的。只是作为社会存在，我们的个体感觉总是"自由"地存在于某种"形象"或感觉之中，正如涂尔干所言，"一种感觉或一个形象，总是要依赖于一个确定的对象或者同类对象的集合体，并传达瞬间的特定意识；它基本上是个人的、主观的。因此，我们有充分的自由来处理这样一种起源于个体的表象。确实，只要我们的感觉是真实的，它们就会在事实上能够把它们自己强加到我们身上。但正因如此，我们才能自由地按照与它们实际状况不同的方式来想象它们，或者把它们表述成好像发生在一种与它们从中产生的秩序完全不同的秩序之中"。[①]

　　性别作为社会历史文化的产物，虽然依托于具体的人物，但事实上，由于受到社会文化的深刻影响，它总是表现出一定的表象规律性。母亲、妻子、女儿等身份角色一旦形成，就会遵循她们自己的法则。这些身份角色起源于社会，因而也就超越了个人的经验。角色气质构成了一种元语言（metalanguage），个体的情感和经验正是通过这种元语言才得以组织起来。[②]对于女性性别的理解，在根本上，是被置于人与人、女性与男性、女性与女性的相互关系中来获得定性的。无论何种民族文化，母亲、妻子、女儿都是女性生命过程中最重要的三种身份角色，因而本文对于云南少数民族史诗歌谣中女性形象的探讨，也将围绕这三种身份角色展开。

一　两极化的母亲角色气质

　　在云南少数民族史诗歌谣中，母亲的角色气质首先是慈爱与温暖的。亲母的形象得到了多数话语的维护，是社会伦理道德和家庭温暖的

---

　　① ［法］E. 杜尔干：《宗教生活的初级形式》，林宗锦、彭守义译，中央民族大学出版社 1999 年版，第 14 页。

　　② 参见［美］马歇尔·萨林斯《文化与实践理性》，赵丙祥译，上海人民出版社 2002 年版，第 136 页。

化身。创世女神的形象，从某种程度上来说就是一位大"母亲"的形象。如壮族女神米洛甲在为人类播种过程中，当种子不见生长之时，"米洛甲心焦，忙把主意想，树种用布包，草籽枕袋装，夜晚抱在怀，出门背身上。种子不发芽，米用奶水喂。种子吸米奶，三月就饱胀。米带种上坡，撒种坡上下。种子落下地，粒粒长嫩芽。"① 水族古歌《花妮配》中所唱的："开天辟地有个花妮，养育了她的儿女。自从她生下我们，将万物匹配成对，要感谢、尊敬花妮……田和地种谷种菜，养活着她的后辈，竹与柏枝叶青翠，山和岭雄伟壮丽，这一切使人高兴，做活路不知劳累。还有那苍天大地，一个是圆圆的天，一个是平平的地，水牛与黄牛犁田耕地……男和女成双排队，通天下才成社会……"② 在母神认真辛勤的活动中，万物匹配、秩序安定、通天下成社会，如歌中所唱"这一切使人高兴"。

叙事长诗以彝族《阿诗玛》中的母亲"格路日明玛"为代表。在看着阿诗玛成长的时候，母亲"格路日明玛"对女儿的态度是体贴入微的："做活随囡心，不做随囡意，任随囡的心，任随囡的意。你喜欢和谁相好，爹妈都不会打扰，你高兴和谁相爱，谁也不会阻碍。"当媒人"格底海热帕"到家来劝媒的时候，阿诗玛的母亲不卑不亢地拒绝了"格底海热帕"。任凭媒人威逼利诱始终不允诺，"若是好人家，就把我囡嫁，若是坏人家，我囡绝不嫁。"即使海热领着抢亲队伍到了阿诗玛家时，"格路日明帕，还是一句话：'喜酒我不喝，女儿我不给，女儿我不嫁。'"③ 母亲往往是子女的保护神和支持者。哈尼族古歌《昂玛突》中聪明保护儿子的母亲"昂玛"，成为哈尼人祭祀的寨神。在云南少数民族的礼仪歌谣中有专门唱述母亲的篇章。比如彝族的挽歌"哭阿妈"："天上最缓和，是金灿灿的太阳；四季最缓和的，是百花盛开的春天；家中给女儿温暖的，是慈善的阿妈。"④ 这与白族的"女儿祭母歌"中"太阳般温暖的母亲"是同样的。云南中甸县摩梭人《歌

---

① 过伟：《中国女神》，广西教育出版社2000年版，第182页。

② 同上书，第52页。

③ 黄建明等翻译：《普帕米》，云南民族出版社1988年版，第136、144、148页。

④ 普学旺主编、云南省少数民族古籍整理出版规划办公室编：《云南民族口传非物质文化遗产总目提要·史诗歌谣卷》上卷，云南教育出版社2008年版，第74页。

唱万物的母亲》尤为突出地表现了对于全能母亲的想象，母亲代表了人们对于世界美好事物的感知。① 而云南新平哈尼族支系卡多人，至今仍举行"祭母"活动。每年农历二月第一个属牛日。人们聚集在象征母体的大树前盛宴。活动开始后，男女老少齐唱《思母》歌：

> 身前立着母体化作的树，
> 望见树，泪成串！
> 唱上百歌，
> 唱不完母亲的恩情。
> 山泉不断，
> 没有娘儿情义长。
> 英雄都是母亲养，
> 阿皮梭么也有娘。②

与之相比，后母在绝大部分云南少数民族歌谣中的角色气质都是刻薄、恶毒的。在大部分史诗歌谣中，后母虐待子女、专横跋扈，最终往往自食恶果，其反母性道德的形象在多数民族文化中都受到强烈的谴责。彝族叙事长诗《牧羊人史郎若》，"冒安妈"（彝语：后母）把十三只羊交给史郎若，要他把羊养足九十对才能回家。史郎若远走去放羊，吃尽苦头，终于养足九十对羊回家，此时后母把他拒之门外：

> 冒安妈出来当门堵，
> "哪里来的叫花子，
> 不要站在门口喊，
> 你是野生的山芋，

---

① 比起其他少数民族，摩梭人的崇母情节尤为突出。摩梭人由于长期实行阿夏婚，因而子女不由父亲抚养，而是由母亲和其他女性家庭成员抚养，母亲因此成为子女唯一确切知道的亲长。故而在歌曲中可以看到，子女对母亲亲厚的感情，母亲和舅舅在家庭和社会上享有较高的威信，受到特别的尊敬和爱戴。尊崇母亲是其传统的社会伦理道德观念，也是原始民族宗教达巴教重要的思想内容，它们共同形成摩梭社会尊奉母亲与女性的社会风尚。

② 刘小幸：《母体崇拜——彝族祖灵葫芦溯源》，云南人民出版社1990年版，第147页。

只能长在荒地里，
休想移栽熟地中。"
冒安妈嘴里骂着话，
顺手抄起打狗棒，
边骂边朝史郎若打来。
史郎若的心呵，
像一堆燃旺的篝火，
突然遭受暴雨的袭击，
对亲人的甜蜜思情，
顿时化作酸苦的悲伤。①

此时歌谣直接对继母进行谴责："冷饭可以蒸得热，可是狠心的冒安妈，怎这般难改狠毒的心肠？"在其他的少数民族叙事歌谣中，后母也是劣迹斑斑：如傣族叙事长诗《粘巴西顿》中的后母用毒粽子毒死四个孩子；《月罕佐与冒弄养》中的继母"咩罕佐"把女孩卖给了富人家，并唆使父亲将孩子遗弃在深山中；《召温邦》中的继母屡次唆使父亲将幼儿遗弃在森林，随后竟活埋"温邦"；《金乌龟》中的继母将幼女喂虎；瑶族叙事歌《孤儿承帝位》中后母杨氏孤儿百般虐待，甚至高树拆梯、仓中放火、落井盖土等等；布依族的神话古歌《安王与祖王》中后母唆使自己儿子杀兄夺权……与亲母形象的温暖慈爱相比，后母的形象是完全的刻薄恶毒，其行为令人发指。当然，在这些故事中，被虐待的幼儿总是得到天助，而后母最终都自食恶果。后母数次欲加危害，而主人公总是忍让原谅，最终再转为反抗。这样的角色对比，达到了规范社会内部道德伦理的作用。

在以男性为中心的社会中，"妇女所谓的价值显然地异于男人所形成的价值。很自然就是这样，但是总是男人的价值占优势。"② 凡是符合男性社会规定的女性角色，其性格气质就呈现为极端的好；凡是不符

---

① 《普帕米》，黄建民等译，云南民族出版社 1988 年版，第 30—31 页。
② ［法］西蒙·波娃：《第二性》，桑竹影、南珊译，湖南文艺出版社 1986 年版，第 91 页。

合男性社会规定的女性角色，其性格气质就落于极端的坏。两种形象泾渭分明，前者是男性社会伦理道德的维持者；后者则成为男性社会伦理道德中的对抗者。其实，从男性到男性的传承过程中，另一血缘子女的介入及其随之而来的新的继承人，必然会极大地冲击原来的家庭继承关系。这本不是单个女性的错，而是家庭组成分子争夺合法地位的必然结果。但是叙事歌谣中，这种矛盾冲突被简单地全部归结于后母的恶毒。在后母形象中，几乎看不到任何"母性"。原因是因为"母性"早已经被理想化，被去人性化了。"母性"作为被建构的文化认同，她就是抽象的道德。亲母与后母这两种两极化的形象，呈现出一种非此即彼的对立性的话语结构及其认同秩序。温柔与暴戾本是人性中同时存在的两个方面。但这两个方面被割裂开来，分置于两个极端的形象中。这种有意的割裂，正是对母亲角色气质进行有目的、有偏向的认同建构。

二　勤劳持家的妻子角色气质

　　云南少数民族史诗歌谣中对于妻子角色气质的塑造，除了上文女性婚姻施予行为[①]中所表现出来的温柔美丽的角色刻板印象之外。云南各少数民族的创世史诗中有大量的"夫妇"叙事[②]，即在真切而繁复的生活语境中摹写夫妻生活，充盈着浓郁的现实气息。本文主要以彝族创世史诗《阿细的先基》为代表进行分析。歌谣分为引子、最古的时候、男女说合成一家、尾声四个部分。其中，"男女说合成一家"以男女谈情说爱为线索，反映了阿细人纯真的爱情和家庭社会生活。妻子角色气质具体表现如下：

　　突出妻子从夫居的顺从性格。当男女双方成家之后，丈夫带着妻子来到家里，"篙枝棍做椽子，蕨鸡叶做瓦片，大树叶做土墙……亲爱的妻子呃！这样的房子可中你的意？"。妻子回唱到：

　　　　我们既是一家，

---

　　① 参见上文女性行为认同中的"婚姻施予者"部分。
　　② 刘红：《云南民族民间文学"夫妇"叙事的女性倾向》，见《云南民族大学学报》2011 年第 3 期。

房子不好我也不嫌。
老鹰能抓走小雀，
可我的心却抓不走。
亲爱的丈夫呃！
有也要过一天，
无也要过一天，
就是去要饭，
我们还是要走一路！①

突出妻子的聪明能干的持家本事。在丈夫的介绍下，妻子高兴地接过婆婆手中的水盆，认祖归宗、拜亲访友，聪明的妻子马上就记住了。当丈夫告诉妻子家无良田只能开荒时，妻子表示只要有田可耕种就好。然后，妻子从丈夫手中拿过镰刀开始割草，"左手拉着草腰，右手拿着刀把……两子做一顺，两顺做一把，两把做一捆，两捆做一背"，麻利地把荒草割好……妻子配合着丈夫开荒、播种、收割、制麻线。当妻子织好麻衣后，丈夫唱到：

亲爱的妻子呃！
世上最聪明的就是你。
你缝的衣裳啊，
缝得不宽不窄，
缝得不长不短。
……
亲爱的妻子呃！
如果没有你的这双巧手，
我就要光着身子做活计。②

---

① 中国民间文艺研究会主编、云南省民族民间文学红河调查队搜集翻译整理：《阿细的先基》，人民文学出版社 1960 年版，第 250 页。
② 中国民间文艺研究会主编、云南省民族民间文学红河调查队搜集翻译整理：《阿细的先基》，人民文学出版社 1960 年版，第 232 页。

除了彝族的《阿细的先基》，其他少数民族都有类似的创世歌谣涉及到"夫妻叙事"，展现出在夫妻生活中男女角色的定位。比如白族《人类和万物的起源》中"安家立业"部分、哈尼族《窝果策尼果》、《十二奴局》中大量夫妻要遵守的古规古礼、傣族《巴塔麻嘎捧尚罗》中夫妻伦理道德部分、苗族《古歌》中的留姑娘和嫁姑娘的部分……从某种意义上来说，创世歌谣并不能全面地反映妻子角色的全部面貌，而歌谣中恬淡的叙事风格也远不能全面概括人们对于女性的认同，因为实际的情况要丰富的多。但是这些创世歌谣中"夫妇叙事"，萌生于人们的日常生活实践，是具有原创性的歌谣。从叙事发展的角度来看，它们构成了较早时期的叙事元语言，具有基础性的作用。它们对于了解女性的角色归属，其价值是毋庸置疑的。因为在"幸福家庭内的妻子"这一理想的形象中，女性对于自己满足地位的信念不断得到肯定，同时，丈夫的潜在的利益在这种夫妇叙事中可能是秘而不宣的。丈夫的潜在利益不但隐藏于"古老的经过检验的传统：'家庭'具有'我们所珍爱的家'的崇高光辉"之中①，而且还隐藏在整个社会对于这种家庭的庇护和支持之中。这就从家庭的根底和内部再次强化了既定的性别认同结构。

三　前后变化的女儿角色气质

在男权传统社会中，财产的再生产和所有权，与人的所有权和人的繁衍之间存在紧密的结构关系。婚姻与家庭财产所有权是联结和控制身体支配权的关键机制。男人通过控制和占有繁衍男人的妇女来控制财产的继承和分配。因此，在这种高度控制性的财产继承关系中，女儿在她的成长时期被看作是家庭重要的劳动力。但由于她始终要离开家庭，因而她又不是始终属于本姓氏家族，而是作为未来的外人被看待的。所以，女性的角色气质便会出现一个前后的变化。

作为家庭重要劳动力的女儿，在诗歌当中是父母的心头肉，其性格气质通常是乖巧伶俐的。比如《阿诗玛》中用白描的手法叙述了撒尼

---

① 〔德〕汉斯·罗伯特·耀斯：《审美经验与文学解释学》，顾建光等译，上海译文出版社 1997 年版，第 423 页。

姑娘少女时期在家中的生活：十岁"到田埂上割草"，十二岁"水桶和锅灶"是"伙伴"，十四岁"和小伴放羊"，"拼起五彩布，做成花衣裳"，十五岁"母亲教囡来织麻"，十六岁"撒粪播种紧跟上"，十七岁"口弦阵阵响，姑娘去公房。"可以看到女儿在未出嫁之前，承担了大量的家务劳动。当阿诗玛成长之后，我们透过媒人海热的口，也可以看到女儿终归要属于别人家的心态。"嫁囡不单是你一家，几千几万个小姑娘，都要离开爹和妈，几千几万个父母，都要把亲囡嫁。"① 女儿出嫁之后，作为一种财富和劳动力转移到别家，角色形象随着发生了巧妙的变化。

在哈尼族《哈尼阿培聪坡坡》古歌中，作为哈尼族头人的"乌木"有一儿一女，诗中描述"儿子还是贪玩的扎谷，放鹅放鸭常到溪边，女儿已经长成扎密，就像山上的腊哈腊芊（哈尼语，杜鹃花之意）。"② 在儿子的贪玩误事与女儿的乖巧美丽的对比中，我们可以看到女儿在父母眼中的乖巧伶俐。当外姓人"腊伯"花言巧语讨得头人"乌木"欢心后，他同意把扎密嫁给腊伯，扎密的角色气质开始变得贪婪自私。此时，歌谣唱到"扎密不单带走鲜花的容貌，还带去最平最肥的良田。"大家非常不满意扎密的外嫁。但嫁了人的扎密就像变了一个人，她开始替自己争夺利益，历数自己从小到大的辛劳，"分田应当有我一分，分房应当有我一间！"之后，扎密还帮着丈夫从母亲那里骗取了担任哈尼头人的"权帽"和"授带"，为后来腊伯人抢走哈尼族世居的"诺马阿美"埋下了隐患。这前后骤变的性格之间没有任何过渡，未嫁的女儿与出嫁的瞬间判若两人。其他的一些哈尼族叙事歌谣中，人们对不听父母之命嫁人的姑娘也是极为贬斥的。如叙事歌《一娘生的兄妹》中的姑娘简收，便因为不听从父母的包办婚姻而逃婚出走，但却最终落得四处流浪、无家可归的命运。这个聪明、大胆的姑娘没有人敢娶她，歌中唱到"聪明的简收姑娘，右手拿着打狗棒，左臂挂着要饭箩，姑娘顺着一玛河去要饭……不知村头村尾，一个村子进十次。但是往下讨饭不

① 参见云南省人民文工团圭山工作组搜集整理、中国作家协会昆明分会重新整理《阿诗玛》，人民文学出版社 2000 年版，第 26 页。

② 云南省少数民族古籍整理出版规划办公室编：《哈尼阿培聪坡坡》，朱小和演唱，史军超等译，云南民族出版社 1986 年版，第 60 页。

饱肚，向上要饭不满箩。"① 歌谣中一方面讲述姑娘的聪明，另一方面又突出其落魄的遭遇。在这种看似矛盾的叙事中，其实隐含了女儿角色在实际生活中所遭遇的尴尬，以及人们对于她们出嫁前与出嫁后截然不同的情感和态度。

　　虽然口头歌谣对于女性形象的描写并不直接对应于现实个体，但它对于我们形成关于女性的认同却是有着紧密联系的。因为它既可以向人们提供识别的证据，也可以把这种证据和概念传递给年轻而无性别经验的听众或者读者，从而预先形成她或他将来的角色期望。作为角色，它制约着女性在其中的呈现姿态。一般来说，人的行为规范从属于寻常的角色要求。标准化了的角色一旦形成，就会被社会意识形态所包含。通过一个相互典型化的过程，社会角色嵌合于意识形态的规章制度之中。这样，一方面，人的社会角色支撑着社会意识形态的运转，另一方面，社会意识形态也会竭尽所能申明这些角色的要义。角色秩序是由社会意识形态的合法的形式予以保障的，这些形式也同时赋予角色的实际规则以及角色的尊严。

　　西方女性主义学者认为，自男权制以来女性在自身发展上处于不利的位置，她们被认为是温柔的、感性的、柔弱的、依附的、退缩的，与男性的坚强、理性、阳刚、独立、主动、进取正好形成了二元对立。这种性别气质上的二元对立，在云南少数民族史诗歌谣中却并不那么泾渭分明。母神形象、女巫形象、母亲形象、妻子形象在很多时候都表现出积极、主动的特征，而女性在面对爱情、暴力时，也表现出激进的争取和抗争的态度。而且，女性在其成长过程中的形象也是不断在变化的。从女儿到妻子到母亲，不同的时期有着不同的角色气质。但这并不是说，云南少数民族史诗歌谣中的女性形象表现出了超越西方男权制下女性形象的自主性与独立性。在上文的论述中，我们看到史诗歌谣中所认同和批判的那些女性形象，在相当程度上还是围绕着男性话语来建构的。从女性主义的研究角度来解析云南少数民族史诗歌谣中的女性形

---

① 自然黑唱述、白金明记录、杨羊就等整理：《一娘生的兄妹》，见普学旺主编、云南省少数民族古籍整理出版规划办公室编《云南民族口传非物质文化遗产总目提要·史诗歌谣卷》下卷，云南教育出版社 2008 年版，第 254 页。

象，对于认识性别身份的文化构成性，对于了解性别认同中所包含的他性，无疑是有益探索。

　　总而言之，从身体、行为到角色气质，正是一次从生理性别（sex）认同到社会性别（gender）认同的历程。在这个过程中我们也可以看到，社会文化在建构女性认同方面的重要作用。从身体到角色，女性形象的性别认同愈发显示出刻板化和类型化。这说明，性别形象的形成和人们对性别形象的认同，正是一个社会化的过程。"这种社会化带有鲜明的民族印迹，反映了本民族对其个体成员一种定势的、固化的并且稳定的性别态度。而个体成员社会化过程本身也表明其与本民族的融合；表明其对本民族，尤其是对其民族意识的认同与接纳；表明其本民族性别角色印象的形成。"① 因此，性别不可能偏安一隅，而总是裹挟着来自社会生活诸多层面的种种意志及其话语。

---

　　① 李静：《性别角色刻板印象与女性发展的民族学研究》，见《贵州民族研究》2004 年第 2 期。

第二章　以妇女为吟唱主体的歌谣
对女性形象认同的构建

女性主义引发了对妇女文学传统的寻找热潮。如果按照传统菲勒斯的批评标准，那么大批妇女作品就被排斥于文学史之外。为此，西方女性主义学者前期目光主要放在著名的女作家上，后期则把关注的重点放在一些需要重新发现的女作家上。并且，为了摆脱传统语言符指的涉入，依利格瑞和埃莱娜·西苏分别提出了"女人话"、"躯体写作"等，强调女性要自己书写自己，以抵抗男权象征秩序。但事实上，二者都由于充满似是而非的语句和大量晦涩的隐喻，以及其间充满隐秘的女性体验，而使得这些话语歧义丛生并且意义无限延搁。除了作者本人，很少有人能够参与到其中。

笔者认为，西方女性主义理论倡导女性自我创作是切中要旨的，但其中一些女权主义者提出放弃现有语言形式的主张则是不可取的。关键在于，在女性的自我认同中始终包含了"他性"的存在。这里所谓"他性"，泛指社会文化形式和思维对于女性个体意识的渗透。所谓"他者"，则泛指外在于个体之外的社会文化意识形态。想要在自我的认同中剔除他性，无疑是要人从社会化的过程中反向逆转，既是不现实也是不可能的。女性形象的认同，正是在"群"与"己"的互动，在"他者"与"自我"的关系中构成的。尽管在这二者关系中，前者往往占据了主导地位，但是前者永远不可能消弭后者。因而，本书所界定的"自我"是在既定社会背景中"自我"的可能性状况——即依照或抛开正统话语与意识形态下，女性希望或者自认为应该是什么样的人。[①] 因

---

① ［美］流心：《自我的他性》，常姝译，上海人民出版社 2005 年版，第 97 页。

而在这里，"自我"的出发点是个人性的。本书想捕捉的正是女性作为某一情境主体位置中所言说的意义和所拥有的实际经验，以及女性在话语规范下所呈现出来的多种历史性格。

女性形象的认同，一方面指的是文学中社会群体对于女性自身形象的认知和指认，及其在这种指认体系中呈现出的某种持续性或连贯性特征；另一方面，指的是文学中女性在与他者的交流互动中对于自身形象的感知和确认。如果说，本书的第一章主要是从他者的角度来看待女性形象的话；那么，这一章则主要从女性的角度来看待自己的形象，并在与他者的关系中动态地呈现出女性自我的情感、经验和审美。只有在自我与他者的关系之中，才能呈现出自我认同这种内在的、无意识的过程。如查尔斯·泰勒所说："我通过我从何处说话，根据家谱、社会空间、社会地位和功能的地势，我所爱的与我关系密切的人，关键地还有在其中我最重要的规定关系得以出现的道德和精神方向感，来定义我是谁。"① 女性形象的自我认同，混融在她们对于自身身体、行为、语言、情感的言说中，混融在她对家庭及其相关生活的重视，以及与家庭的相关成员，包括恋人、父母、孩子、亲友之间的交流与指认之中。

女性生活不仅仅与女性的生理体验相关联，还与更为广阔的社会生活相关。那么，哪一种文学形式可以作为女性基于本真心理和情感体验创作的呢？在这众多的自我认同表述的语词之中，歌谣以其情感体验的充沛和直白表述，应该最能够体现出自我；相对于其他描述体，歌谣更能跨越分裂的主体而呈现完整的自我。歌谣作为生活中人们抒发感情的重要形式，一方面，它受到集体口传史诗、古歌、叙事长诗等权威文学范式的影响，表现出关于爱情、婚姻、家庭等一些相同的调式和主题，传递着女性形象的集体经验、行为方式和日常知识规范；但另一方面，歌谣在很大程度上属于"我口表我心"的艺术，在口口相传和交流互动中，即使是相同的调式和主题，也存在着大量女性的主体自我表述，很多都是临时即兴填词的。事实上，我们在云南少数民族的歌谣中，确实看到妇女较多忠于自我的表述。女性在歌谣中的创作，以其个人化、

---

① ［加拿大］泰勒：《自我的根源——现代认同的形成》，韩震等译，译林出版社 2001年版，第49页。

抒情性、想象力的奔涌，形成了一道独特的女性自我表述的文学景观。

　　基于此，本书把作为群体文化典型代表的史诗、古歌、叙事歌谣中对于女性形象的认同，主要归为一种他者认同建构，而认为以女性吟唱为主体的歌谣中对女性形象的认同，更倾向于一种女性自我认同的建构。当然，这二者实际上是不可能完全分离，而是相互交渗与影响的。但是，将其作逻辑上的关联与区分，将有利于将隐蔽的、悄悄进行的自我认同描述出来。歌谣为女性形象的自我认同服务这一最难以表述的或者说最为隐蔽的功能，在少数民族的情歌等风俗歌谣中发挥着重要作用。在云南少数民族的女性歌谣吟唱中，我们可以看到女性如何思考、如何梦想、如何追求。她们并非逆来顺受，总有时是心有不甘的。她们没有高深学养，但情感却从未曾死去。她们有时在月光之下，申诉相思之苦；有时在纺布车前，倾吐家庭的琐事；有时则拿着镰刀，申诉着生活的辛苦。这些歌谣不是为了歌谣而歌谣，而是真切地抒发着自己内心的情感。

　　而且，民间日常歌谣这种文学形式的主体自由性向来为中外学者所推崇。德国哲学家西美尔认为自男权制以来，男性意识统摄着人类的意识，并通过强大互文系统把男性化的女性意识内化为女性的自我意识。所谓政治准则、社会规范、艺术形式、美德等等看似为人类的一般性范畴，实际上就其历史形态而言则是男性化的[1]，而唯有民间歌谣是保留女性自我创造性的一方净土：

　　　　非常有意思的是，在民间歌唱这个等级上，许多民族的女人至少在创作方面同男人一样有创造性。这意味着，在尚未发展的文化中，还没有机会产生这里涉及的不一致。只要文化形式还没有打上特殊、固定的标志，就还不是明显男性的；只要文化形式还处在中性状态，女性的能量就没有处于迫不得已的困境，用一种同自身不相称的方式表达自身，而是能够自由自在地、按照自己的内在规范

---

　　① 参见［德］西美尔《金钱、性别、现代生活风格》，顾仁明译，学林出版社2000年版，第172页。

来创作。①

西美尔将女性民歌的纯粹性与具有西方理智文化最理想化的形
象——数学相比较，给予了女性民歌以高度评价，认为民歌是能够承载
女性天性的最好审美形态的载体。其他的文学形式都未能穷尽女性的感
觉之余和活力，使之发展成为审美形态。无独有偶，中国的民间文艺研
究者们也颂赞了女性作为民歌的主体创造者的历史地位。早在民国时
期，谢无量和梁乙真皆在梳理中国妇女文学史后，充分肯定了女性在文
学产生中的重要作用。谢本开门见山指出："盖太古之民。知有母而不
知有父。固无男女尊卑之辨。乐歌播习。应是男女所同。神农时既有
诗。妇人岂无为诗者。""古有东南西北四音。北音与南音最先。皆妇
人所作。"②梁本也谓："古有四音曰：'东南西北'。北音与南音最先，
皆起自妇人页。"③中国民俗学运动的早期推动者刘经庵先生在《歌谣
与妇女》专著中就明确指出："歌谣是民众文艺的极好的材料，但这样
的材料，是谁造成的？据作者的观察，多半是由妇女造成的"，"我们
若说妇女是歌谣的母亲，歌谣的大师，亦不算太过罢。"④郑振铎先生在
《中国俗文学史》中谈到与正统文学、贵族文学相比，俗文学表现着另
一个人生。"中国妇女们的心情，也只有在这里才能大胆的、称心的、
不伪饰的倾吐着。"⑤可以说，如果要在文学史中寻找代表女性的文字，
无论中外，都倾向于从民间歌谣中闻其真声、见其妙影。

第一节　情歌对唱中女性形象的自我认同

民间日常歌谣大多为情歌，情歌占民歌总数的百分之九十以上。民
歌中数量最多，流传最广，影响最大的便是情歌。刘守华先生曾在

---

① ［德］西美尔：《金钱、性别、现代生活风格》，顾仁明译，学林出版社 2000 年版，
第 147 页。

② 谢无量：《中国妇女文学史》，中州古籍出版社 1992 年影印本，第 4 页。

③ 梁乙真：《中国妇女文学史纲》，开明书店 1932 年版，第 4 页。

④ 刘经庵：《歌谣与妇女》，见苑利主编《二十世纪中国民俗学经典·史诗歌谣卷》，社
会科学文献出版社 2002 年版，第 77、79 页。

⑤ 郑振铎：《中国俗文学史》，作家出版社 1954 年版，第 20—21 页。

《略谈情歌的艺术性》一文中谈到："在故事里，民间童话的艺术性最高；在民歌里，情歌的艺术性最高。"① 无论是哪种类型的情歌，妇女都是其创作队伍的主力军和最活跃的传播者，田边地角、山间花下、床上炕头、水井旁边、锅灶前边、纺车面前或者婚庆仪礼中，无不是她们进行创作的场所。妇女的情感，尤其是她自己面对爱恋时的欢乐和痛苦，面对未来家庭生活的憧憬与忧虑，都是歌谣表现的主要对象，在其中集中地表达了女性形象的自我认同。

一　"对歌择配"② 的形象与女性自主的荣誉感

从云南少数民族史料中，我们得知在婚恋制度方面，云南地区古代居民与内地汉族地区具有较为明显的差异。汉族封建宗法制度下男女的结合基本上是父母包办或受媒妁的操纵，大多缺乏从恋爱到婚姻的过渡。尽管人类进入阶级社会，两性之间的不平等随之而来。但整体而言，云南地区古代的居民，却较少人为的压制和歪曲，尽管有些婚姻形态更为古老，但从整体而言，是在自由恋爱和资源基础上的结合。③ 这种自由恋爱的社会风尚产生的情歌，为我们体察女性形象的自我认同提供了大量的资料和证据。

在情歌片段式的语句中，人们很难看到女性对于自我形象的清晰表述。对于她们来说，唱歌尤其是唱山歌，通常仅仅是个人化的活动。在歌谣中，我们难于看到情歌与社会、意识形态或者传统的更多的关联性的内容。这种纯粹的态度，跟一般性别话语系统研究的结果相符。"当男性和女性都把信息交换作为交际基础时……男性所认为的'信息'是我们所谓的公共事务或新闻，而女性认为的'信息'看起来与她们日常生活中的重要事件更为贴近。"④ 因而，我们把注意力转移到歌谣中最常见的"对歌择配"的女性自主形象上。情歌大部分都是围绕着

① 刘守尧：《口头文学与民间文化》，中国文联出版公司 1989 年版，第 251 页。

② 参见邢莉《中国女性民俗文化》，中国档案出版社 1995 年版，第 211 页。

③ 参见方铁、万永林《我国西南古代居民的婚姻生育风俗》，见方铁主编《传统文化与生育健康》，中国社会科学出版社 1997 年版，第 110—111 页。

④ ［美］罗纳德·斯考伦、苏珊·王·斯考伦：《跨文化交际：话语分析法》，施家炜译，社会科学文献出版社 2001 年版，第 287—288 页。

男女双方感情的推进而展开。其中，男性是女性情感抒发的主要对象。因此，"对歌择配"的女性形象及女性的自我认同，正存在于女性对男性的巧言考辨和情感试探中。

这种"对歌择配"的女性形象，与叙事歌谣中所呈现出来的整体"人物形象"不同，是一种内化的"心理形象"。这一维度在自我的感知维度中往往会被观察者所忽略。因而，需要将其转化为可以关注的对象，在此基础上对自我意识有所察觉，即从对象化的人和物身上体验自身的经历。如泰勒所说"一个人不能基于他自身而是自我。只有在某些对话者的关系中，我才是自我"。① 一个人总是在与他人的伙伴关系确定自己的定位、获得自我定义。或者说，人必须在别人对他的看法中去持续地理解领会自我。当然，"别人"并不是普通人，而是对于个体具有关键性作用的人或者对于个体而言具有话语分量的人。一言以蔽之，自我正存在于个体与其重要的身边的人的对话网络中。

因此，在"对歌择配"中，女性自我认同建构的最大特点，就是在情歌的对象身上获取自我确认。也就是说在歌谣中，女性把男性转为为自我体察的对象，女性以自我为中心来观看和看待世界，把男性作为自我实现的对象，从中勾勒出关于女性的性别肖像。尤其在情歌对唱中，男性作为追求者的热情、谦卑、忠诚、尊敬、小心翼翼，成为女性作为被追求者的骄傲、自尊、矜贵等优越感的镜像。情歌对唱的关键特征是对话性，在谈婚论嫁中，"你"和"我"成为"我们"这一共同体的生成性、建构性客体。自我确证是个人认同的要旨。在你来我往的对话过程中，女性的自主形象正是通过将男性作为客体来反观的，反之亦然。因为自我解释绝不可能是完全清晰的，自我解释相当程度上是由解释他者来形成的。情歌中繁琐的试探与要求，正表明了这一点。本文试以情歌之中，女性对男性的诉说或者男女对唱交流来说明。

在大部分云南少数民族男女见面、结交情歌中，姑娘们并不像史诗、古歌和叙事歌中的人物形象那样，表现出"过度的热情"，而是始终保持着自我调整的清楚意识。试以彝族创世经籍《阿细的先基》和

---

① ［加拿大］泰勒：《自我的根源——现代认同的形成》，韩震等译，译林出版社 2001年版，第50—51页。

彝族普通的民间情歌做比较。在《阿细的先基》①中，男主人公作为主要叙述者来歌唱男女结合的必要性，而女方则以旁听者和评论者的身份参加到对唱中。男方在叙述过程中处于主导地位，女方在其中主要起到唱和的作用。女方对男方的追求和见闻几乎给予了全部的肯定和认同——有时赞成，有时为之补充，有时加以强调与渲染，有时则稍作发挥。在对唱中，女方自然和谐地与男方的歌唱水乳交融在一起，女方配合着男方的说合，几乎没有什么心理变化和感情起伏。在绝大部分的创世史诗中，这种夫唱妇随的形式是抒情和叙事的主调。

　　但在绝大部分情歌中的女性，往往按照自己的欲望策略性地指导着自己的行为。云南少数民族青年男女的往来常常是自由和公开的。许多规模盛大的民族节日集会，为男女求偶提供了机会。双方若互有情怀，则以歌咏之；若无情意，则以歌斗志。男女双方由于交往不深，所以在歌中较多相互探问。一般来说，都是男方主动询问，而女方耐心回应、伺机刺探。②比如彝族情歌《扶嫫梅葛》、《小妹舍不得》③等。在《扶嫫梅葛》中，姑娘唱到："我织我的布，我没见过你，我不认得你"，"你躲在房前都看我，你躲在路上偷看我……我怕就怕你这一招。"接着以惧怕过河、惧怕男家门为理由，考验小伙的耐心。小伙以大胆、细心、温柔的歌唱一一向她解释，终于得到她的芳心。除此之外，苗族、哈尼族、壮族、傈僳族……大部分少数民族的情歌内容都有相似之处。试以傈僳族《泉边的歌》这首典型见面歌为例说明。清晨在清泉边，男女相遇初识，男方先以喻表白：

　　　　"过去不知道你父亲栽种的山茶花，
　　　　从前不晓得你母亲栽的樱桃花，
　　　　如今见了美丽的山茶花，

---

　　①　中国民间文艺研究会主编、云南省民族民间文学红河调查队搜集翻译整理：《阿细的先基》，人民文学出版社 1960 年版，第 141—142 页。
　　②　当然，在一些民间情歌中，女性也表现出如《阿细的先基》中的热情与主动，比如彝族情歌《初恋歌》、《初会》等。（见云南省民间文学集成编辑办公室编《云南彝族歌谣集成》，云南民族出版社 1986 年版，第 336、339 页。）
　　③　云南省民间文学集成编辑办公室编：《云南彝族歌谣集成》，云南民族出版社 1986 年版，第 340、346 页。

……

我的魂啊，萦绕着花丛。"

而女孩则使用反语戏谑：

"阿爸的门前呀，

没有一篇好看的树叶；

阿妈的房后呀，

没有一朵漂亮的鲜花。

……

是阿哥瞧错了吧！"

接着男方继续夸赞女方的美丽，而女方则反过来嗔怪：

"年轻人爱说漂亮的话，

漂亮的话呀不中用；

……

男子爱唱甜蜜的歌，

甜蜜的歌呀不真心。"①

　　如此这样的试探较量需要几波三折，姑娘才放开心怀接受男方的示爱。这在初次相识中是较为常见的。女方很多时候不作正面回答，故意环顾左右而言他，反语测探真心与否，真真假假、假假真真，让男方摸不着底儿。而在情歌交锋中的男方并不总是表现完美，他时常被调笑，会难堪、会情急，甚至自我作贱。比如在苗族的《结交歌》②中男性因女方的不理不睬下而自惭形秽，求爱告饶："我晓得你故意装作听不见，存心要为难我一番，我无脸无面好难堪。男儿家天生的命儿贱，要求人家只好厚着脸。……阿妹哟，你看我好可怜！……叫声阿妹何必这般不耐烦，二辈子我变女人你变男，我要不理看你难堪不难堪?"③ 男

---

　　① 中国民间文学集成全国编辑委员会/中国歌谣集成云南卷编辑委员会编：《中国歌谣集成·云南卷》（下），中国 ISBN 中心出版社 2003 年版，第 947 页。
　　② 苗族男女青年，只要不同姓氏，不论认识与否，均以讨食物的方式或借口而求爱结识，故有"结交歌"，通常由男方唱出。
　　③ 中国民间文学集成全国编辑委员会/中国歌谣集成云南卷编辑委员会编：《中国歌谣集成·云南卷》（下），中国 ISBN 中心出版社 2003 年版，第 1073 页。

方的唱词把那种求爱的难堪卑怯与热情难熬表现得淋漓尽致，从侧面体现出女方在恋爱过程中占据着主动选择的地位。再如傈僳族《口弦歌》中女方在探明真心之后，继续探问男方家的情况：

> 跟阿哥我心甘情愿，
> 想问阿哥有几座山？
> 阿妹去了好上山砍柴火；
> 想问阿哥有几条箐？
> ……
> 你阿爸的山到处是岩石，
> 脚会被滚来的岩石砸断；
> 你阿妈的箐遍地是荆棘，
> 手会让锋利的刺戳破。

仿佛是在刚刚说合之后，女方又反悔了，于是男方着急唱到：

> 阿妹跟着阿哥走了三天路，
> 你的心怎像漩涡往回打转？
> 妹妹跟着哥哥行了三夜路，
> 你的心怎像两头蛇向后梭？①

如此这番的百折千回，男女双方各自从不同的角度、以不同的心情与对方交流，在交流中碰撞出情感的波澜，推动着恋情向前发展。通过反复的铺陈与抒情，把女性的内心的婉转曲折更为丰富地展示出来。民间情歌中女性，并不是过度热情的爱情追求者，也并非义无反顾的婚姻施予者，而是活生生的会害怕、会欢喜、会憧憬，也同时会理性思考的人，她的话语蕴涵丰富的游戏性与策略性。男性形象及其自我性的让渡，使得女性形象的自主性和自我意识突显出来。尽管这种按照情感、

---

① 中国民间文学集成全国编辑委员会/中国歌谣集成云南卷编辑委员会编：《中国歌谣集成·云南卷》（下），中国 ISBN 中心出版社 2003 年版，第 950 页。

欲望来调控的自我意识，与现代意义上高度理性自省的自我意识相差甚远，但它同样是支撑女性自我认同生成的内在价值基础。这种内在价值观与女性对其而言很紧要的"自我形象"密切相关。在男性追求的唱词中可以得知，她们努力争取在人们眼中留下珍贵的印象，她们关心她们的形象是否达到了社会所引导的一些标准，诸如女儿家的荣誉、青春的宝贵、容貌的美丽等等。

女性的自主择配的荣誉感，在"见面歌"中体现为对男性主体性的占压；在"赞美歌"、"成双歌"中，体现为对男性热忱赞美的巧妙的回应；在"失恋歌"中，则体现为对男性的失望与忿恨。比如纳西族摩梭人的阿夏情歌①较有特色。在《青山被他缠遍了》②这首情歌中，表现出一个女人在恋人移情之后复杂的心理过程。"我的阿夏像股山泉水，走到哪里都缠着青山流淌。"这两句抒发了女主人公对于情人的念念不忘，但同时也喻示了他的多情和背叛。紧接着"青山都被他缠遍了，我决不会咬牙磨酸水"，陈述对于男子多情的忿恨和不满，同时给予自己以劝诫。以自我告诫自己的方式，表现出在面对无可挽回的恋情上的理性控制，尽管期间透露出无奈和酸楚。最后两句"我也要找许多许多的阿夏，决不会落在他的后边吸冷气"，将自己报复的心理喷涌而出。对于实行阿夏婚的摩梭人来说，男女之间的结合与分手是自愿的，并不因此而背负道德的责任。况且，"过去的摩梭人以能结交的阿夏多为荣，找不到阿夏是没有本事的表现。"③因此，对于女人来说，阿夏的背弃不仅仅是失去一份感情，还意味着失去一份荣誉。在此意义上，阿夏的多少恰恰是女人自身魅力和本事的体现，是女性实现自我认

---

①　阿夏情歌是反映丽江摩梭阿夏婚的情歌。阿夏婚是云南省宁蒗县永宁地区摩梭族特有的母系形态婚姻，摩梭民间称之为"走婚"。这种婚俗保留了若干的群婚和血缘婚残迹，与典型的偶婚也不一样，还处于初期对偶婚阶段，表现为男不娶女不嫁，男女双方生活在各自的母系家庭，即不组成一夫一妻制小家庭。在结交阿夏的过程中双方都有较为充分的自由。一般到了中年逐渐固定为终身伴侣，但这种固定并非法定形式，而是结合自愿、离散自由的形式。随着社会历史的变迁，近现代阿夏婚发生了变化，已渗入了一夫一妻的形式，但这种古老的婚姻形态仍保留在歌谣中。

②　中国民间文学集成全国编辑委员会/中国歌谣集成云南卷编辑委员会编：《中国歌谣集成·云南卷》（下），中国 ISBN 中心出版社 2003 年版，第 1197 页。

③　和家修：《简论摩梭风情的实质和存在价值》，见《学术探索》1999 年第 5 期。

同的重要形式。当这种自我认同受到伤害时，有的负气，有的讽刺，有的忿恨，有的甚至诅咒。比如在《阿夏情歌十二首》中，"你狠心的离开了我头也不回，原来找上了一个能当妈的人"，是讽刺原来的阿夏找了一个比自己老的女人；"要是不真心哟，我愿你一走开就扎在枪口上"；"全村都让你转完了，小心你的手和脚"，① 则是直接的恐吓和诅咒。总之，围绕着"他"这一对象的镜像变化，映衬出女性在这类重要的经验集成中，是作为具有独立体验的生命体来实现女性自我的确证和认同的。

　　值得注意的是，情歌中女性善于自我维护、试情相交，是与云南各少数民族情歌的歌唱、表演的时空场域紧密相关的。与绝大部分民间情歌一样，云南少数民族情歌同样可以分为两种类型：一种是以找对象为目的即兴歌唱；一种是带有传统婚恋习俗内容的民歌表演。前者主要歌唱于山野田间、河岸溪边、房前屋后等私人空间；后者主要在结亲、婚礼、节日和聚会等公共空间中进行。而且，大多数少数民族青年男女以歌择偶的场域，都发生在当地少数民族重要的聚会和节日庆典中。葛兰言在分析《诗经》时就曾借用对中国西南少数民族地区男女赛歌的田野资料，即苗族、彝族、摩梭族、藏族、拉祜族大型集会中男女对歌资料的考察，来印证他对于古代歌谣起源的推测和判断。他指出，那些带有季节性的中国古代情歌②是古代节庆活动的产物，"歌谣起源于青年男女间的轮流合唱。"③ 如今，在其他学者对于女性民俗的考察中也可以看到这种盛况，"南方诸多民族以歌传情的习俗，有所谓'打歌'、'打娇莲'、'赶花街'、'踩歌堂'、'赶歌坪'、'赛芦经'、'爬坟'、'赶秋'、'赶表'、'转山'、'游方'、'跳月'、'踏歌'、'放京'、'玩茅人坡'、'澡塘歌会'，等等。"④

---

　　① 中国民间文学集成全国编辑委员会/中国歌谣集成云南卷编辑委员会编：《中国歌谣集成·云南卷》（下），中国 ISBN 中心出版社 2003 年版，第 1196—1198 页。

　　② 朱熹在《诗集传》里说："凡诗之所谓风者，多出于里巷歌谣之作，所谓男女相与咏歌，各言其情也"。此语极为中肯。风诗中的婚恋诗 71 篇，占全部风诗 160 篇的 48% 强。（见林树明《女性主义文学批评在中国》，贵州人民出版社 1995 年版，第 143 页。）

　　③ ［法］葛兰言：《古代中国的节庆与歌谣》，赵丙祥译，广西师范大学出版社 2005 年版，第 129 页。

　　④ 邢莉：《中国女性民俗文化》，中国档案出版社 1995 年版，第 211 页。

以苗族为例，苗族的节日盛会大都带有婚育祈福的习俗。宋代陆次云《峒谿纤志》记载苗人在跳月狂欢之际，"渡涧越溪，选幽而合。"清乾隆《永绥厅志》记载："鼓藏跳至戌时乃罢，然后择寨傍旷野地处，男女各以类相聚，彼此唱苗歌，或男唱女合，或女唱男合，往来互答。"至今，这种文化习俗依然保留着。"跳花场"、"芦笙会"依然是苗族男女公开结交的重要场域，保留着原始宗教与求偶的诸多特征。在笔者亲身参与的 2009 年中越边境的苗族"踩花山"节日调查中，就看到了这种男女相约成群、轮流对唱的情景。据当地人说，直至现在，边境区域一带的"苗家百分之五十以上的"爱情乃至最后的婚姻缔结，仍然源于花山场上的相知相识。甚至是以往曾经谈过恋爱的人在花山上相见，也可以相互对歌并表达分离相思之情。在各少数民族传统的集体狂欢仪式中，男女被允以相互结识乃至谈婚论嫁的充分自由。

在这样的特定场域中，具有浓烈竞赛意味的情歌对唱，将男女分成了两个群体，从而清晰地勾勒出男女性别的边界。所有的社会机体的成员此时都分属于男性团体和女性团体。男性与女性站成对立的两对，或者分成无数个相对的小群体，相互之间轮流歌唱。由此在人们的心中，"所有的生活都是由两个性别集团的对立活动、密切结合的活动中产生的，性别集团把世界分成两个部分，并在明确规定的时间里结合起来。"① 竞赛尤其彰显了男女性别的边界和区隔，将男女双方的婚前性别教育推向高潮。在名目繁多的歌节盛会中，几乎都以展现男女情爱的坦荡、执著为突出特点。而且，在竞赛中，"女子尤擅长对歌择配。既凭借山歌投石问路、试情相交，又以山歌应对为试金石辨真伪、考才识"。② 因而，在女性自我认同的构成过程中，当然也就同时形成了大量的思维与情感，它们之间的相互对抗冲突形成情感意志的变化。对于女人来说，情人与尊严、爱情与荣誉之间奇妙地被联结在一起。女人们把这种关联性放入到自身的界定空间之中，衡量着自我的价值和荣誉感。这样的认同不单纯是一种态度和情感，而是以意志的对象化为基础

---

① ［法］葛兰言：《古代中国的节庆与歌谣》，赵丙祥译，广西师范大学出版社 2005 年版，第 197 页。

② 邢莉：《中国女性民俗文化》，中国档案出版社 1995 年版，第 211 页。

的自我建构。除了这种真实境遇的情歌，那些出于表演目的的情歌，尽管带着浓浓的关于"性别与荣誉"的竞争意味，但仍然可视为对上述女性认同建构方式的积极的参与和模仿。

在情歌的歌唱和表演中，审美教育和性别教育同时进行，并伴随着集体活动所赋予的信赖感，以不知不觉的方式渗入、深化男性和女性的自我认同。情歌竞赛此时就像戏剧表演一样，男女参与者自由地遵从公认的规则，并且要学会理解这些规则，从而实现一种更加理性的、自然的性别秩序。只有当她从这个世界的社会群体角度出发，在分类和认识性别角色的过程中体验自我，在自己的角色的相对性中观照自我、发展自己个性的时候，个体才能变成自己的主体。

二　"对天盟誓"① 的形象与女性忠执的情义观

一般来说，认同是那种先于所有选择或者偶然变化的价值框架，是人们应当对之忠实的东西。在这个框架中，人们根据它来衡量和调整自己的行为。在云南少数民族相当一部分的情歌当中，男女双方往往都以天地立誓，表现出对于爱情忠诚的强烈承诺和要求被承诺。歌谣中的男女双方都欣赏那种按照爱情价值理想生活的人们，也按照这种理想来要求自己和男性伴侣，谴责那些不按这种理想过活的人。

这种"对天盟誓"的例子，实在是不胜枚举。比如在云南彝族情歌《约会》中的姑娘："月亮照山箐啰，相会在密林。箐水日夜淌啰，我俩永不分。芭蕉心一条啰，竹筒焖饭心合心。"《盟誓歌》里："藤子盘千转，只有一条根，我们两个人，只有一颗心。"② 云南白族情歌《双飞上长空》中："冷水泡茶慢慢浓，石榴结籽慢慢红；只要阿哥耐心等，两心自会相通。云遮月亮又出现，交情越长情越钟；要学天鹅同栖宿，双飞上长空。"《花开扑鼻香》："阿哥出门去远方，留给阿妹一盆花；……采花人上不要给，讨花人上莫理他；花开自有浇花人，花开

---

① 取自彝族情歌《发誓调》，参见普学旺主编、云南省少数民族古籍整理出版规划办公室编《云南民族口传非物质文化遗产总目提要·史诗歌谣卷》上、下卷，云南教育出版社2008年版，第91页。

② 云南省民间文学集成编辑办公室编：《云南彝族歌谣集成》，云南民族出版社1986年版，第331、371页。

扑鼻香。"①　在普米族情歌《真挚纯洁的心灵》中，女性直接表达出对爱情的看法："爱情不是驮在马背上的茶叶，香甜的茶叶兑不到纯真的爱情，……阿哥哟，爱情不是金贵的茶叶，爱情却是一颗真挚纯洁的心灵"②等等。

　　如果说现当代文学史中形成的以个性解放为标志的爱情书写模式，附丽着太多的"革命"和"启蒙"的时代话语的话，那么在少数民族民间歌谣中，我们可以将其概括为以"情义无价"为标准的爱情书写模式，其中标榜着太多关于民间道德习俗的话语权威。在这些情歌当中，"情"与"义"紧密地结合在一起，即起源于男女双方性欲本能的"情"，但重心却落脚于双方缔结守护的"义"。③并且，在歌谣中，女性对"情义无价"给予了一种强势的认同，关心和重视自己是否成为了"那样"有情有义的人。"一颗心"、"心合心"、"纯洁的心灵"成为女性最高的理想和目标。女性以此来要求自身，所谓"花开自有浇花人""，采花人上不要给，讨花人上莫理他"，忠诚地执着于双方的盟约，等待着花开扑鼻的时刻。女性忠执于情义的形象跃然于字里含间。

　　就此对比而言，摩尔根却在《古代社会》一书中断言："男人寻找妻子，并不像文明社会那样出于爱情，他们对爱情一无所知，他们还没有发展到足以理解爱情的地步。"④　恩格斯也曾经指出在中世纪以前是谈不上个人的爱情的，因为"人们一出世就已经结了婚——同整个一群异性结了婚，在较后的各种群婚形式中，大概仍然存在着类似的状态，只是群的范围逐渐缩小罢了。"⑤　在早期社会进化论的总体氛围中，大到少数民族群体，小到群体中的个人，关于情歌的文化价值考察极易

---

　　①　大理白族自治州文化局编：《白族民间歌谣集成》，云南民族出版社 1997 年版，第 53、61 页。

　　②　中国民间文学集成全国编辑委员会/中国歌谣集成云南卷编辑委员会编：《中国歌谣集成·云南卷》（下），中国 ISBN 中心出版社 2003 年版，第 1321 页。

　　③　这里的借用了汉文化的"义"的概念，但这里的涵义并非在儒家意义上使用，而是泛指对情的一种忠诚态度。

　　④　［美］摩尔根：《古代社会》，杨东莼等译，中央编译出版社 2007 年版，第 329 页。

　　⑤　［德］恩格斯：《家庭、私有制和国家的起源》，见《马克思恩格斯选集》第四卷，人民出版社 1995 年版，第 72—75 页。

被淹没在生殖繁衍的功能论调中。受上个世纪中期较强的意识形态的影响，人们在解读少数民族的爱情时，又热衷于把情歌作为反映社会生活冲突的题材，而忽视其本身的艺术价值，以及忽视它对于存在于其中的人的认同所起到的作用；忽视了"情义"作为个人普遍性日常生活意义的价值，以及它所赋予少数民族女性生活精神道德上的意义。学者苗启明在对多个少数民族进行实证考察后，认为原始时代的爱情强烈程度其实并不亚于当代，其上限可远追到最早的伙婚姻制时代。比如作者认为，傈僳族虽然处于已经出现贫富分化的原始社会末期，但其情歌歌谣同样表现出动人肺腑的情义观。"原始时代的爱情不仅是强烈的，更是弥漫一切的，爱情是原始社会生活普照一切的光"，[1] 这是作者深入调查后的切身感受。

毋庸置疑，"情义"关乎女性个体的自我评价，关乎个体的稳定感、秩序感和幸福感。进而，通过乞灵于自然现象，妇女们进一步加强和巩固了情义价值认同与个人价值认同之间的一体化。在云南少数民族情歌中，歌唱的妇女们援引了大量自然界万物必定相生相爱的景象，并以此现象来证实男女结合的合法性。即"我"作为男人，"我"作为女人是理当如此相爱和结合的，因为大自然中的万事万物即是如此。在人们心目中，这已经上升成为一种自然规律，由此而获得了相当的合法性乃至神圣性，即"他们的思维原则是具体的，并具有宇宙论原则的有效性——这也是为什么万事都分属的两个部类表现为两个受性别支配的宇宙论原则。"[2] 男女双方在竞赛中面对面相互考验着。在本性不完整的缺憾的驱使下，他们相互之间互相吸引。他们以忠诚、慷慨来弥补这种性别之间的区隔，忧惧和苦恼已经让位于心灵之间的相互依赖和慰藉，外在的区隔和冲突让位于内心精神道德的认同和融合。

情歌中大量的"天示地喻"的自然景象比比皆是。例如哈尼族情歌《真情把两颗心串起》中"天地相连"的喻示："天和地离得虽远，雨丝把它们紧相连；山和山隔着江河，云海把它们连成一片；你和我天

---

① 苗启明、刘向民：《性、爱、婚的三元统合："人的生产"前提的人类学考察——从〈基诺族传统爱情文化〉说起》，见《思想战线》2009 年第 4 期。

② ［法］葛兰言：《古代中国的节庆与歌谣》，赵丙祥译，广西师范大学出版社 2005 年版，第 199—200 页。

各一方,真心把两个心串起来。"壮族情歌《我俩像鱼儿永远成双》中"鱼儿成双"的喻示:"箐鸡成对了,雷轰不散;鲤鱼成双了,水冲不开。"傣族情歌《永远不分离》中"荷花与莲藕"的喻示:"宰喂宰,荷花开在水里,莲藕站在泥底,妹是荷花哥是藕哟,生死在一起。"苗族情歌《两者相依依》中"鹰鹞共宿"的喻示:"鹰、鹞需着落,松杉要鸟宿。两者不分离,永远相依依。"傈僳族《短歌》中:"阿妹有情莫忧愁,阿哥心呀清悠悠;河清水清也有渣,渣渣草草伴水流……"拉祜族《是水就淌在一起》中:"是树就生在一地,根也连在一起。是花就开在一起,香也香在一起。是水就淌在一起,流也流向一个地方。是真心相爱的人,两颗心就时时想在一起。"……①在比喻的层面上,它们为我们理解女性的自我认同提供了一个既有历史根据又暗藏玄妙的个性化例子。"无论什么时候,当人们打一个想象性的比喻,或把什么东西与想象比附时,他们绝不会只是因为对一个空洞的智力游戏感兴趣,他们必定有其实用性的目的。比喻是有可能产生某种结果的,连词'仿佛'被赋予了充分的权力,因为……它可以将既有之物与想象的结果相比较。"②可以说,比喻并不是无的放矢,而是将女性的道德情感与外在那些事物融合在一起,其结果是让捉摸不定的女性情绪看上去实实在在、有迹可循、有形可赏了。它让自我与对象化的客体直接碰面,将自我认同形象化地展示出来。在情歌当中体现为具体的动植物雌雄相配、两两依偎的隐喻。女性心中所隐秘认同的情感被隐喻性地置换为最直观的生命形式。

　　通过乞灵于自然,说话者获得了相当的权威,这种权威扎根于悠久的富含"万物有灵"意味的神话思维传统。神话乃是关于不死的信仰③,当"情义"与不朽的"自然"相等同的时候,"情义"不但"无价",而且还获得"不朽"。以一种传统权威的声音进行言说的同时,

---

　　① 转引自普学旺主编、云南省少数民族古籍整理出版规划办公室编《云南民族口传非物质文化遗产总目提要·史诗歌谣卷》上、下卷,云南教育出版社 2008 年版,第 362、437、534、604、614、701 页。

　　② [德] 沃尔夫冈·伊瑟尔:《虚构与想像:文学人类学疆界》,陈定家、汪正龙等译,吉林人民出版社 2003 年版,第 28 页。

　　③ 参见 [德] 恩斯特·卡西尔《人论》,甘阳译,上海译文出版社 1985 年版,第 107 页。

便可以对同一传统权威的支配性阐释进行再定义和再加强。这种比类自然的思维方式由来已久。比如大部分洪水神话中兄妹是在天地允许和反复验证下才结为夫妇。比如在创世史诗中就有以大量的自然现象的类比来说明男女相爱必然性的：

> 我听别人说，/在很古的时候，/世上的东西都会相好，/世上的东西都会相爱。/天上的毡子，/地下的席子，/他们两个相爱。/山头上的和箫，/凹子里的响篾，/他们两个相好，/他们两个相爱。/天山的云彩，/地下的露水，/他们两个相好，/他们两个相爱。/水边的白鹭鸶，/塘子里的鱼姑娘，/他们两个相好，/他们两个相爱。/很古的时候，/就有过谈情说爱的老一辈。/我们两个啊！/不会相好要学他们，/不会相爱要学他们。①

长久以来，这些乞灵于自然的叙述笔调被编写到了文化结构之中，在民间流播着，为民间的歌唱者所共享。并且，这些隐喻经过改头换面、改造包装后，不断潜入、内化、定型于人的思想观念中，逐渐成了群体的文化心理结构，以及关于男女性别、关于人类情感的常识图景，成为天经地义、不言而喻的思维法则。情歌中大量的自然界隐喻，正是这种心理结构的程式化运用，如人们习惯在田园景象中上投射自我的情感和道德。隐喻性的神话思维的特点就是使得世界表现为充满情感和意志的世界，同时又使得思维本身浸透着感情。人们借助于隐喻的表达方式表现意志和认同，同时这种认同又是情感的表现，是一种情感性的认同。如葛兰言所说："田园景象的运用并不仅仅是简单地表达观念，或使之更能吸引人们的注意，其自身就具有道德价值。这在某些主题上极为明显。例如鸟儿比翼双飞的景象，其本身就是对忠诚的告诫。"② 这也让人们较为理解，为什么在少数民族对爱情的描述中，如此钟情于借助于自然界中成双成对的景象。而这些对生的景象也逐渐形成固定的程

---

① 中国民间文艺研究会主编、云南省民族民间文学红河调查队搜集翻译整理：《阿细的先基》，人民文学出版社 1960 年版，第 150—151 页。
② ［法］葛兰言：《古代中国的节庆与歌谣》，赵丙祥译，广西师范大学出版社 2005 年版，第 38—39 页。

式，与人们对于情义的认同是紧密联系在一起的。可以说，人们借助自然现象之"比"，其实表达的是人类自身的审美认同。

歌谣对于"情义"的描述和领悟，"体现了让人和事物作为自身存在的维度，这也就是通过为其保留自在之位和在生活世界中的位置而体现出来的爱与自由的维度。"① 她作为自身存在而存在，他亦作为自身存在而存在。此时情歌中女性形象的自我认同，是有别于竞赛或游戏状态中的女性自主、自尊、自爱的形象，即一种爱他、信他、忠于他的形象。在理想的情况下，也就是在男性愿意将自我性让渡给女性的时候，女性同时也将自我性回馈给男性，男女双方的自我认同进一步升华，在认同别人同时认同自身。在一种互惠式的认同状态中，人既能高度地体认到自我，又能高度地感受对方，从而达到一种自由无碍的交流境界。反之，假若双方并不认同，自我与对象之间便是相互隔离的，在这种状态自我得不到反观和确认。因为在否定别人的同时，也常常间接或部分地否定了自身。当"主体把自己抛舍给另一个性别不同的个体，把自己的独立的意识和个别孤立的自我存在放弃掉，感到自己只有在对方的意识里才能获得对自己的认识……在这种情况下，对方只能在我身上生活着，我也就只在对方的身上生活着；双方在这个充实的统一体里才实现各自的自为存在，双方都把各自的整个灵魂和世界纳入到这种同一里。"② 男性与女性在精神上处于对等的人格，互相的让渡并非失去自我，而是重塑了一个合一的自我人格和理想形象。

当现实生活的压迫对女性情义价值观产生巨大的威胁的时候，就会引起妇女们的剧烈反抗，这突出表现在哈尼族、壮族、傈僳族、纳西族等一些云南少数民族妇女吟唱的逃婚歌和殉情歌中。比如哈尼族《逃婚歌》唱到："世人要骂让他骂，去找阿哥同逃婚；世人要笑让他笑，对哥真情不变心。世上会有生存的地方，世上会有同情的好人，世上会有自由欢乐的地方。"纳西族的殉情歌谣中男女对着雪山合掌祈愿，"山盟海誓暗邀双双去殉情"，"死了也要埋一家"。壮族情歌中表现男

---

① 户晓辉：《返回爱与自由的生活世界——纯粹民间文学关键词的哲学阐释》，江苏人民出版社 2010 年版，第 386 页。

② ［德］黑格尔：《美学》第二卷，朱光潜译，商务印书馆 1979 年版，第 326 页。

女相约逃婚的歌谣较为突出，在《云南民族口传非物质遗产总目提要·史诗歌谣卷》中收录了有关逃婚、殉情内容的情歌多达 25 首，都表现出人们誓死抗婚的决心。情歌中女性形象的自我认同以深厚的价值观念为基础，但却并不以此为终结。在情歌当中，忠诚、坦荡、慷慨的女性形象是抒情性的，而不是宣教性的。这种女性形象的自我认同和强化，最后是通过情感的艺术性表现来完成的。也就是说，这些女子恋爱中所产生的种种情感，在未得到成功表现之前都会产生情绪的压抑感，但这种情感一旦为主体所意识并成功地表现出来，那么先前的压抑感就会被一种舒畅的新的感受取代。这种由于人的情感成功表现而带来的快感，可谓正是科林伍德所谓的审美情感①。个体自我经过艺术性的表现可以转化为审美经验，而个体的自我认同也可以说是在进行一种审美认同。

回顾情歌中女性情感的抒发和表现，便呈现出一个奇特的过程：审美经验从来都并不是在它自己的领域内"有机地"发展，不可能是闭门造车式地自我涌现，而是靠介入现实的经验来不断扩大和保持自身的意义领域。道德的、伦理的、宗教的、情感的、审美的等诸多领域的经验之间的越界，是那样奇妙地交融在一起。在女性发出的爱情誓言或者要求对方发出的爱情誓言中，这种不同领域经验之间的越界是明显的。原始神话宗教意义的涉入，社会婚姻伦理规范的涉入，自我情感表现的涉入，都融汇在对于男女双方互结情义的强势评价和认同之中。情歌的女性的表达过程可以看作是一个不同领域经验之间的相互作用过程，当它如科林伍德所说的那样"释放"、排解"压力"并最终获得"放松"——即恢复统一和谐的那一刻便获得了"审美品质"。在审美经验的不断更新中所产生的各种情绪抒发，始终要受到社会评判的限制。也就是说，情歌中女性情感的表现能够作为审美规范进入到自由创造的过程之前，它始终是伴随着她所认同的各种经验的。当然，借助于审美的高峰体验的独特性，内蕴的价值认同将得到最大的强化。在此意义上，审美也就构成了女性自我认同的一种重要的，甚至是处于最高层级的形式。

---

① ［英］科林伍德：《艺术原理》，王至元、陈华中译，中国社会科学出版社 1985 年版，第 120 页。

　　情歌对于女性形象自我认同的建构是复杂的，自由的抒情可以将女性从日常习俗中解放出来，享受成功的自我表现中的那种特殊感受，并进入到特殊的审美情感的领悟之中。但情歌的表演场域、表演形式及其参与规则，又使得女性必须学习这种特定的性别交流模式，在兴奋、激烈的游戏状态中，使得她最初的自由的审美态度转化为一种性别集体同一性的审美认同状态。

第二节　婚嫁歌唱中女性形象的自我认同

　　云南各少数民族的婚姻礼俗歌谣是其文学艺术的重要组成部分。尽管云南各少数民族结亲的具体的仪式环节各不相同，但是在大致上都包含了相亲、说亲、定亲、迎娶到婚礼的全过程。歌唱通常贯穿了整个婚嫁礼仪的全过程，各少数民族都有与之相应的相亲歌、说亲歌、迎亲歌、定亲歌，迎娶歌……，根据不同少数民族具体的婚俗，分类更为细致。在歌唱中人们明确了家庭的秩序、双方的职责等等，真正将婚姻融入到乡土社会的秩序中。它教导夫妻应该怎样和睦相处，如何维系家庭生产，如何分工合作，如何处理双方父母关系，在歌唱中建构起共同体内部和谐所必须的道德伦理秩序。

　　本节仅重点分析"说亲歌"和"哭嫁歌"。因为与进入结亲固定程序的其他民俗环节的礼仪歌谣相比较而言，"说亲歌"和"哭嫁歌"较为集中地展示出女性自我认同中的矛盾和冲突。与大多数婚礼歌谣中对于本民族的传统道德训导相比，在"说亲歌"中，由于男女双方回归和还原到各自的家庭社会角色中，男女双方代表的歌唱更多代表了各自家庭的利益和意志。在这种意志的矛盾冲突当中，女性形象或者来自女性声音描述中的形象，便展现出不同于传统社会规范的顺从、附属的个性特点。而在"哭嫁歌"中，此时女性处于告别过去的社会身份，而即将进入到另一个社会身份的过渡阶段，因而在她的歌声中充满了对于原来社会身份的留恋和对于未来社会身份的担忧。在这种过渡的时刻，女性形象或者来自女性歌声描述出来的形象，同样展现出了有别于史诗、叙事诗中传统女性性格刻板形象的独立和鲜活。

一　"巧言索聘"的形象与女性自我价值的彰显

《云南民族口传非物质文化遗产总目提要·史诗歌谣卷》中共收录了彝族的《求婚调》、《相亲调》等相似内容共9首，白族求亲歌《白塔歌词》、《牙恩歌》等共2首，哈尼族《说媳妇》、《定亲歌》等共7首，壮族的《说亲》和《卡彩礼》等共3首，傣族的《求婚调》、《说亲歌》共8首，苗族的《说亲歌》共9首，傈僳族《虎咬鹰啄调》等共4首，傣族《订婚调》等共5首，瑶族《槟榔果作聘由来歌》等3首，景颇族《结亲调》1首，藏族《求婚歌》、《索嫁妆》共2首，布依族《嫁娶调》1首，阿昌族的《巴松昆》等共2首，普米族的《说亲调》共2首，怒族《提亲调》1首，水族的《说亲调》等共2首，独龙族的《配婚歌》等共3首。在这些歌谣中描绘了一大群以女性为中心，在说亲过程中据理力争、"巧言索聘"的女性形象。

云南各少数民族说亲歌谣的内容涉及广泛，主要集中围绕婚嫁男女双方的家庭背景、亲戚关系、聘礼礼金、陪嫁之物等展开。说亲歌谣的歌唱者，往往是由男女双方家庭各自选出的代表。有时候是双方媒人对唱，有时候是媒人与女方代表对唱，有时候是男女双方和媒人三方对唱。说亲礼仪是女性自我意识产生的重要过程。而"背景性的预期是从出生开始习得的，因而成为同一社会文化环境下的成员共享的互为主体性的规范。"[1] 一系列的民俗人生礼仪为个人习得男女两性的背景性预期提供了重要机会。人们通常习惯性地以一系列人生礼仪为校验标准去理解世界，而这些礼仪中所包含的秩序会对个体经验做出分类，并使之变得可以理解和执行。在大多数云南少数民族的出生礼中，生男孩与生女孩所举行的礼仪是不一样的，在程序上、物质上、参加成员上也都有所不同。一般来说，男孩的礼仪要比女性的更受重视。可以说，从一出生开始，女性的主体意识与男性相比，就处于压抑状态。在这此后的女性人生的礼仪中，结婚礼仪是较为凸显女性重要性的。在说亲礼仪中，女性获得了重要的伸张自我价值的机会。说亲歌中的女方唱词，均

---

① ［英］拉波特、奥弗林：《社会文化人类学的关键概念》，鲍雯妍、张亚辉等译，华夏出版社2005年版，第48页。

从女性的口吻或者从女性的角度出发，来评介来女性在家中的价值和地位，指出女性在婚姻嫁娶方面给双方家庭带来了的不同影响，申诉女性在婚姻嫁娶中的牺牲、奉献等品质。从这场婚聘的谈判中，可以展现出女性的辞令应变和算计筹谋的能力。

　　本书试以傈僳族歌谣《虎咬鹰啄调》为例，来解析"巧言索聘"的女性形象以及其中女性对于自我价值的强调。《虎咬鹰啄调》是傈僳族青年男女通过对歌相识到准备结婚时，男女双方在女方家中进行婚礼谈判的对歌。男女双方家长和本族人围坐在一起，把酒轮饮、对歌表演。女方想多索聘礼，而男方则要求少付，相互陈述理由。双方都据理力争，措辞柔中带刚，一方仿佛虎咬，一方仿佛鹰啄，互不相让，故得此歌名。[1] 从歌谣的形式上来看，以一男一女的对唱形式展开。从歌词的内容来看，则是风趣辛辣、妙趣横生。男女双方问答虚实相间，所问与所答之间就是一场口才和智力的竞赛。在这场竞赛中，双方都试图确立其平等的地位，展示自己并力压对方，在争取财物的同时，表现自己的尊严和颜面。于是，争锋相对、唇枪舌战。情歌互诉衷肠时候的"你侬我侬"此时化为了"虎咬鹰啄"的争夺。

　　首先由男方表明来意，表示男女双方婚嫁是自古以来的传统。所谓"有好姑娘就有好女婿，好姑娘可以帮我家纺织，好女婿可以帮你加出耕"，说明男女双方在未来的家庭是平等互助的关系。此时，女方立即回应"阿娜要嫁走的时候，衰老的父母开始贫穷"，突出女儿的离开对于原有家庭的影响。而男方则以"两家人并做一家人"来回避呼之欲出的婚聘问题。于是女方开门见山指出"男儿大迎娶要付黄牛三架，女儿大出聘难诉心中苦。"此时男方首先回应迎娶付黄牛是祖辈的规矩，但认为有女儿的家比有男儿的家幸福，这时便已经隐含着讨价之意。此时，女方直接唱到：

> 要吃芭蕉在树上摘，
> 要想吃鱼在江水里捞，

---

① 中国民间文学集成全国编辑委员会/中国歌谣集成云南卷编辑委员会编：《中国歌谣集成·云南卷》（下），中国 ISBN 中心出版社 2003 年版，第 924 页。

……
娶得媳妇又得人又得财，
嫁出女儿又失人又失财。
女儿在时满屋蝴蝶飞，
女儿走后满屋盘蛛网；
女儿在时年老人多欢乐，
女儿走后年老人多心伤。
这心伤用什么宽慰！
这痛楚拿什么补偿？

直接申明女儿在家中勤劳能干、孝奉双亲的重要价值，而男方继续环顾左右而言他，不提聘礼之事，反而追述养男养女都不容易，用女大当嫁的"世间大道理"宽慰女方。此时女方继续倾诉嫁女以后为人母的艰辛：

有多少生儿子的母亲呵，
曾到生死交界地徘徊！
有多少生女儿的母亲呵，
曾到生死交界河畔溜达！
有的母亲一步踏过交界地，
有的母亲一步涉过交界河。
一去不愿再回来，
一去无法再转来。
……
母亲整日背在背上，
额头的皮磨破了，
背上的肉扎烂了。
锄地的时候背在背上，
纺麻的时候缚在胸前。
像培育黄连苗一样，
像培育贝母苗一样。

又怕烈日晒，
又怕寒风吹，
熬过了许多苦日月，
度过了许多艰难。

　　女方深情地描述着母亲生养儿女的艰难，期望男方能够站在这个角度多加体谅。此时男方不得不转而陈述聘礼给男方带来的影响，所谓"取聘礼的人家变为富有，付聘礼的人家变为贫穷"，"有女儿的可使家财有余，只有儿子足使家财变穷。"此语一处，立即激怒了女方，"谁不知道天地多粮食就多，谁不知道男儿多家业兴旺。"双方你来我往互不相让，男方强调自身的难处，女方自述女儿的价值。

麻家的女儿是种麻能手，
麻家的姑娘是纺麻的能人。
麻家的女儿应有合适的身价，
麻家的姑娘应讨合数的聘牛。
不然嫁出去令亲家轻视，
不然聘出去被邻舍议论。

　　最后两家议定以一架黄牛和两匹土布作为聘礼，最终结成良缘。在女方的陈述中，我们可以看到，"巧言索聘"的女性形象对于自身价值的认同，集中表现为二个方面：一是在说亲礼仪中，女方会以聘礼来衡量自身的价值，并认为聘礼越多，自身的身价越高，如此不仅父母的养育之恩可以得到回报，自己的人生价值也得到相应体现。一些研究者认为这种女性自我意识，是女性自我物化的表现，但是这种结论显然过于武断和简化。在此，"物"并没有凌驾于人之上，而是像歌谣中所说的"儿女身价何止七架黄牛，亲家之情何止九头黄牛"。财物在这里并不是最终目的，而关键在于财物背后的象征意义。因为，面对尚不可知的未来，"物"的实体形式在很大程度上比"言"更具有可靠性。"物"在很大程度上缔结和维护这种婚姻关系的基本前提和重要保障。而在女性眼中，聘礼除了回报父母恩情的意义外，也是男性是否看重自己，男性家族能否善待自己的一个基本标准和重要表征。与史诗歌谣中女性无条件施予角色的"理想化"相比，说亲歌谣中女性据理力争的言辞更具有自我意识的真实性。

二是在说亲歌中，女方对自身价值的认同主要集中表现在女性操持家务劳动的能力上。歌谣自述了女儿在家中操持家务时家中井井有条、安稳和谐的情境，同时想象女儿出嫁后家中无人照料、昏暗不堪的境地。通过前后对照，突出了女性在家庭中的不可或缺性，同时也将女性的价值地位局限于"家庭"这个范围。并且，还强调了女性的生育分娩对于家族延续的重要作用。这种自我认同将女性的内在各方面都与"家庭"紧密相连。马克思曾说，个人怎样表现自己的生活，他们自己就是怎样。人之为人的存在，不是直接自在和现成的，而是他自己劳动的产物。假若劳动的产物不属于这个劳动的人，那么人就在从事一种异己的活动，也即是所谓的"异化"。[①] 这种定位于"家庭"的自我归属和自我认同，深受西方女性主义者的批判。她们认为"家庭化"的自我归属无疑是女性的自我异化。母亲的含辛茹苦与女儿的帮持家务的自我描述，将女性的存在规划为"私人化的、非中心化的、去技能化的和劳动密集型的"[②] 的存在，成为既处于家庭中心同时又沦为社会边缘的尴尬角色，即西蒙·波伏娃所说的"他者"——她既是全部的但又是次要的。

本书认为，此处女性对于自己在"家庭"的价值定位，固然在一定程度上限制了女性自我实现的多种可能性，但是与西方女性主义者所指出的那种女性自我异化状态并不一致。西方女性主义的女性异化理论，建基于高度发展的资本主义社会的性别分工上。资本主义的兴起，导致了现代社会特有的公共领域和私人空间极大的分离，"家庭"与"社会"被截然划分为二，女性被孤立于家庭琐事之中。但对于云南少数民族的社会生活来说，家庭与社会之间不可能截然二分为公共与私人两个领域，"家庭事务"与"社会事务"是彼此相叠的，所谓的家庭事

---

① ［德］马克思：《1844 年经济学哲学手稿》，中共中央马克思恩格斯列宁斯大林著作编译局编译，人民出版社 2000 年版，第 58—61 页。

② 转引自［美］约瑟芬·多诺万《女权主义的知识分子传统》，赵育春译，江苏人民出版社版 2003 年版，第 111 页。

务本身就是他们社会生活的重要组成部分。比如，在云南少数民族的多种社会生产方式中，无论是山地型、平坝型、渔猎型①，妇女都承担了大量采集、种植和纺织的工作，对于家庭和社会的生存有着重要作用。有学者考证，"在壮族的生产劳动中，经常有'男女协力'的场面，即就劳动参与率、参与层次来说，壮族妇女在生产中的作用令人称奇，有时甚至出现男女'共知商贾'的情况，如《梧州府志》具有妇人'入市与男子贸易'的记载。在婚姻家庭中。有'尊母尚柔'的氛围，龙母文化的广泛流传便是明证。"②梁庭望教授更直言："壮族妇女的地位高于当地汉族妇女。"③以苗族为例，尤其是 50 年代以前，云南苗族长期处于迁徙流动之中。在迁徙的过程中，妇女主要负责采集、挖掘和种植的工作。妇女采集的工作是苗族家庭主要的食物来源之一。④ 每年青黄不接之时，妇女们便相约成伴到高山深箐中采集野菜野果，采集挖掘的食物达百种之多。而每迁徙到一个地方，主妇们就要在山坳中选择良地作为麻塘，为全家制作衣服和裙裤，确保生存所需。

　　因而，歌谣中所展示的女性家庭中的能力、地位，除了表现出女性对自我的认识，也是要求社会对其所拥有的社会价值给予承认的积极表现，更是对男性社会忽视其在社会中相应价值的一种抗议。正如苗族歌谣中所唱的，"人人家中一个天，女人要顶天一半；家中活计几十样，勤脚快手多承担。"傈僳族歌谣中也唱到："麻家的女儿是种麻能手，麻家的姑娘是纺麻的能手"，"如果讨个懒惰的老婆，付出了黄牛还讨来饥饿；如果娶个勤劳的妻子，年年都能过上美满的生活。"在女性自己的歌谣中，形象对她们来说，常常是勤劳与懒惰的差别，能干与不能干、顶事还是不顶事的差别，而并不突出美与丑，或者以生育的多、少为荣耀的唯一标准。妇女们对自身的认同牢牢地集中在家庭生活的实干能力上。

----

① 参见张文勋等《民族文化学》，中国社会科学出版社 1998 年版，第 71—74 页。
② 罗志发：《壮族的性别平等》，黑龙江人民出版社 2007 年版，第 17—18 页。
③ 梁庭望编：《壮族风俗志》，中央民族学院出版社 1987 年版，第 136 页。
④ 参见古文凤《云南民族女性文化丛书·苗族/民族文化的织手》，云南教育出版社 1995 年版，第 4—5 页。

二 "哭嫁新娘"的形象与女性角色转换的焦虑

婚礼作为人生的重大事件，对于女性自我认同的建构具有重要的文化模塑作用。婚礼中"哭嫁"的习俗具有明显的范盖内普所提出的，作为社会身份与角色转变标识的"过渡"礼仪意义。在从姑娘变成媳妇的过程中，她既不是甲也不是乙，没有确定的人格与身份。[①] 从此，她将离开父母的膝下，失去父母的庇护，独自迎接全新的家庭生活。这种以女性为主体的歌唱形式，以女性视角为中心发散开来，从中可以看到女性与父母、姐妹、婆家的多重关系，也在关系的网络中展现出女性自我认同在过渡礼仪中的焦虑和依从。最重要的是，这一过程为女性应对生活转折提供了途径，并且向个人和群体展示了她的这一转变历程。在大家的共同关注和帮助中，她获得了走向未来的勇气和信心。

哭嫁歌是哭嫁仪式中由新娘所唱的抒情歌谣，又称为"哭出嫁"、"不愿嫁"、"嫁别歌"、"哭轿"等，在云南彝族、哈尼族、壮族、傣族、苗族等多个少数民族的婚姻风俗中广泛存在，是新娘出嫁时常常履行的仪式活动。[②]《云南民族口传非物质文化遗产总目提要·史诗歌谣卷》中共收录了彝族哭嫁歌 11 首，白族 1 首，哈尼族 14 首，壮族 2 首，傣族 5 首，苗族 7 首，傈僳族 1 首，纳西族 2 首，瑶族 4 首，藏族 2 首，阿昌族 1 首，普米族 1 首，德昂族 2 首，水族 16 首等。

对于哭嫁歌的研究，始于法拉格 1886 年《关于婚姻的民间歌谣和礼俗》一文，我国则以上世纪三十年代末刘伟民先生对广东东莞哭嫁歌的研究为发端。此后中外学者对哭嫁歌进行搜集与整理，或从哭嫁的习俗源起的角度来进行研究，或对哭嫁的社会功能进行研究。[③] 学者们

---

① 参见〔法〕阿诺尔德·范热内普《过渡礼仪》，张举文译，商务印书馆 2010 年版，第 10 页。

② 叶大兵、乌丙安主编：《中国风俗辞典》，上海辞书出版社 1990 年，172 页。

③ 从哭嫁起源角度研究的代表性文章有：向国平：《"哭嫁"俗源浅说》，见《中南民族学院学报》1988 年第 6 期；万建中：《"哭嫁"习俗溯源》，见《民俗研究》1991 年第 1 期；黄近海：《土家族哭嫁习俗起源探讨》，见《贵州民族研究》1992 年第 1 期等。从哭嫁社会功能角度研究的代表性的文章有：刘孝瑜：《哭嫁习俗的成年礼意义》，见《中南民族学院学报》1986 年第 5 期；向柏松的《哭嫁习俗的成年礼意义》，见《中南民族学院学报》1991 年第 5 期等。

多把哭嫁习俗与早期原始婚姻中的掠夺婚和封建买办婚联系起来，认为哭嫁是对男权的控诉和抗议。其中，有些学者集中从女性主义的角度，解读了哭嫁对于女性所具有的重要的成年礼仪的意义。比如，程蔷认为哭嫁风俗起到了婚前教育的作用，使其顺利完成角色转换，亦提供了宣泄临嫁时复杂矛盾情感的机会。①这已经在一定程度上涉及了女性自我认同建构的问题。本书将集中从女性自我认同建构在过渡礼仪中的变化来解析哭嫁歌。

哭嫁歌以性别的视域来反映女性的生活，哭嫁内容极为丰富，一般来说分为哭爹妈、哭姐妹、哭兄弟、哭娘舅、哭媒人、哭嫁妆等等。哭嫁歌的歌词具有很强的即兴性，有传统的唱词，也有即兴发挥。新娘哭唱可以任意倾吐心中的喜悦或悲伤。有的新娘即兴发挥得较好，表达了大家的心意，便会在民间广泛流传开来。与一般口头文学作品相比，叙述者的性别身份确定为新娘和日常相好的女友，以及她的母亲和嫂嫂。男性几乎不参与，因而哭嫁歌自始至终都以女性视角来言说女性的悲伤，是一种典型的女性"主位"叙述。从女性主义立场来看，哭嫁歌不仅是女人唱的歌，而且是唱女人的歌，还是以同情、理解的态度去唱女人的歌。在歌谣中，女性关注的是女性自身的前途遭遇，意识到男女性别间不同文化的现实差异，以及哭诉自己所感受到的种种规约和种种压抑。在哭嫁歌中，女性的自我认同穿梭在两种身份之间，一方面表现出焦虑与压抑，一方面又表现出自我说服与劝诫；一方面表现出抗争的姿态，一方面又表现出宿命论的悲观情绪。归纳起来，"哭嫁新娘"自我认同的焦虑主要体现在以下几个方面：

一是对过去身份和角色的留恋和不舍。男女双方的结合即将给女性原来的生活带来巨大的改变。她即将迈出这个门槛进入另一道门内生活。她的所有生活重心都将发生转移。而男方与女方的家庭关系分野是明显的，姻亲并不意味着男女双方家庭完全融为一家。对于女性来说，跟原来家庭的隔离才是根本的原则。她并不能随时想回到娘家就回到娘家。在新婚众人齐聚的时刻，在众人皆狂欢之时，只有她面临着一个较大的身份转换。姑娘在家中父母保护、无拘无束的生活引起了她无限地

———————

① 程蔷：《婚前教育与哭嫁风俗》，见《民间文化》2000 年第 Z1 期。

留恋和不舍。歌谣之中，家中案头上烛火、缸里的水瓢、房前的桃树……无不勾起化不开的愁绪。于是，吐露感情的对象是围绕着身边的亲人展开的。父母的慈爱、朋友的依恋、亲人的鼓励，一切的一切都馈送给新娘诗语和诗境。

以水族的哭嫁歌为例，姑娘泪眼蒙蒙对母亲唱到："娘儿两人隔桌坐。明日离娘九条河，日思夜想难见着……我是你的亲骨肉，为何不能留家中？"转而对弟妹唱到自己难全的孝心，嘱咐交待："家中父母多靠你，堂前侍奉二双亲。父母二老冷和暖，全靠我弟来承担。"对哥哥唱到："爹妈叫哥来送亲，自己妹子你要送，这个正客你要当……劳累哥哥辛苦一场。"[1] 新娘将自己的孝道与责任交付给亲人，以这样的方式表达着不舍。又如，纳西族哭嫁歌《姑娘我要出嫁了》："姑娘我年纪小小，爹娘要我出嫁了。姑娘我要出嫁了，可爱的家乡忘不了。姑娘我要出嫁了，父母的恩情不能忘。姑娘我要出家了，姊妹的友情不能忘。姑娘我要出嫁了，思念的泪水干不了。"[2] 其中重心放在对于原有身份的一种确认和留恋，这种身份集中与对父母的孝顺交缠在一起。或者说，对父母的孝顺之情正是女性原有家庭身份的集中体现。

二是为能否适应将来的身份角色焦虑、担忧。哭嫁歌中清晰地表现出了她们在人生喜庆时刻的矛盾心情，没有什么正面的情感表述，反而更多的是一种对前途未卜的忐忑。少女时期自由无拘无束的生活，并没有充分教给她们一旦生活在可能充满敌意的家庭中如何抵抗生活精神压力的方法，也没有教给她们如何去更好地适应和转变为另一种身份。这种并不应该此时出现的孤独感和寂寞感提前到来，让她们忍不住把这些不安与期待和盘托出。不幸之事常有，灾难无独有偶，那些从前人耳里听来的未来的故事，就像阴影一样总是萦绕在她的心头。纵使在这个人生中最绚烂的、光华弥漫的时刻，她们也遥遥预感着某种痛苦、离异乃至毁灭。如苗族哭嫁歌里唱的："公婆是恶还是善？姑子是刁还是酸？

---

[1]　中国民间文学集成全国编辑委员会/中国歌谣集成云南卷编辑委员会编：《中国歌谣集成·云南卷》（下），中国 ISBN 中心出版社 2003 年版，第 1334—1335 页。

[2]　同上书，1117 页。

弟兄是和还是凶？丈夫能干不能干？家里是穷还是富？待人是诚还是狠？对客对友是否贤？我的前途不敢想，此去只好随波浪……"感觉自己就像"秋天落叶随风飘，飘到哪里不知晓。"① 正像歌里唱的，成婚之后，女性的下半辈子都要在她大多数情况下亦是未曾谋面的他的家人中间度过。即使父母对于夫家的嘱托言犹在耳，即使亲友给予祝福，她终归要将自己的命运置于一个不可知的情况之中——婆婆的残忍、妯娌或小姑的计较、丈夫的冷漠……等不确定性之中。

　　三是对男女性别身份不平等的不解与控诉。妇女在婚姻故事中的悲惨命运的传说故事，无论是在男权社会中的种种遗迹或者是正在发生的现实，无不给予她们一种创作和宣泄的诗情。幸而，哭嫁风俗，为她们提供了这样一个女性集体倾诉苦难和孤立无援心情的机会。此时，平时推心置腹的女伴都围绕在她的身旁，她们一起大声地唱述着那些关于妇女屈辱和眼泪的集体经验，控诉以男性为中心的社会制度的种种不公对待。如纳西族《为何狠心逼囡重蹈你的路》中的唱词中控诉包办婚姻的罪恶，"妙龄的潘金美，爱心刚刚吐花蕊，狠心的父母却挡了路。咒骂采蜜蜂儿摘了心上花，如今逼着女儿嫁远方。……包办的婚姻坑害人，抢婚成亲的阿妈心上伤疤未痊愈，为何狠心逼囡重蹈你的路？"② 尤其对母亲同为女人却成为夫权制的维护者而感到悲哀和愤慨，从而表现出相当深刻的女性意识。而《死了也不嫁舅家》中同样控诉了将女性作为婚姻交换之物，斥责了这种畸形的买卖婚姻现象。③ "姑娘不是猪儿所生养，她却像小猪崽一样，父母强着要卖她。是钱财迷了爹娘的心，还是舅家强逼父母答应？"④ 女性们通过一系列哭和答，不仅对女性在男权制下的悲惨生存状态进行了道德上的谴责，同时也控诉了自己身上所遭遇的种种压迫，有的甚至直接意识到男女性别歧视。如哈尼族

---

　　① 中国民间文学集成全国编辑委员会/中国歌谣集成云南卷编辑委员会编：《中国歌谣集成·云南卷》（下），中国 ISBN 中心出版社 2003 年版，第 1062 页。

　　② 同上书，1184 页。

　　③ 云南少数民族中许多曾存在"姑舅表婚"等特定婚姻形态，并且常常采取优先婚的方式，它们确实在一定程度上构成了列维—斯特劳斯所提出的，在对等团体之间展开的"限制性"婚姻交换方式。

　　④ 中国民间文学集成全国编辑委员会/中国歌谣集成云南卷编辑委员会编：《中国歌谣集成·云南卷》（下），中国 ISBN 中心出版社 2003 年，1184 页。

哭嫁歌中:"父母只生妹一个,虽不聪明也像亲;你家生得多弟兄,不见哪个强过人。"① 即使用女性意识的自我觉醒,来解释女性在哭嫁中的种种表现也并不为过。而事实上,横眉怒指的指责,显示了妇女在仪式过程中的强大力量。唱词的惊心动魄,也极易博得亲友们的同情和未来婆家的忌惮。

当然,哭嫁歌对于女性自我认同的建构是双面的——焦虑的同时伴随着依从。新娘哭嫁至最后,往往都表示了对既定社会文化规范的服从。尽管带有种种不甘心,但最终还是要回归到女人宿命的论调和对人妇身份角色的接受。比如哈尼族哭嫁歌中女儿自己最终唱到:"花开了总得被人摘,姑娘大了总是要出嫁,这是祖宗兴下的古规,谁也不能抗拒它……"② 苗族哭嫁歌中的女性则把希望寄望于上天:"但愿苍天保佑我,此去婆家多方便,有心当个贤媳妇,一早起来敬苍天。"③ 女性或者将自我认同寄寓于神灵,或者寄寓于古规古礼,以此来压抑种种奋起的女性意识。而且,除了自我压制和自我劝诫之外,在哭嫁的过程中,来自新娘母亲的劝诫具有权威和示范的作用。母亲往往以过来人的身份向女儿教授未来的生活经验,同时模仿社会男性权威告诫女儿顺应身份的转变。新娘除了通过母亲的帮助化解情绪,还会通过咒骂媒人来转移自己的悲伤。在各个少数民族的哭嫁歌中,都有骂媒人的内容。此时用词犀利刻薄,毫不留情。

从哭嫁歌的角度分析妇女的角色扮演与角色转换,必须看到新娘这个过渡身份的重要性。如果说女儿是一种先赋性的与生俱全的身份的话,它拥有渐进性的自我认同的培养过程;那么,媳妇则是一种因为婚姻而后赋予的身份④,是时间中突进的角色赋予,缺少血缘亲缘的浸染和融合,需要规范的外在制约和教导。于是,新娘这一角色的过渡性便突显出来。按照维克多·特纳的说法,此时的性别关系与日常状态是相

---

① 普学旺主编、云南省少数民族古籍整理出版规划办公室编:《云南民族口传非物质文化遗产总目提要·史诗歌谣卷》上卷,云南教育出版社 2008 年版,第 352 页。

② 同上书,第 323 页。

③ 中国民间文学集成全国编辑委员会/中国歌谣集成云南卷编辑委员会编:《中国歌谣集成·云南卷》(下),中国 ISBN 中心出版社 2003 年版,1059 页。

④ 参见余霞、钟年《女性文化、角色心理与生命史——湖北三峡地区土家族哭嫁歌研究》,见《湖北大学学报》2006 年第 1 期。

分离甚至是相反和对立的。通过"哭嫁"这样一个阈限状态过渡到婚礼的非正常时空里，日常生活中的性别结构既受到阐明又受到挑战，呈现出与正常时空中性别"结构"相反的"反结构"。① 此时，哭嫁中妇女恣意淋漓的哭泣和叫骂，与一般情况下所倡导的女性的温良恭俭相悖，表现出一种超出常态的"歇斯底里"的状态。而恰恰这种"歇斯底里"的状态，可以有效治愈由于身份的模糊性带来的焦虑和不安。如尼尔·斯梅尔塞所说："歇斯底里的信仰排除了模糊性，这种模糊性通过假定一个普遍化的和绝对的威胁而产生焦虑。"② "歇斯底里"的状态其实是将不可预测的前景，纳入到主体预设的悲观主义预测中。尽管这种悲观主义使得女性为负面情绪所笼罩，但却使得女性摆脱了那种彻底不可知的恐惧和害怕。面对不确定的环境，个体焦虑乃是源于未知，假若女性相信她所焦虑的存在，那便不是无法摆脱的焦虑。因此，"歇斯底里"此时成为摆脱焦虑的途径。哭嫁时候的"歇斯底里"的信仰实际帮助新娘建构了某种程度的"稳定性"，从而获得一种受到威胁后自我稳定的完整性，这与巫术信仰可以说是同一个道理。因为巫术信仰的作用之一就是，这种有章可循、按部就班的稳定感为人们在处理令人困惑问题提供了方法和答案。

从女儿—新娘—媳妇，社会性别秩序既得到重新梳理和确认，又得到冲击和挑战，结构与反结构共同构成社会性别体系，从而完成社会性别结构的更新和平衡。在哭嫁的过程中，从外到内，从内到外，帮助女性完成社会化的过程。从整体来看，哭嫁歌对于女性自我的身份认同构建具有重要的意义。哭嫁帮助嫁女当事人自我社会化，即实现社会角色转换的过程。可以说，在哭嫁当中，女性自我意识的获得是在自我与他者的强烈冲突和关系中产生的。一方面，她意识到了自己命运的不由己，另一方面她又屈从于这种不由己的命运。自我认同与社会对她的认同难以剥离地交糅在一起。但这也恰恰说明，个体自我意识的获得是如何在个体与他者的关系中发展起来的。

_____

① 参见［英］维克多·特纳《仪式过程——结构与反结构》，黄剑波、柳博赟译，中国人民大学出版社 2006 年，序言第 7 页。

② 转引自［英］齐格蒙特·鲍曼《作为实践的文化》，郑莉译，北京大学出版社 2009 年版，第 263 页。

在长期的历史演变中，哭嫁歌已经褪去了始初对于婚姻及其性别不公的悲叹意义，有时哭嫁的演唱也会转变为一种人生表演。在婚礼仪式中，哭嫁已经成为一门独特的女性艺术，成为一种女性用之表情达意、表达认同的抒情媒介。表面上是女性在哭泣，但实际上也可以理解为女性在"狂欢"。

首先，哭嫁成为女性明媒正娶身份的象征。女性自己视"哭嫁"为一种重要资历，因为只有过硬的娘家才能筹办哭嫁，是娘家实力的一种象征性表达。经历了一场完美哭嫁的女人会以此认可自己的身份。其次，哭嫁成为女性展示孝道、美德、语言技能的载体。按照彝族的传统，女子出嫁时如果哭得不感人，在妯娌中间便会抬不起头，会遭到世人的讥笑。① 有些新娘因为哭得通宵达旦而晕过去，而在地方上传为美谈。如"娘家和婆家都认为脸上有光，娘家养了个有情有义的姑娘，婚事办得'火色'（热闹、气派）"。那些没有哭过嫁的女性都期望能够在自家亲戚哭嫁时好好哭上一次。② 一些特别会哭的女性，还成为其他女性学习的模范。其他姑娘会在陪哭嫁的时候，偷偷地把不少好词记下来，准备到了自己哭嫁时借鉴使用。如果能够到时有更好的即兴发挥，则会自认为聪明和有才能。所以，通过这种仪式化、群体化的方式，妇女们酝酿出既符合文化规范和场域要求，也表达女性自我认同的感人肺腑的歌谣。再次，哭嫁是展现女性人际关系重要的场合。闺中密友即将远嫁，未婚的女性在这种可以预见未来及感同身受的过程中，通过参与到哭嫁的集体活动，较好地对自己的社会角色进行了预习。而已婚的女性，则趁机在这种集体宣泄的礼仪中对自己的社会角色进行集体"复习"，将自己的女性经验与别人交流和分享。③ 如在彝族的《吃炒豆歌》中，新娘与自小的女伴互相倾诉伙伴之情。"难分难舍的阿姐哟，……谁来教我们纺线？谁来教我们织布？"新娘唱到："像金竹连根生的姐

---

① 杨甫旺：《论彝族"哭嫁"的文化变迁》，见《湖北民族学院学报》2009 年第 1 期。
② 马威等：《情绪人类学视野下的土家族"哭嫁"习俗研究》，见《中南民族大学学报》2010 年第 1 期。
③ 云南各少数民族的生活歌中有大量的"苦媳妇"调，其内容多为描述在夫家的悲惨生活，哭嫁歌也受到了这些歌谣的影响。

妹，像鸽子一样和气的伙伴……留下一包线，来把别后心相连。"① 在哭唱和对答中，面对所有亲友，歌谣承认肯定了新娘的能力和美德，体现了女性的人际关系，以及别人对她的种种品评。

总而言之，在一个以男性为中心的社会里，哭嫁歌已经成为民间女性文学的重要形式，成为女性身份建构的重要途径。在歌谣中，女性试图通过强化女性身份，颂扬母女情谊、姐妹情谊、兄妹情谊，表现女性的孝道美德、手工技能，再现女性在社会生活中价值，实现身份认同，从而建构女性的集体身份。在这样的歌谣中，女性创造着女性自己的话语，这种话语一方面唯礼是从，一方面，却使得隐隐然将欲冲溃规范堤防的心潮与情思声闻于外。她们的诗歌携带着她们越出家庭和家族的小天地，与民族文化话语的径流融合成一体。

第三节　其他生活歌谣吟唱中女性形象的自我认同

云南少数民族日常歌谣的体量庞大，除了上述歌谣中凸显出较为明显的女性意识，其他一些劳动歌和生活歌也涉及到女性的自我认同。日常生活语言的细碎，使得其中的女性自我认同难于显现出统一性。只能说，在劳动歌、生活歌、儿歌中可以捕捉到，对于女性而言，哪些生活较富有价值意义，哪些生活较为委屈苦闷。前者体现了女性对自我存在的价值的高度的认同，而后者则体现了女性对自我存在价值的困惑和焦虑。在云南少数民族女性自己唱述的生活歌谣当中，它们形成了两种表现主题——"姑娘手儿巧"的体面与"媳妇最可怜"的苦闷。

一　"姑娘手儿巧"的体面

女性的自我认同，较多地表现在那些她们认为好的事情，吸引她们的事物上，以及能为她们的形象增色的事物上。正如西美尔所言："为了或清楚或模糊地感觉到我们存在的这个统一性，我们寻找着相应的我们应然的统一性，这是投射进理想世界的自我……在生活的同一性没有

---

① 中国民间文学集成全国编辑委员会/中国歌谣集成云南卷编辑委员会编：《中国歌谣集成·云南卷》（下），中国 ISBN 中心出版社 2003 年版，第 1559—1561 页。

被感到是此在的地方，它至少作为要求出现在我们面前，作为这样的意识，生活的某种价值高度是由它决定的。"① 对于云南少数民族妇女来说，才德洋溢的织女和辛勤付出的母亲，体现着她们的生活价值的高度。两种形象在诗歌中表现出在审美上最高的权威性。无论是哪一种，都能转化成为女人们最能认同的形象。鉴于妇女眼中的母亲形象与社会集体所认同的母亲形象较为一致，且相关研究已经较为丰富，② 因此本节仅重点分析纺织与女性自我认同的关系。

云南少数民族文化类型多种多样，但"无论是哪一种社会生产方式，女性均与纺织相依相伴，紧紧相连，以至纺织等同于女性在生产中的性别认同。"③ 云南少数民族妇女在生活劳动中占据着重要的位置，她们广泛参加到本民族的采集、狩猎、农耕、纺织、制陶、酿酒等劳作中。但是，纺织是其中男性较少参与，而以女性为主体的一项标志性技能。妇女从事的纺织是多种多样的："从原料分，有麻织，多为独龙族、怒族、纳西族妇女所从事。有毛纺，多为彝族、藏族、羌族妇女所从事。有棉纺，多为黎族、壮族、苗族、侗族等妇女所从事……"④ 对于大部分云南少数民族妇女来说，纺织是家庭的主要副业，是女性利用空隙时间的杰出创造，支撑着传统家庭社会生活的各个方面。与汉族贵族妇女把纺织、刺绣作为一种陶冶情操的修炼相比，纺织对于少数民族女性更具有事关生存乃至神圣的意义。为保障纺织的顺利进行，还有专门的仪式和有关禁忌。傣族每年开始上线纺织时，要做简单的驱鬼仪式、烧香祛邪。怒族在织布前各家各户都要蒸酒煮肉，以慰劳妇女。哈尼族女子则有不许在织机上哭泣的禁忌。傈僳族妇女则相信女人织麻的

---

① ［德］格奥尔格·西美尔：《哲学的主要问题》，钱敏汝译，上海译文出版社 2006 年，第 165 页。

② 在母亲形象上，妇女的自我认同与他者认同并无二致。在少数民族女性纪念母亲的歌谣中，大部分都记录了母亲一生辛勤为家的功劳，塑造了"家中母亲大"的温柔、奉献的全能形象，本书不再赘述。

③ 金少萍：《云南少数民族女性与传统纺织文化》，见《云南民族学院学报》2000 年第 6 期。

④ 邢莉：《中国女性民俗文化》，中国档案出版社 1995 年版，第 52 页。

技艺源于蜘蛛的传授，因而禁忌打死蜘蛛①……由此可见云南少数民族妇女对于这项技能的重视。

在云南少数民族文化中，纺织或织绣的技能是女性为妻和为母的象征，也是家庭的道德核心所在，从少数民族民间择偶观中可见一斑。比如布依族"选婿看犁田，择妻观纺织"②，景颇族"女人不会织统裙，不能嫁人"③等。这种观念同样内化为女性的一种自我认同，表现在大量的女性劳动歌、生活歌和儿歌中，"姑娘手儿巧"汇聚成一种固定的表现主题。在歌谣中，女性都对自身的纺织记忆和能力进行了热情的盛赞。对于云南少数民族妇女来说，纺织不仅仅是涉及生产布料的体力劳动，而且是从中习得基本的操守，诸如勤劳、节俭、持家、有条理等品质的过程。哈尼族的《生产调》中妇女歌唱着织布要赶早，不要懒惰以免耽误时光。所谓"姑娘织布不要超过正月，如果你织布超过了这个月，一台织布机会织出两样布，你织七十七匹布也没有人赞。"另外，布朗族的《纺纱谣》："手摇纺车咕咕转，布朗妇女纺纱忙，越纺心里越高兴，今年地里棉花好，纺出面纱细又长……今世只要手不断，不愁吃来不愁穿。"在另一首《妇女歌》中："一路手不停，边走边纺线……布朗妇女真勤劳，功劳件件数不完，钱财仓库她们管，备受有识人赞赏。"一个傣族主妇只有知道如何把棉花纺成线、将线上色、使用织机和绘织图案，才能织出传统的傣锦。她必须能够提供全家人休息的被褥，以及为迎接客人准备好的二三十床垫子、床单。"如果这些垫子能堆满院子，展现在所有村民面前，得到全体村民的赞许，主妇就会赢得作为傣泐女人应有的体面。"④ 在这些巨量的织物面前，妇女所自豪的正是其长期维持家庭生计的角色，及其凭自身勤劳所创造的传统意义上家庭财产的重要价值。

对于云南各少数民族妇女而言，一个妇女在纺织上的能力被视为重

---

① 参见金少萍《云南少数民族女性与传统纺织文化》，见《云南民族学院学报》2000年第6期。

② 马和萱：《木叶传情歌为媒》，云南教育出版社1995年版，第5页。

③ 杨知勇等主编：《云南少数民族生活志》，云南民族出版社1992年版，第206页。

④ 沈海梅：《族群认同：男性客位化与女性主体化——关于当代中国族群认同的社会性别思考》，见《民族研究》2004年第5期。

要的家庭"功劳",这种特有的品质必将受到共同体的赏识,从而在家庭中占据重要地位。特别是在贫寒的家庭中,只要精于织布纺纱,那便可以维持家庭生计。这种品质是一个家庭未来兴旺的最基本的条件。尽管汉族"男耕女织"的文化框架同样表明了一种互补的性别分工,但从"宋代至清朝,纺织业所发生的复杂变化使妇女大体上沦为织工,她们的技术被剥夺,对纺织生产的贡献被低估、被边缘化,或者完全纳入以男性为中心的家庭生产中。"①妇女更加沦为一种从属性的家庭成员。相形之下,云南各少数民族妇女用自己的勤劳的纺织生产获得身份,尤其在男性面前显现拥有纺织技能和知识的专有权。因而,在怒族的《丰收歌》男女对唱互表功绩中可以看到女性咄咄的自信。其中,女歌手唱到:"穿着红衣全靠我,穿着黑衣全靠我,没有阿妹你看看,没有阿妹你试试!"在纺织领域,云南少数妇女始终都占据着技能和知识领域的控制权。基于此,她们把自己视为重要的家庭成员,并在与男性的对话中,时不时将这项技能拿出来作为话语对抗的武器。可以说,纺织生产的贡献被置于女性美德和操行的中心,女性从优秀的织女形象上获取生存的价值高度。

　　鉴于纺织对于建构女性在家庭中的身份和地位的重要性,许多少数民族在女儿很小的时候,母亲就会对她们进行相关技能的培训。这在很多云南少数民族的儿歌中能得到体现。歌谣的内容都是希望女儿长大以后会捻线、织布和做衣,心灵手巧,勤劳持家。最有意思的是,哈尼族的儿歌《似曾相识阿姐批策》批评了一个不事纺织、贪玩懒惰的女子"批策"。她只知道上山谈情,结果婚后生了很多孩子,"大小先后全顾不上,活了一世缺吃少喝。"可见,在哈尼族女性眼中,生育和多子并不是女性最大的成就,有时反而还可能是累赘。而女性如果不辛勤地坚持自己的纺织工作,则意味着某种不正经、败家的形象。与之相比,哈尼族很多的儿歌正面描述了女孩学习纺织的过程,以便从小就建立女孩

---

　　① 自宋朝城市经济发展以来,至明清时期,随着城市丝织作坊生产的规模的不断扩大,城里的织机拥有者不再雇佣妇女,而是雇佣大量的高度专业化的男职工。丝织不再是一个女性的专业领域,妇女的工作降低为不可缺少但又低级的缫丝。在商业和家内的劳动分工中,妇女被限制在报酬最小、技术含量最少的劳动分工上。(参见〔美〕白馥兰《技术与性别:晚期帝制中国的权力经纬》,江湄等译,江苏人民出版社2006年版,第182—185页。)

们对于织物服饰的审美观。姑娘很小的时候就要靠织物来装扮自己，如哈尼族儿歌《跳着出来》："姑娘怎样才好看？银泡钉在红帽上。姑娘怎样才美丽？姑娘美丽全靠丝线来打扮。"在成年男女隆重聚会的夜晚，身着美丽的衣服才能获得男性的青睐。"在月圆这一天，我们女人得波搓……帽上银泡叮当当，肩上细珠一串串，芦珠贝壳饰衣裳，翩翩短裙坠绒花，腿套裹紧舞姿美。"（哈尼族生活歌《得波搓》）。有学者也指出，经过女性的智慧缝制的织物，蕴含了少数民族女性文化知识的缘起，同时也集中汇聚了少数民族女性的审美观。①

可以说，纺织开辟了一个独立的女性技能空间。这个空间使得女性除了传统生育者的角色外，还成为家庭经济的主要角色之一。这些条件纠合在一起，转化为一种女性的性别认同，发展为一种至少在大众层面上推崇的"姑娘手儿巧"的风评。在这种关于纺织的信仰支撑下，纺织、织绣常常成为妇女歌唱的题材。许多少数民族女性都创作了表现纺织工作的欢快、幸福场景的诗歌。比如，普米族的《纺麻线》："普米姑娘纺麻线，双手十指绕成团，千根万根绕成团，织出麻布缝衣裳。阿妈穿上心里暖。"纳西族的《搓麻线》："采来麻和草，山草和大麻，搓成紧细线。线儿织成布，像白云般美。"本来辛苦、耗时的纺织工作，在妇女的诗歌中表现出田园牧歌式的欢乐。"飞针走线"的辛劳化为了力与美的技艺，仿佛艺术表演一般让人陶醉。当成品做出之后，所有辛苦都化为审美享受。源自自我劳动的快感，对于从小受到纺织信仰熏陶的妇女来说，这种感觉尤为美妙。妇女在对纺织情境的"表现性"唱述中，使得自己摆脱了现实的压抑和局限，使得自己成为自己的欣赏者。正如尧斯所说，"一个人的自我的实现是一种审美教育过程"②，即妇女们与纺织中的自己保持着巧妙的旁观者的角色距离，同时又对应该或希望成为的理想形象作自由、游戏式的认同，享受着实际生活中很多时候无法享有的乐趣。这正是一种审美经验高度参与的自我实现、自我认同的过程。

---

① 杨国才：《少数民族女性知识的缘起和发展——以传统手工艺服饰为例》，见《云南民族大学学报》2010 年第 2 期。

② ［德］汉斯·罗伯特·耀斯：《审美经验与文学解释学》，顾建光等译，上海译文出版社 1997 年版，第 12 页。

除了赋予少数民族女性富于生活教养的品质，最重要的是，纺织成为体现女性特殊的性别魅力的一门艺术技艺。美国学者曼素恩在分析十八世纪前后明清精英阶层的妇女诗歌中谈到，"正在刺绣的年轻姑娘看上去很富于性感，她的针线遂成为她的性别魅力的象征。"① 在汉文化中，所谓"绣"与"羞"同音，"爱绣"一词透露出性爱的意味。② 我们在云南少数民族的妇女歌谣中，同样看得到这二者间的隐晦交织。"纺车"、"荷包"、"罗裙"成为妇女歌谣中特定的诗题。这些诗题虽然以劳动为题，但事实上，女性借助它们常常表现的是儿女相思之情，寄托的是女性对于情爱的浪漫幻想。傣族的《纺线歌》就以女子纺纱为背景，描绘了一幅男女幽会的画面：

> 纺车呜呜响，/像是催眠曲，/月儿明又圆，/钻进薄云间，/姑娘情义乱，盼望情人来。/薄雾像轻纱，/披在竹楼上，/待到月亮挂树梢，/清风送来竹笛声。/姑娘心明白，/情人来到了，/纺车转得嗡嗡响，/响声多甜蜜。/姑娘不说话，/低头纺着线，/纺车传佳音，/棉线表深情。/情人早知道，/坐在妹身旁，/纺车停住响，/双双低语谈。

"纺车"的响声应和着纺纱姑娘的心情，时而呜呜哀怨，时而嗡嗡窃喜，戛然而止时，男女偷偷私语。纺纱的姑娘以"棉线"喻示深情，以"纺车声"说言外之意。其勤劳的纺纱模样，裹挟着相思与羞怯，产生一种不可抗拒的女性魅力。与之相比，古典诗歌中的"织女"形象则少了一分生气、多了一分悲伤。《古诗十九首》中的《迢迢牵牛星》："纤纤擢素手，扎扎弄机杼。终日不成章，涕泣零如雨。……盈盈一水间，脉脉不得语。"整首诗歌描绘的是织女的相思、无奈和悲伤。整个中古时代的"织女"或"七夕"为题的诗歌，无不法此传统，

---

① ［美］曼素恩：《缀珍录：十八世纪及其前后的中国妇女》，定宜庄等译，江苏人民出版社 2005 年版，第 199 页。

② 同上。

凸显悲伤、飘零之感。①与文人男作家的诗歌中对于"织女"的群体性想象相比，来自女性自己眼中的织女形象，则富有无穷的性别魅力。即使拥有那种最强烈、最炙热的情怀，但也仍然保留了最终的、难于完全启齿的隐秘，而没有立即坠入单一的情感中。此时，"纺车"作为男女相恋相会的屏障，从思念到心乱，再从心乱到羞涩，将女性的形象勾勒得如此动态而又变化多端。

　　不但如此，妇女手中的"织物"也成为歌谣的重要主题。彝族姑娘的《十绣》、《绣花调》、《绣罗裙》，以女子绣制"织物"送情郎为题，唱述了买绣针、绣线及其精心刺绣各种图案的过程和生动的情态，充满了诗情画意。《十绣》中唱到："一绣盘龙一股根，转进绣房燃着灯，手拿花针穿红线，穿起红线绒绣针。你是花针朝前走，我是丝线随后跟……"《绣罗裙》中唱到："一绣金鸡来吃水，二绣鲤鱼跳龙门，三绣乌云层层起，四绣童子拜观音，五绣孔雀来开屏，六绣山伯访英台。"苗族《绣花裙》："苗家姑娘手最巧，苗家姑娘手最灵，银针引着金线飞，针针线线连妹心。一针绣得彩霞落，二针绣得彩虹开，三针绣得星星出，四针绣得花吐蕊。花裙更比荷花美，引来彩蝶团团飞。"水族更是有《绣花调》、《绣香袋》、《绣荷包》共八首歌谣。"腊月香袋一年完，妹绣香袋心发慌。人人说我绣得好，手拿香袋等情郎"，"腊月荷包绣腊梅，腊梅开放香十里。小郎小妹得见面，好似鲤鱼已得水。"

　　香袋、荷包、罗裙、腰带等贴身织物，通常是少数民族妇女订婚信物交换的重要物件，在少数民族的恋爱活动中较为重要，比如抢腰带（瑶族）、丢荷包（傣族）、抢包头（拉祜族）、丢彩包（基诺族）、抛

----

　　①　"纵观中古时期的七夕诗，除了极少数如梁刘孝威《咏织女诗》表现的是织女满怀期待和欢喜地等待渡河相会，没有悲伤哀怨的词语，绝大部分的诗歌中满眼皆是表示相思、痛苦和悲叹的语汇，我们可以用这样几个字来概括吟咏牛郎织女七夕相会诗歌的主要内容与特点：悲，伤，怨，愁，恨，怅，叹，泪（涕），这些情绪是涉及织女形象诗歌中的基调。"如："牵牛悲殊馆，织女悼离家"（王鉴《七夕观织女诗》），"昔悲汉难越，今伤河易旋"（萧衍《七夕诗》），"怨彼河无梁，悲此年岁暮"（陆机《拟迢迢牵牛星诗》），"终日遥相望，孤益生愁思"（王筠《代牵牛答织女》），"愁将今夕恨，复著明年花"（庾信《七夕诗》），"织女思北址，牵牛叹南阳"（苏彦《七月七日咏织女诗》）……（参见王小燕《中古诗歌中的女性形象研究》，复旦大学博士学位论文 2011 年，第 140—141 页。）

绣球（壮族）……①在织绣过程中，女性充满了对于美好婚姻生活的憧憬。不单如此，姑娘们出嫁时所带的嫁妆——衣服、床褥、土布以及各种织物，大部分都是姑娘们自己织的或绣的。而且，从上述歌谣中所绣的内容来看，在所有吉祥的图饰中，"鱼"的图案常常成为妇女们最钟爱的题材之一。"在大量的少数民族造型艺术中，也不难看到大量的与生殖崇拜相关联的鱼形图饰和图形物。"② 由于其具有生育、多子而衍生出吉祥、如意、平安的意义，因而为中国西南一带的苗族、彝族、白族、哈尼族、傣族、侗族、纳西族、布朗族等妇女所喜爱。比如哈尼族未婚女子多用鱼的图案绣挎包，出嫁时则喜欢带有鱼饰的帽子，而身上的白色的银泡子也象征鱼鳞。③ 这种既有生殖寓意又突出审美性的性象符号，寄托着妇女们对于幸福婚姻的祈愿和理想。

女性的性别自我认同与审美认同在此是融为一体的。这些美丽的织物和图案除了具有较为直接的祈福功利目的之外，更重要的是运用一种审美表现的方式间接地去除了其中所隐含的生殖崇拜。同时，"复杂的语义象征隐藏在性征、生物学的生殖、养育等所有物中，这些东西就像人们之间交换的实物一样，充当着社会关系再生产的物质代理人作用。"④ 最重要的是，织物还充当着如下角色——女性的才情、女性的技能，向未来的夫家展示着女性正统的家庭责任和女性的价值、理想等信息。从某种程度上说，在绝大部分少数民族社会中，纺织和刺绣在象征意义上是具有很强生产能力的劳动。它并不是只为男性、家庭而服务的"女性劳动"形式，在很多时候它还沟通和巩固着妇女之间的联系。对于大多数没有受到现代文化教育的妇女来说，织物和刺绣的图样传达着其他方式无法表达的女性群体文化的信息，维系着有或没有直接亲属关系的妇女之间的联系。歌谣中不但呈现出女性的才情，还呈现出妇女们围坐着在一起穿针引线、边唱歌边讲故事的一幅幅鲜活画面。这是一

---

　　① 邢莉：《中国女性民俗文化》，中国档案出版社1995年版，第219页。

　　② 参见张胜冰等：《走进民族神秘的世界：中国西南少数民族艺术哲学探究》，民族出版社2004年版，第131页。

　　③ 同上书，第132页。

　　④ 转引自［美］白馥兰《技术与性别：晚期帝制中国的权力经纬》，江湄等译，江苏人民出版社2006年版，第206—207页。

个超越于男性男权强制性秩序赋予的女性空间，是女性热烈参与的劳动、自由和美的生活世界。

二 "媳妇最可怜"的苦闷

在云南少数民族女性歌唱的生活歌谣中，"媳妇最可怜"也是表现较多的主题之一。刘经庵曾在《歌谣与妇女》中，从妇女的角度，解析了她与她的父母、媒妁、公婆、小姑、兄弟、丈夫、儿子、舅母、继母与情人之间的关系，指出"她们的歌谣是哭的叫的，不是歌的笑的，是在呼吁人生之苦，不是在颂赞自然之美，是为人生问题中某项目的而做的，不是为歌谣而做歌谣的"。她们信口歌唱，既无文法，也不限字句，心有不平，随口即哭，意尽即止。"若是我们拿艺术的眼光，来批评她们的作品乃是人生的艺术观，不是唯美的艺术观。"① 这提醒我们在对待少数民族妇女的生活歌谣时，必须注重两点：一是切忌以文人文学的审美眼光去检视妇女的歌谣，二是妇女的歌谣是自然而然的生活情感的抒发。在此基础上，本书将重点放在分析歌谣中所表露的苦闷情结对于女性自我认同的影响方面。

歌谣的内容主要是诉说婚后生活的艰辛和生活环境的压抑。彝族妇女歌谣《菜花黄》② 中："冬月里脚又僵，妹妹要做鞋一双，做得帮来又无底，做得底来又无帮。"在婆家的生活处处受制肘，心中无比想念父母却又无法得见，因而悄悄怨愤婆婆，发出"天下女人皆同命，相同为何不相怜"（彝族《怨恨歌》）的悲叹。很多歌谣都勾勒了恶婆婆的形象，如苗族《苦媳妇》中"清早起背井水干干净净，恶婆婆偏说是水中带混……苦媳妇背牛槽来牛厩，恶婆婆懂（嚜）起嘴像吹芦笙。"有的则咒骂婚姻的不自主给女性带来的痛苦。如白族歌《可怜媳妇》："四月交历暑热高，嫁夫不着命中糟；嫁夫不着眼戳刺，眼刺是难挑。"有时非常想念父母，对着山的那边呼唤亲娘，比如阿昌族的《隔娘调》："芒木开花吊吊长，山隔阿妹水隔娘；隔山隔水叫娘水回

---

① 刘经庵：《歌谣与妇女》，见苑利主编：《二十世纪中国民俗学经典·史诗歌谣卷》，社会科学文献出版社 2002 年版，第 29 页。
② 以下歌谣皆引自普学旺主编、云南省少数民族古籍整理出版规划办公室编：《云南民族口传非物质文化遗产总目提要·史诗歌谣卷》上卷，云南教育出版社 2008 年。

音；任隔千山万里路，莫隔黄河一条心。"有时则气愤地咒骂父母不该贪财指婚，如德昂族的《丁香花，十八朵》："丁香花，十八朵，阿爸阿妈坑害我……"在这些歌谣中，女性对婚后生活的感受，对自身情感状态的体验，对人生的感知态度，都表露出一种消极的苦闷情绪。

从女性自我意识的程度来看，歌谣中女性的苦闷书写，更多地沉湎于外在的苦难经历或者苦难场景的渲染，执迷于宣泄在家庭琐事或婆媳纠纷中的苦闷心理，追求的是重复的叙事和极致的情感对立，因而在精神层面的自我主体的意识并没有进一步升华或觉醒。过多的心理直白式的咒骂与叫喊，缺乏自我精神的反思与观照。这种较为底层化的苦闷叙述，不断地将苦闷的情绪延续下去。表面上似乎通过宣泄情绪化解了生命的苦闷，但实际上常常更加强化了这种生命的苦闷。女性刚刚意识到的自我渐渐消失在这种始于"苦闷"、终于"苦闷"的窠臼表述之中。妇女将苦闷的根源紧紧地与家庭俗务相关联，并没有更多的社会意识和反思的涉入。当然，"媳妇最可怜"的苦闷主题满足了妇女逃避现实和情绪宣泄的需求。同时，这种"苦闷"的心理情节，将无数个同样身份的女性连接成一个共同体。她们通过自己对自己的可怜和怜悯，使得自己得到一定程度的安抚与慰藉。当苦闷的展示成为一种惯例的时候，这种略显病态的女性自我认同并不引起疗救的渴望，也不引起审美和道德的思考，而不过是在原有的性别秩序规范之中的无奈的、嘈嘈的自我呻吟而已。

综上，建构自我认同总是一个观看他人眼中之自我的过程。这是一个充满了焦虑的过程，但同时又是一个可能带来意外的、有时是冲突性的结果的过程。这是自我性与他性交汇的一个临界时刻，一个存在多种可能性和很大变易性的历程。云南各少数民族歌谣中女性自我认同中的自我形象并非绝对的"独创"，反而在承载着诸多先辈之矛盾印迹的同时，表现出一定程度上的与典范传唱中女性形象相似的一些理想化的迹象。当然，它们也让我们看到了许多有别于历史文化给定角色而切近女性性别本真经验的自我呈现。云南少数民族女性歌谣的内容十分驳杂，在不同类型的歌谣中，女性的自我认同在层次、性质及其内容方面都有所差别。女性的自我认同在"理想类型"与"本真经验"，在"清晰易懂"与"含混焦虑"互相作用，呈现出自我性的多样驳杂状态。总体上来说，"她们"在自我吟唱中展现出一定程度的自我意识和主体性，或者以试情相交的姿态出现，或者以忠诚激情的状态出现，或者以肆意撒野的姿态出现，或者以勤劳能干的姿态出现，或者以自恋自哀的姿态出现，更或者以玉石俱焚的态度出现……由于在社会中女性承担着多重角色，每一重角色都在一个相互作用的情境中承担着独特的表达认同的功能。而且她们在不同层面上相遇，既体现出性别认同的边界区隔，又体现出融入社会认同的文化融合。由此也可以看到，性别秩序的意象以及此后的实践都是文化赋予的，但女性在这个文化秩序中并不总是"安分守己"的。

第三章　典范传唱与自我吟唱中女性形象认同的交互构建

上述云南少数民族史诗、古歌、长篇叙事诗和以妇女为吟唱主体的歌谣中所呈现的女性形象，为我们进一步解析女性形象认同提供了结构性的对比框架。"结构性"一词的使用，意味着二者之间除了存在某种一致性，同样存在着冲突和矛盾，并且相互影响、互相渗透。如果说，史诗、叙事诗塑造的女性形象被看作是一个标准体系，即它规定了什么是标准的女性形象的有序排列的话；那么，女性自我吟唱所建构的形象则代表着根植于最基本的人类经验，尽管其经常出没于有序的集体表述之中，但仍然以日常生活中的理解为另一极的自发性表述。这种结构性的对比，同样属于一场长期以来、迄今为止依然悬而未决的关于社会与个体、他性与自我、客位与主位的争论。社会科学的主要流派在实践中都或多或少从不同角度参与了这场争论，女性主义理论同样如此，尤其从认同的角度出发将会获得一些别样的理解。

第一节　典范传唱与自我吟唱中女性形象认同的叠合与差异

对女性形象的认同研究到底该持什么态度，如何看待这些蕴含着同一和差异的女性形象呢？如何全面地认识作为构成人类社会天然存在的男女两性中的"女性"在具象的文学中的认同问题呢？云南少数民族典范传唱的集体表述和妇女吟唱的自我表述的女性形象，正是这种结构性聚合与对立之谜的文学表征，也正好为之提供了论证的平台。在典范传唱的"她"与自我吟唱中的"我"之间，二者或者叠合、或者相异，而更多的时候则是相互交织在一起。在女性主观表述的自我与客体性的、意识形态所规定的标准正统自我之间，既有延续也有断裂。为了领会女性形象认同的全部意涵，必须从更宽泛、更包容的视角来看待这二者的关系，这种视角需要建立在直观而持久的感知人类生活经验与过程的基础上。

一 女性角色形象及认同的叠合与差异

在云南少数民族典籍传唱与自我吟唱的女性形象中，女性身份的各种角色定位的差异性相对较少。其中，母亲形象，是两种认同建构中比较一致的。对"母亲"的崇拜，无论是在史诗、古歌和叙事歌的集体表述中，还是女性自己的表述中，都表现出了对这种身份广泛的承认和尊重。

一方面，创世史诗创造了许多关于母亲的"神话"。在基诺族、德昂族、壮族、侗族、苗族等众多少数民族的史诗和古歌中，女神不仅是人类的创造者，还是动植物的创造者，生产劳作的创始人，知识经验的发明者，以及人生各个阶段生命经验的赋予者。凉山彝族资料《天地祖先歌》中的"女权篇"、"医药篇"、"农耕篇"中同样可见这种母亲的身影："古时天底下，男女聚成群，分也无法分，无法分夫妻。在这个时候，孩子不知父，孩子不知母。一切是母大，母是一切根。……她就是君长，人人都平等。一切听从她，她说了就算……女的来按摩，女的来治病，女的有知识……又是女的啊，带领着大家，带领去烧坡……从此以后呀，才有苦荞吃。"[①] 从某种程度上来说，这种形象本质上类似于母亲的形象。这种"大母亲"的形象至今在大洋洲的马里亚纳群岛中依然可以看到，其氏族内最重要的人就是一个老媪。她是整个氏族的顾问，是氏族的全部财产的管理人。男首领没有她的许可不能做任何事情。而且，她的地位通常由她的妹妹或妹妹的女儿继承。通常被选举为"大妇人"的人应具有理事的才干，并且是经历充沛和聪明的人。[②]

---

① 转引自［彝］刘小幸《母体崇拜——彝族祖灵葫芦溯源》，云南人民出版社 1990 年版，第 158—159 页。

② ［苏］C. A. 托卡列夫等主编：《澳大利亚和大洋洲各族人民》，李毅夫等译，上海三联书店 1980 年版，第 975 页。

这种在氏族中至关重要的形象在云南少数民族的古歌谣中同样依稀可见。

　　另一方面，在一般的生活习俗歌谣中，尤其是云南各少数民族的挽礼歌中都有专门的祭母歌颂扬母亲的功绩。在云南少数民族生活中，丧葬礼仪极为突出和极为隆重。与汉族的丧礼文化有着明显的不同，孔子"敬鬼神而远之"、"之死而致死之，不仁"等训诫开始，儒家影响下的丧礼便表现为"诗的，而不是宗教的"①。而少数民族对于灵魂的笃信，而使得丧礼具有浓厚的宗教意味。范热内普将丧礼归为"聚合礼仪"，认为丧礼能有效地将群体内的所有生者团结起来，有时也与亡者结合起来。② 在这样一个整个家族都参与的集体礼仪中，母亲的声望被集体颂扬。关于母亲的功绩被作为集体记忆积留在每一个在场者的心中。而且，赞颂母亲的歌谣一般是由亡母女儿来吟唱。歌谣主要唱述了母亲养育儿女的恩德以及女儿对阿妈的轸念之情。除了彝族、白族的哭母调中追述母亲的养育之恩和家庭中给予儿女的温暖，哈尼族的《怀念阿妈》中同样哭述母亲生前的功绩，其歌词大意是：母亲给儿女讲授的古规旧礼会牢记，理家积财的方法会记住，勤快的儿女会富足。儿女不会忘记母亲的养育之恩，牢记母亲建家立业的功绩。傣族的《哭娘歌》、纳西族的《孝女祭奠》、瑶族的《子奠母歌》、藏族的《思念母亲》、普米族的《想娘歌》，也都赞颂了母亲的慈爱和勤劳。尤其是纳西族摩梭人歌颂母亲的歌谣比较多，如《忘不了母亲的恩情》、《母亲在儿女心中一生都明亮》、《母亲的心比太阳亮》等等。妇女们通过挽歌的歌唱来感知和认可传统母亲角色的光荣世界。活着的妇女把死去的妇女当作社会权力和声望的源泉。母亲的灵魂将尽其所能地帮助活着的女儿，母亲的女儿毫不怀疑地依靠着这些留下来的传统角色继续生活。母亲身前的角色对后人的命运施予影响。反过来，她们的神话传说和故事也需要后人来延续。在实用和形而上学的层面，少数民族妇女的自我认同都在母亲神话光晕的庇护之下，从而理所当然地将自己视为这种角色的承续。

---

　　① 参见冯友兰《中国哲学简史》，北京大学出版社1996年版，第128—130页。
　　② 参见［法］阿诺尔德·范热内普《过渡礼仪》，张举文译，商务印书馆2010年版，第120页。

　　史诗、古歌等作为集体表述中的母亲形象与女性自我认同中的母亲形象是比较一致的。人们对"母亲"的认同主要集中在生养功绩，将家庭的生养责任视为衡量和评价女性社会价值的最高原则。社会性别创造的"母亲"神话将女性的价值认同局限于家庭之中，鼓励女性专注于家庭事务之上。二是在典范传唱的集体表述和女性的自我表述中，都认同母亲是家中的道德权威。在除了挽歌之外，在很多婚礼的"训女调"中，母亲都以自己对于家庭伦理的恪守以及对于妇道品性的修炼为自己的女儿树立榜样，不但能够被女儿奉为学习的对象，同时也能博得整个社会的尊重和敬仰。帕森斯曾把丈夫、妻子、子、女作为家庭系统中四个基本角色。其中，父亲是高权力——工具性领袖角色；母亲是高权力——表意性领袖。工具性角色是支撑家庭生活保障的人，而表意性角色则主要维护家庭内部关系和家庭成员的感情联系，承担抚养子女和满足家庭成员各方面需要的责任。① 在这种社会性别角色分配中，女权主义者认为存在着男权统治的价值体系和意识形态。在这种角色关系中，母亲成为男性意志的表达工具，成为最适合的男性表意载体。

　　妻子形象在他者的集体表述与女性自我的表述中既有交叉也有差异。女儿的形象在以男性为中心的社会中往往被作为未来的妻子的社会性别形象来看待。很多对于待嫁之女的评价和认同都是以未来的婚姻生活作为标准。因此，下文主要围绕着妻子的角色形象来看，典范传唱中的认同塑造与女性自我吟唱中的认同建构有何异同。

　　一方面，二者都认同女性作为妻子这一社会性别身份应具有的素质。不论是集体表述还是女性自我表述，对于妻子的社会性别身份都有着共同衡量标准。在云南各少数民族的创世史诗中，有大量的"夫妇"叙事②，展示着夫妇双方相互扶持、相互帮忙的生活情况，尤其突出妻子从夫居的顺从性格和聪明能干的持家本领。在《阿细的先基》中，丈夫对妻子的赞誉主要集中在她勤快、麻利地完成大量的家务劳动和孝敬公婆的行为上。妻子跟着丈夫到家之后，她高兴地认祖归宗、拜亲访

---

① 参见谭琳、陈卫民《女性与家庭：社会性别视角的分析》，天津人民出版社 2001 年版，第 86 页。

② 刘红：《云南民族民间文学"夫妇"叙事的女性倾向》，见《云南民族大学学报》2011 年第 3 期。

友，跟随丈夫开荒、播种、收割、制麻线。而丈夫也盛赞了妻子的聪慧，尤其是妻子织麻纺织的能力。比如"亲爱的妻子呢！山顶上的野鸡，穿着红通通的铜衣，红红通通的铜衣啊，是世上最漂亮的……荒地里的阿次鸟，穿着麻撒撒的麻布衣，麻撒撒的麻布衣啊，是世上最漂亮的。""亲爱的妻子呢！世上数你最聪明，你缝的衣裳最合身，你缝的衣裳最好看，人多的地方我敢去了，热闹的地方我也敢走了……"① 而在女性的自我表述中，从"嫁女调"中可以看到女性自身对于妻子的社会性别身份是认同的。如彝族的《教嫁歌》中母亲就不断叮咛女儿要安心出嫁，回头伤感误良辰，要安为人妻的角色，所谓"待老要尊敬，待少要和蔼。言语要和气，手脚要勤快。"② 在壮族的风俗歌《女大当婚》中，也表现了女儿在出嫁之前的习得和出嫁后当家理事的能力："十四岁织布缝衣做鞋手艺好；十五岁打扮得十分漂亮；到了十九岁，已嫁人当家是能手。"③还有苗族的《赞囡歌》、《嫁女歌》、傈僳族的《训女歌》……等大部分的教嫁歌中，其内容都是母亲的千言万语叮嘱与女儿的可怜愁绪，母女对唱是其最大的特色。作为两代女人之间的"对话"，她们始终围绕着"女性与婚姻"，女性如何为人妻以及女性的命运展开。对于女儿来说，唯有以母亲的过往经验来获得慰藉；对于母亲来说，也会尽力教导其遵守社会性别角色形象的规范。从这个意义上来说，母女对唱算得上是一部女性社会角色形象的教科书。在深沉哀婉的母女对唱中，在"妻子"这一社会性别角色上取得了共识。而且，在很多少数民族妇女的歌谣中，女性对于自身纺织技艺的唱述，也表明了她们对于这种女性专有技能的自豪。综合来说，社会赋予女性作为妻子应有的角色标准也成为女性自我认同的角色标准，二者是相互建构、互相影响的。

　　当然，在女性的自我表述中，主体自身并非能够毫无障碍地融入到典范传唱表述中理想化的妻子的社会身份中。如在哭嫁歌的唱述中，便

①　中国民间文艺研究会主编、云南省民族民间文学红河调查队搜集翻译整理：《阿细的先基》，人民文学出版社 1960 年版，第 257 页。

②　转引自普学旺主编、云南省少数民族古籍整理出版规划办公室编《云南民族口传非物质文化遗产总目提要·史诗歌谣卷》上卷，云南教育出版社 2008 年版，第 62 页。

③　同上书，第 416 页。

表达了为什么女儿必须要离家的不公平。哈尼族歌谣《兄妹本是同母所生》中唱到："兄妹本是同母所生，公鸭母鸭本是同笼养大……家中良田成百上千，可爱阿妹却要嫁到别家……"① 再如彝族歌谣《不愿嫁他乡》中所唱的"姑娘不乐心，不愿嫁他乡"。② 同时，歌谣也表达了对于女儿身份的留恋和不舍，对于未来夫家生活的担心和忧虑。正如彝族《哭嫁》中所唱"隔山又隔阱，含泪告别众乡亲；翻过这山别亲人，从今不是一家人，那年那月又相认……去到人家处，要受人家气，能做也得做，不能也要做……愿嫁也得嫁，不愿也得嫁。"③ 可见，嫁女对于是否能成为他者表述中理想化的妻子是抱着迟疑和忧心的态度的。而社会赋予她的社会身份，也使得她感到无奈，才发出了"愿嫁也得嫁，不嫁也得嫁"的感叹。如果说，哭嫁歌是女性对于未来的妻子身份的忧惧的话，那么大量"苦媳妇"歌谣则表明了典范传唱中那么多的精巧能干妻子形象，也多为性别刻板印象的虚构，而在现实生活中，女性并非总是能够胜任于这一社会性别身份所赋予种种角色规范，而是处处感叹和诉说这种性别角色的为难与苦楚。而且，妻子的自我认同随着进入夫家之后会发生一定的变化。原先的不确定和焦虑，可能有两种走势：一种是不适应社会性别身份的规范而走上反抗之路，二是适应社会性别规范的要求成功从妻子转化为母亲的角色。一个女性的社会角色是流变和相对的，即随着女性的性别、年龄和地位而变动。对于丈夫和长辈而言，她是被规范的对象；但对于她的孩子，她则成为制定规范的人，等到她同样成为母亲的时候，也将成为传统的以男性为中心的家庭标准的老练操办者和道德意志的代言人。

总的说来，在女性的角色气质形象上，典范传唱的认同塑造与妇女吟唱的自我认同建构之间呈现出更多的一致性。史诗、古歌、叙事歌是以传统的名义配置的一套规范化话语体系。通过鼓励和褒奖妇女们养成一种围绕着家庭角色期许的女性化渴望。这种渴望具体体现在一套关于

---

① 转引自普学旺主编、云南省少数民族古籍整理出版规划办公室编《云南民族口传非物质文化遗产总目提要·史诗歌谣卷》上卷，云南教育出版社2008年版，第323—324页。

② 中国民间文学集成全国编辑委员会/中国歌谣集成云南卷编辑委员会编：《中国歌谣集成·云南卷》（下），中国 ISBN 中心出版社2003年版，第1562页。

③ 同上书，第1563—1564页。

传统的理想化的母亲和妻子的形象中，体现在女性自我歌唱中将这些传统角色形象作为归宿的假定和认可上。这些歌谣代表着一个非常重要的方面，即性别的社会意识形态如何密切地参与了使得女性屈从于女性角色气质、婚姻和身份的规范。总而言之，它们成为女性最为重视的人生坐标和妇女们最为重要的人生大事。一个女人通过对婚姻和母性的关注而不是投身于权威政治或者其他社会生活，来满足自己成为一个"真正"的女性的愿望。史诗歌谣中他者的集体表述和女性的自我表述，由此一起鼓励着女性投入到一种具有广泛的文化后果的回报之中，尽管需要时不时悄然释放出这种投入所带来的焦虑和困惑。

二　女性行为形态及认同的叠合与差异

从社会性别角色形象来审视女性认同固然重要，但不能完全解释其中所有的复杂性和细微差别。虽然有来自各种分化的表达和不同经历维度的诉说，却共同建构了各种"应然的"社会性别角色形象的统一想象。事实上，各种"应然的"传统的社会性别角色形象在很大程度上孤立于社会实际生活之外。在实际的社会生活中，女性的行为形态，很多时候就溢出了角色规范的理想形态，而表现出一些差异之处。因而，从女性行为形态的角度，来反思女性的他者认同与自我认同之间的关系，无疑可以更好地诠释出关于女性认同的复杂性来。

在对待爱情上，女性的行为及态度，无论从文学、文化学还是民俗学的角度，还是从民间的生活实践来看，都具有一种超越于理性的神圣性质。无论是史诗、长篇叙事诗还是在日常的情歌歌唱中，女性在面对爱情时都表现出最富于诗意和激情的行为方式。因此，在歌谣中，我们可以看到女性在面对钟情的男性时能够不顾一切、热切大胆地表达自己的感情，可以毫无物质欲望裹挟地投入到只求真心人的付出中。在叙事诗中表现为自荐枕席的婚姻施予行为、表现为不慕权贵的抗婚行为；而在日常的情歌歌唱中则表现为女性的对天盟誓。在女性所唱的歌谣当中，我们也可以看到忠贞恋人为了追求自由、幸福的爱情，不惜牺牲自己的性命，效法传说中殉情的恋人。与叙事性的行为形态的明显的过程和效果相比，情歌中的女性行为是一种想象性行为付出。它并非一无所取，也并非一无所求。这种想象性的行为付出，期待以某种形式拥有对象。这种形式或是想象、或是感觉，或是体验。① 并且期待最终行为的付出获得结果，得到相应的回报和确认。

如果说叙事歌谣中女性行为形态是对现实中女性爱情生活的一种理想化表达的话，那么情歌中的女性在面对爱情时的行为则更具有现实境遇的多面性。在叙事歌当中的女性人物形象的行为形态是有限的，而在情歌当中的女性形象则更为多面和立体。在情歌的表述中，我们可以看到女性结伴成群，精心打扮，身着本民族最为绚丽的外衣、花团锦簇的礼服，披着华丽的帽饰，美艳招人，顾盼生辉。她们或看到心仪的人便开口试探；有时也很傲慢，冷落那些愣头愣脑的小伙；有时则以退为进、试情相交；有时则互赠信物、以表衷心、许下诺言。短暂的相聚结束后各自回到家中，便展开无尽的思念和想象，期盼下一次的相逢。而对薄情郎的负心，有的女子会拉着他的手苦苦哀求，或者故意与其他男子示好以激起对方的嫉妒，甚至开口讽刺和诅咒对方。当然，也有的在爱情遭遇到阻碍时，有的表示出了绝望，有的则愤然唱出逃婚的心声，"要是长刀一样快，要是心思一样同，带我小妹上夜路，带我小妹去私奔"。② 女性所认同的爱情理想是共同的，但是对于恋爱中的女性行为形态却并不限于叙事歌谣中的类型化，而是有着更为丰富的情态和自主表达。

在对待财物的行为上，也可以看到他者认同与女性自我认同并不完全一致。我们在创世史诗中的"夫妻"叙事和叙事长诗中，都可以看到女性在面对心仪的男性时毫不计较财物的慷慨态度。在"天鹅处女型"、"羽毛仙女型"、"鱼女型"、"白鸟羽衣型"、"动物报恩型"、"难题求婚型"等主题叙事中，女性作为婚姻施予者不仅不在乎男方本身所拥有的财物，而且还能够为男性带来丰硕的物质财富。正像本文第一章所认为的，典范传唱中的女性行为，总是表现出对于男性的过度的"爱与热情"，她们对来自权贵的财物引诱嗤之以鼻，对贫困男性的无条件的喜爱，对自身家庭无理由的背叛。这种行为和态度，只与某些情

---

① 参见耿占坤《爱与歌唱之谜：西部少数民族传统情歌探秘》，广西师范大学出版社2003年版，第77页。

② 同上书，第59页。

歌中女性所唱"不为金银不为财，只为情歌妹才来"，"不图表哥穿的好，只图表哥好人才"①的行为态度较为相似。但是，在更多的妇女自我吟唱的歌谣中，我们看到，无论是情歌中隐晦地暗探男性的家底、适时拒绝，还是说亲歌中直白无隐地要求与自己匹配的彩礼，如傈僳族的《虎咬鹰逐调》、壮族的《卡彩礼》中向男方索要彩礼②……这些都体现出，在女性眼中，财物及其象征意义并不是无关紧要的。女性一面通过此考量将来生活的可能性，也藉此来衡量自己是否会得到男方的善待。与史诗歌谣中女性对财物的一味鄙弃，日常歌谣中女性则更具有经济意识和行为理性。与长篇叙事中女性行为的程式化以及所催生一种男性生活的"白日梦"倾向相比，日常歌谣中女性并不总是扮演不断施予的角色，而有着自主要求的独立人格。与叙事歌谣中所尊崇的亲密、给予、忍让的女性价值观相比，女性的观念中充满了竞争、颜面以及现实生活中一些可能的计算。女性并不总是选择他人眼中应该有的行为及其态度，而是根据现实生活的复杂而作出自己的判断和选择。

三　女性身体形象及认同的叠合与差异

身体在西方哲学思潮和当代女性主义思潮中是一个重要问题。对于女性形象的批评常常与身体联系起来。除了因为身体是性别的源起和始基以外，身体还是一种文化形态。从福柯认为身体是被权力及其文化建构起来的论断，到人类学家玛丽·道格拉斯认为身体是文化的规则和象征形式，再到苏珊·波尔多认为人们对于身体的想象镌刻着人的文化价值，③ 身体与女性存在之间的紧密关系逐渐为女性主义研究所重视。传统社会文化及其惯习，对于女性身体形象的认同，以及女性对于自身身体形象的认同，是文化对女性进行身体支配和女性如何参与这种身体支配中的体现。云南少数民族史诗歌谣中对于母体生殖身体形象、本民族

_____

① 取自瑶族情歌《盘歌》，见中国民间文学集成全国编辑委员会/中国歌谣集成云南卷编辑委员会编《中国歌谣集成·云南卷》（下），中国 ISBN 中心出版社 2003 年版，第 1481 页。

② 转引自普学旺主编、云南省少数民族古籍整理出版规划办公室编《云南民族口传非物质文化遗产总目提要·史诗歌谣卷》上卷，云南教育出版社 2008 年版，第 414 页。

③ 参见马藜《视觉文化下的女性身体叙事》，四川大学出版社 2009 年版，第 29 页。

"美"的身体形象的展示，深刻地表现出该民族文化的性别意识形态。

首先，在史诗、古歌尤其是创世史诗中唱颂了女性的母体形象，即"有众多值得称道的母亲神、女儿神、女孙神的女神"。[①] 史诗、古歌里的母体，往往是派生两性的无限之母体，是一切存在及非存在，是一切已生和将生的事物的综合。可以说她是单性生殖的宇宙根源，无需借助于男性的帮助，是男女间共有的完整始基。[②] 随着男权制度的确立，女神从具有宇宙学意义上的身体形象，逐渐演变为专事生殖的母体形象。歌谣中我们可以看到对于母体的生殖器官的极尽夸张的描写。云南各少数民族创世史诗中这种对于母体生殖形象的崇拜，自然与母系社会的遗风有关，也说明女性的生殖形象是得到云南各个少数民族文化的广泛认同的。

而在云南少数民族日常歌谣的吟唱中，母体的身体形象与母亲的角色不可分割，妇女们往往是通过对母亲形象的角色认同，来表达对于母体生育身体形象的认同，比如：挽礼歌中对母亲生养功绩的歌唱；织物歌中对于生殖符号的喜爱；情歌当中对于性与生殖的种种隐喻等等。在云南很多民族的民族志资料中，母体崇拜和生殖崇拜风俗犹存，妇女对母体的认同很难脱离社会文化的认同模式。"这方面的例证很多：如象征多产的石榴、象征怀孕的蟾蜍和葫芦等，时至今日，在很多民族地区或是农村地区仍被视为吉祥之物，是妇女们挑花刺绣的首选图案。云南多数民族妇女都有系围裙的习俗，这些已被赋予了'多生多育'内涵的石榴、蟾蜍、葫芦及其它具有相同象征意义的动植物，常被他们绣在围裙上并系在腰间"[③] 等等。尽管我们还不能说每一位系着绘有这类图案围裙的女性，都有多生多育的愿望，但由此可以看出：她们对于传统文化规范的女性身体形象仍有较强的认同感。在学者的实地调查中，也可以看到妇女的生育意识中，认为母体就是生育的工具，这不仅与家族昌盛有关，而且与自己在夫家的地位有关。

---

① 过伟：《中国女神》，广西教育出版社 2000 年版，第 10 页。

② 参见谭桂林《宗教与妇女》，作家出版社 1995 年版，第 19 页。

③ 赵捷：《性别角色透视：母爱的歌与泣——云南多民族社会中的生育文化与妇女的生育意识和行为》，见方铁主编：《传统文化与生育健康》，中国社会科学出版社 1997 年版，第 49 页。

当然，随着历史的发展，如今在一些妇女们的日常吟唱歌谣中也可以看到，母体的生殖能力并没有得到女性的过度赞颂。相反，妇女唱出了过度生儿育女不好的歌谣。比如流传于云南省剑川县白族聚居区的生活歌《生儿育女》，就唱述了生儿育女之苦，尤其是儿多母苦，奉劝世人不宜多生。歌谣还用五更曲的形式进行了五次劝告。① 彝族的《怀胎调》中唱述了妇女从怀孕到分娩的痛苦的全过程。傣族的《叫儿歌》则直接讲述了一个老母亲过多生育却无力养育的悲惨故事："老妇儿女多，行走在光坡，左手牵一子，儿女个头小，儿女皮柔嫩……儿女哇哇哭，哭声撕母心，树叶也落泪。"② 这种老而多育的女性身体形象，与史诗、叙事歌中所批判的"女巫"、"女鬼"等形象并不一样，但同时是受到厌弃的身体形象。除此之外，其他诸如壮族、苗族等民族的生活歌中也有"生育适当利家利儿女"③ 的内容。可见在云南少数民族女性心目中，比起"生"的身体形象来，"育"的身体形象更为重要。社会意义上的母体形象，她们不仅需要强健的身体体格来繁衍后代，而且其重要的价值在于她们能否抚育自己的孩子健康成长和回馈家庭。女性的身体不再是一个容器式的生育工具，生育不再是女性命运中必须沉默地承担的生命自然行为。在这里，"自然意义"上的女性身体形象与"文化意义"上的女性身体形象统一而不可分离。"由教育所创制的纽带同受孕、妊娠和哺乳形成的身体关系一样牢固有效，后者是物质性因素的传递，而抚养和教育所需的却是'身体（也包括思想）结果的感受与品性'的传递"④，这有机地体现着女性身体形象的自然性与社会性的融合。

"美"的女性身体形象在两种认同塑造中也存在叠合差异之处。共同之处在于，不论是在集体表述还是女性自我表述中，容貌与服饰均成

① 参见普学旺主编、云南省少数民族古籍整理出版规划办公室编《云南民族口传非物质文化遗产总目提要·史诗歌谣卷》上卷，云南教育出版社 2008 年版，第 173 页。
② 转引自普学旺主编、云南省少数民族古籍整理出版规划办公室编《云南民族口传非物质文化遗产总目提要·史诗歌谣卷》上卷，云南教育出版社 2008 年版，第 509—510 页。
③ 参见普学旺主编、云南省少数民族古籍整理出版规划办公室编《云南民族口传非物质文化遗产总目提要·史诗歌谣卷》上卷，云南教育出版社 2008 年版，第 33 页。
④ ［美］白馥兰：《技术与性别：晚期帝制中国的权力经纬》，江湄等译，江苏人民出版社 2006 年版，第 269 页。

为展现女性身体美的重要标志。《滇文化与民族审美》一书中曾论及：

> 云南众多的少数民族，尽管历史的进程各不相同，但都有自己所推崇和理想的最美好的人……这些人物无不高贵善良，聪明勇敢，身体与相貌更是非凡出众。史诗中常常以大段的篇幅，美好的言辞描述他们的外貌与服饰。身体的美确实在于各部分之间的比例对称。而何谓匀称和比例，在不同种族、不同民族中是不完全相同的。一般说来，各个种族各个民族的人都以本族的平均值为标准。而这些史诗中的人物无一不是该民族所公认的最健美，最英俊的人。①

可见，华美的民族服饰常常成为评价理想人物形象的公认标准。当然，细看民间史诗中的男性身体形象、容貌服饰描写比起女性来说更多属于简写，男性的身体形象主要是通过其动作行为来体现的，比如种田、骑马、吹乐器等。与之相比，女性的身体形象则聚合了大量静态的容貌与服饰表现。彝族人对阿诗玛的描写就是撒尼彝族妇女群像的服饰勾勒。在纳西族对格姆女神的描写中，历数了她的珍珠垫肩、水晶鞋、翡翠裙、彩虹腰带、红花衣裳、白云头帕、玉耳环等。苗族长诗《金笛》中男主人公先后受到三个美女的诱惑，歌谣中是这样来描述她们：第一个很美，"腰身似柳枝，匀称又苗条"；第二个更美，"穿戴整齐又华丽，石头见了也动心"，"绣花的锦缎上衣，配着美丽的长裙，手镯是拿金子串成"；第三个最美，"只见她——身上裹着红霞紫雾；又见她——头上戴着明月亮星，好一派仙女风度啊"。② 可见，人们甚至仅以服饰的精美程度来表现女性身体美的程度。

那么，在少数民族日常女性自己吟唱的歌谣中，她们对于"美"的身体形象是如何认同的呢？妇女也自觉地重视容貌与服饰的重要性。在容貌上，女性对于自身的形容多以本民族文化中最美丽的"花"来

---

① 张文勋等主编：《滇文化与民族审美》，云南大学出版社1992年版，第375页。
② 文山壮族苗族自治州苗学发展研究会编：《文山苗族民间文学集·诗歌卷》，云南民族出版社2006年版，第57—62页。

形容女性的美丽，比如彝族的"马缨花"，白族歌中"牡丹花"、"山茶花"、"郁金香"，哈尼族的"山茶花"，壮族的"桂花"、"杏花"，傣族的"莲花"、"檀香花"，瑶族的"八角花"……而对于服饰，她们也表现出由衷的热爱，服饰并没有以舒适简单有用为荣，而是以精美华丽为荣。除了绣花图案之外，飘带、彩璎、后摆、银饰都不能少。哈尼族母亲唱给女儿的儿歌《人家的姑娘什么最美》中："人家的姑娘什么最美？脚套（绑腿带）上刺绣的梨花样最美了。人家姑娘什么最美？系腰带像黑蛇样最美了。人家的姑娘什么最美？胸前三颗银纽扣像星星样最美了。人家的姑娘什么最美？拖垂背后的秀发像太阳落山的余晖样最美了。人家的姑娘什么最美？新头巾像初绽放的樱桃花样最美了。"① 藏族女歌手所唱的："头巾好哟头巾鲜，鲜的舞场都是红。腰带好哟腰带鲜，鲜得舞伴似彩虹。姑娘好哟姑娘美，美得小伙乐无穷。"② 服饰之所以被招募，并作为一个非常重要身体的修辞资源，这与服饰本身所隐含的性的符号象征意义密切相关。很多少数民族女性的服饰图案，积淀着丰富民族生殖崇拜的性象符号。尽管经历了从生殖符号到抽象的审美符号的演绎，但其中审美的教育与性教育是融合一体的。③ 穿着精美服饰的女性身体并不完全沉浸在自我的内在性展示中，而是含蓄地、欲言又止地相响应着社会文化规范的他者认同，极力地配合着他者认同对其的浪漫化的侵入。当然，女性在歌谣中对于"美"的身体形象的认同，有时也不限于"容貌"与"服饰"。在一些少数民族妇女的歌唱中，美的女性形象则更多是勤劳与懒惰的差别，能干与不能干、顶事还是不顶事的差别。正如水族姑娘唱的"一块花帕四只角，花帕上面绣飞蛾。花帕烂了飞蛾在，不看人才看手脚"那样④，女性身体形象在女性自己眼里并不是只有一个标准。女性的身体形象并非是一个纯粹的生

---

① 转引自普学旺主编、云南省少数民族古籍整理出版规划办公室编《云南民族口传非物质文化遗产总目提要·史诗歌谣卷》上卷，云南教育出版社 2008 年版，第 384 页。

② 中国民间文学集成全国编辑委员会/中国歌谣集成云南卷编辑委员会编：《中国歌谣集成·云南卷》（下），中国 ISBN 中心出版社 2003 年版，第 1687 页。

③ 参见张胜冰等《走进民族神秘的世界：中国西南少数民族艺术哲学探究》，民族出版社 2004 年版，第 132—133 页。

④ 中国民间文学集成全国编辑委员会/中国歌谣集成云南卷编辑委员会编：《中国歌谣集成·云南卷》（下），中国 ISBN 中心出版社 2003 年版，第 1356 页。

理身体形象，而是浓缩了他者对女性身体的欲望，和女性对自身生活体验的复杂经验构成的。在自然身体与文化身体共同搭建的意义网络中，性别化的身体形象以无意识显现的方式，共享了某种关于"美"的典型的甚至标准的领悟模式。

通过上述云南少数民族史诗歌谣中女性形象的集体认同表述与自我认同表述之间的比较，可以看出，性别角色较容易取得一致性，而行为形态、身体形象则存在着较多的交叉和差异。女性形象他者认同与自我认同之间呈现出来的交互构建的复杂性提示着我们：任何单一的角度开展研究，都将阻碍我们认识女性认同的多层次、多维度构成的真实状况，因而，它的真相必须在多种方式的交互审视中才能得到真正揭示。

第二节　云南少数民族史诗歌谣中女性形象认同的交互构建

从云南少数民族史诗歌谣的女性形象认同建构中，除了呈现出女性生命经验的多层次性，同时也表现出形象建构所采取的不同方式。具有叙事性的史诗与叙事诗中的女性形象，是相对清晰而完整的；而在女性自我吟唱的歌谣中的形象，则是比较模糊和印象式的。正如维特根斯坦所说："去想象一种语言即意味着去想象一种生活的形式。"[①] 叙事性的史诗歌谣与抒情性的歌谣，本来就是两种不同的语言表现形式，不同的语言表现形式也就造成不同的认同建构的方式。

一　"完型镜像"式的认同方式

云南史诗歌谣中他者认同的女性形象，无论是创世的女神形象、诡异的女巫形象、自荐枕席的婚姻施予者、充满激情的婚姻反抗者，她们都具有较为完整清晰的身体形象、行动形态或角色气质。史诗和叙事诗长篇幅铺叙，在女性形象的塑造上笔力是从容的。从形貌、行为到性格，史诗、叙事诗把人们带入到女性形象的完整、完型的形象认同建构中，

---

① Ludwig Wittgenstein, *Philosophical Investigations*, New York: The Macmillan Company press, 1964, p. 11.

不但突破了人与对象的心理藩篱，也使人们能够看到这些形象身上所隐含的话语指令，由此可以使人们产生人物形象的完型式认同。史诗、古歌、叙事诗表述中的女性形象，由于为女性认同发生的各种情境提供了典型性的镜像式参照系，故本书将其称为"完型镜像"式认同。

"完型镜像"式认同这一概念借鉴了拉康"镜像认同"理论。按照拉康的看法，镜像阶段是人类自我人格形式、人类与世界关系的发展中一个必经阶段，即在婴儿零到六个月时，就产生了自身躯体与外部世界的意识，这种意识之间是分离和片断的，各部分之间并不统一。待六个月之后，当幼儿在镜像中发现自己，并把镜中的影像归属于自己，这便是一种典型的对于自我的镜像式认同。拉康谈到："我们只需将镜子阶段理解成分析给予以完全意义的那种认同过程即可，也就是说主体在认定一个影像之后自身所起的变化"，"如果我们想要把这个形式归入一个已知的类别，则可将它称之为理想我。"① 这种"理想我"正是我们在云南史诗、叙事歌他者认同中所看到的种种理想化的女性形象。

从身体到角色，女性形象或者呈现为创生万物的女神、忠贞热情的恋人、慷慨施予的妻子、慈爱辛劳的母亲，或者呈现反面的破坏者女巫、淫荡的间离者、刻薄寡毒的后母等等。反面形象的出现是为了更加证明前者的理想化的存在。前者是人们歌颂与效仿的对象，而后者则是人们贬斥和批判的对象。这些女性形象总是具有寓意的，在已经说出的东西中总是指向某个层面女性同一性的建构的。一旦史诗歌谣中出现了该"完型"形象系列的某一种，马上便能勾起人们对于"她"的较为清晰和完整的形象记忆。这些形象被归入到一个个熟悉的类别之中，如同在镜子折射时所看到的镜像一样，女性形象的完整形式是以格式塔的方式获得的。由于人永远不可能自己看到自己的躯体全身，而必须借助于镜像，而镜像中的完型成像便给予了人自我发现和欣赏的巨大快感。

并且，在"镜像式"认同的模式中，种种女性人物形象（作为女性主体"我"的文学表现形式）凸现了出来。在史诗歌谣的集体表述的不断重复中，在与他者的认同过程的辩证关系中，这种"完型"形象得到客观化，被赋予了某种观念上的普遍性。正如拉康所说："形式

---

① ［法］拉康：《拉康选集》，褚孝泉译，上海三联书店 2001 年版，第 90 页。

是在一种凝定主体的立体的塑像和颠倒主体的对称中显示出来的，这与主体感到的自身的紊乱动作完全相反。这个格式塔的完满倾向必得视为与种属有关，虽然它的动力式样目前还不甚明了。这个格式塔通过它体现出来时的两个特征，象征了我在思想上的永恒性，同时也预示了它异化的结局。"[1] 在这里，拉康指出了"镜像"式认同给予主体自身把握自身整体的完型感。人们通过"镜像"所建立起的形象认同总是种属的、分明别类的"完型形象"。正是在此意义上，史诗歌谣中的那些典型人物形象，也成为文化群体内部男女性别自我辨识的"超级"形象。这些形象不仅具有物质性的外形，而且能够凝结和进行文化的交换，与主体达成一种可供交换和认同的符号。并且，这种符号所指涉的具体形象可以无休止地互相彼此映照和反映。所以，对于撒尼彝族来说最美的女人莫过于"阿诗玛"，还有苗族人的"娘阿莎"、白族人的"柏洁夫人"、怒族人的"阿茸"姑娘、傣族人的"楠婼娜"……主体以她们为塑像来完成自己与世界之间的关系联结。"完型镜像"式认同的功能，在于建立有机体与它的实在之间的关系，建立起内在世界与外在世界之间的关系。这些女性人物镜像，留存在长辈代代口传的"史诗"或"叙事长诗"中，形成人们对于女性形象认同的基础。在口传史诗、叙事歌传唱的文学活动中，这种具有指涉性的形象谱系即使在最为即兴的、个性化的个体参与表述中，也能得到共享的启示。

　　"完型镜像"产生的所谓"我在思想上的永恒性"的作用，其实已经暗示出这种认同建构同时也是一种审美活动。审美活动正是一种主体发挥自己的自由性，并采取一种与非真实的审美对象相互关照的立场，在享受客体即"完型镜像"的同时获得主体的满足感，正如尧斯所说的"审美享受总是出现于享受他物的自我享受这一辩证关系中"。[2] 云南少数民族史诗歌谣集体表述中的女性形象，难道不正是本地民族文化中第三者式的共同经验？人们在歌唱与传颂这些女性人物形象的时候，正是处在一种欣赏他者与自我欣赏的辩证关系中。在审美行为中，主体

---

① ［法］拉康：《拉康选集》，褚孝泉译，上海三联书店 2001 年版，第 91 页。
② ［德］汉斯·罗伯特·耀斯：《审美经验与文学解释学》，顾建光等译，上海译文出版社 1997 年版，第 44 页。

正是在占有一种关于客观的、无可厚非的意义经验时经验其自身。主体在自己的生产活动和对他人经验的接受活动中接触到这种审美经验，而第三者的首肯则可以证实这个审美经验的普遍性。这样，"在无功利的思考和试验性的参与之间的平衡状态中出现的审美享受，就是以一种把自己假设为他人以经验自身的模式，审美态度打开了这种经验的大门。"① 可以说，歌唱这一审美活动与女性生命经验的认同是相互融合在一起的。

在绝大部分时候，云南各少数民族妇女被包围在史诗歌谣中的艺术形式、人物的想象、神话的符号中，凭借着他者认同中的理想的女性形象这一媒介来与自己打交道。很多时候女性，并不是根据她的直接需要和意愿而生活，而是生活在"完型镜像"的激情之中，生活在希望与恐惧、幻觉与醒悟、空想与梦想之中。"完型镜像"教会妇女们如何去看待女性经验世界，女性自我认同总是需要借助他者认同中"完型镜像"来经验自身。

二　"片段感发"式的认同方式

在从群体共享的、模仿的、具有传统指涉性转向个人化、个性化和创造性的文学活动中，典范传唱中的"完型镜像"所具有的形体、行为和具有个性特征的、个人化的、当下的自我认同建构之间，并不完全契合，而在现实语境中有一定的疏离。固化的、理想化的、客观化的"完型镜像"式认同，可能逐渐使得这种文学形象脱离原生语境，而在阐述中不断被卷入强大的意识形态话语流，而原先语境的认同性质则日益脱落。因而，在实际的女性个体的认同中，往往会溢出"完型镜像"认同的形式，而出现一些出自女性特定的生活体验，从而具有差异性、多样性的文学表述特征。

在女性生活的日常表达中，女性的生命经验处于一种"身体的残缺形象"的感知情境中。与"完型镜像"式认同不一样，她看不到自己的全貌。正如我们在云南少数民族日常歌谣中所看到的抒情歌谣中，

---

① ［德］汉斯·罗伯特·耀斯：《审美经验与文学解释学》，顾建光等译，上海译文出版社 1997 年版，第 45 页。

女性自我认同的方式，是一种片段式的生命情感抒发。所谓"片段感发"，指的是在云南少数民族女性自我吟唱的歌谣中，女性主体经由文本所展现的是一种个人随意的生活化的情绪感发，这种情绪感发往往依托相对固定的句法唱段或意义构成模式。比如，情歌中恋人在等待男性约会的时候，常常会唱到"不见阿哥……小妹我……"，"不是说好……为什么……"，"可他完全不知道……"；哭嫁歌中表达姑娘出嫁的心情总是以"姑娘本还小……可是妈妈狠心把我嫁……"，"不知道将来……女人的命总是最苦"；逃婚歌中主要是"心爱的哥哥……那样的日子多一天也不能过了……"，"父母把我坑死了……"，"只要我们在一起……死了也不怕……"等等，这些句子模式都对应于相对有限的几种情境模式。在这些女性自我吟唱的日常歌谣中，我们时常看见很不像诗的题材。但不论是哪一首诗，打开必定可以看到其中专门描写爱情的快乐和痛苦的，或者描写作为女人生活的痛苦和焦虑。① 或者说，女性自我吟唱的歌谣类似于日常生活里的"白话"，其目的本来就不是指向理想化的形象格式塔构型，而是指向某种个体经验的自察，某种个体情感的瞬间表达。

女性主体的歌谣段式，并不注重情感表述的完整，而是专注于内心所全部能感知到的喜怒哀乐的加强式表达。在抒发感情的过程中，这些感情的絮语有时是悬而未决式的独白，有待完成；有时突然打住，但角色塑造可能已经宣告完成；有时反复重选，并不继续深入；有时并无过渡，喷口而出的同时已然结束。但总的说来，情绪的宣泄呈现出发散状态，而非聚合状态，它们有时甚至始终保持在同一水平上诉说同一种感受。正如罗兰·巴特所分析的，女性自我认同表述的最大特点就是"由欲望、想象和心迹所交织所构成的"，并且"在情境的深处，有着某种'语言的幻觉'（弗洛伊德、拉康语）：被腰斩的句子往往保留它的基本构成（'尽管你是……'，'假若你还要……'）。由此产生的情境的骚动不安：甚至最柔和的情境也免不了带有因悬念引起的恐怖：我

---

① ［德］格罗塞：《艺术的起源》，蔡慕晖译，商务印书馆1984年版，第185页。

从中听到的是有如狂风暴雨般的'我真想……'"①在情感宣泄式的表述模式中，涌现在主体心中的情感往往是无次序的，它们之间相互撞击、平息，然后再卷土重来，再平息。在云南少数民族女性吟唱的歌谣中，除了一些情歌在艺术成就上达到了情景交融、言虽尽而意无穷的程度外，其他绝大部分歌谣在抒情方面，都体现出这种片段式的抒情模式和状态。

这种片段感发式的抒情，使人们更多地看到"完型镜像"中所看不到的女性形象。她们在点滴的、日常化的抒情中，构建起另一条关于女性的形象谱系。首先，妇女的琐碎的日常生活被直接剪接在歌谣中，妇女们的自我在日常生活的磨损中，呈现出一种对日常困难生活"弯下的身躯"的姿态。云南各少数民族的"妇女调"较为集中地表达了妇女们对于自己人生苦难的认识。在大量的歌谣中都可以看到妇女们对自身的关注，它们大多集中在婚姻生活的不自由上。流传于云南省景东彝族自治县的《苦心调》中也唱到："磨米磨到半夜中多，堆舂舂到鸡叫多，打个瞌睡睡着了，理起担钩挑水去……"；傣族的《女人歌》中妇女抱怨生活辛苦，"三个土基搭个灶，就地挖个洗脸盆"；傈僳族的《女流歌》中唱到妇女从小就受歧视，出嫁以后就落入了身不由己的境地，"回来酗酒打妻子，还说打的是聘牛皮。"白族的《苦情调》、哈尼族的《舂米姑娘歌》、壮族的《妇女的苦处说不完》……②这些歌谣都表现了妇女对于自身所遭遇的不幸和苦难的感受。对于妇女而言，日常生活的苦难是女性意识滋长的土壤，是与"完型镜像"相异的个体心理感受。这些歌唱确实也是妇女生活和感情的实态，它真切地传达出女性对于自身身处的以男权为中心的家庭生活的不满，但也揭示出了妇女对自身生活领域的实际感受，生存的苦难与卑微被作为一种对命运的信仰，不断内化于她们自身的精神世界。

在云南少数民族的女性歌谣中，对于女性形象的自我认同散布于她们对于日常生活中偶发性的个体感受中。因此，这种散状存在的话语表

①　[法] 罗兰·巴特：《恋人絮语——一个解构主义的文本》，汪耀进、武佩荣译，世纪出版集团/上海人民出版社 2004 年版，第 4—5 页。

②　以上歌谣均来自普学旺主编、云南省少数民族古籍整理出版规划办公室编：《云南民族口传非物质文化遗产总目提要·史诗歌谣卷》上卷，云南教育出版社 2008 年版。

述，无法将女性的现实的生命活动、体验及其对于未来的预期，连接为一个有意义的整体次序来进行自观。由于"认同是一种连续性概念，它指每个人或集体在其生命过程里必须经历的变化中，他自身始终一致。"① 也就是说，除了划分与他者的边界，自我认同还需要肯定性的同一性的建构。在少数民族女性的歌谣中，她们对于自身同一性的认识，不是以一种明朗的肯定性的表述出现。在歌谣之中，几乎难于捕捉到妇女们对于自身的，"我是……"，"我们女人是……"这样的明朗的自我认同表述；取而代之的是，"我不能……"，"我不要……"这样的一些表述。女性自我认同同一性的连贯性的建立，需要在其对于生活的否定性的零散内容中去捕捉。这样便导致了一种难以解脱的自我认同的压抑感。

可见，对于用吟唱来表述自我认同的女性来说，女性生命经验的敞开和遮蔽是互相联系的。一方面，口头吟唱是表述认同的重要方式，相对于在历史中无言的沉默来说，云南少数民族妇女的歌谣展示了被理想化的女性镜像之外的真实样态。这对于女性自我认同中所涉及的多层面的生命经验来说，无疑是一种生命意义的敞开。如卡尔·雅斯贝斯所说："自我是一个生活概念；自我只能在悖论中打转，但无法辨别，它既是普遍的，又是个别的；正因为它无法成为这样的东西，所以自我只是不断在形成的东西。"② 妇女歌谣内容的否定性的状态，使得一方面自我认同既与自由、主观、自然、现象等多种语义关联在一起，是其主体意识继续生成的土壤；但另一方面，片段式、印象的、零碎的女性经验表述，又使得这种女性主体性敞开的意义有所局限。被情绪完全统治的口头表述，以及流于固定化、惯性化的女性经验表述，则让女性的主体性在敞开的同时没有进一步敞亮，继而返回内心对自我的细碎观照之中。

---

① ［德］耶尔恩·吕森：《危机、创伤与认同》，见陈新译、陈新主编《当代西方历史哲学读本（1967—2002）》，复旦大学出版社 2004 年版，第 297 页。
② 转引自［德］费迪南·费尔曼《生命哲学》，李健鸣译，华夏出版社 2000 年版，第 8 页。

三　两种方式之间的交互构建

"完型镜像"式与"片段感发"式两种认同方式之间各有特点。事实上，正像集体表述中的女性形象与自我表述中的女性形象相互影响一样，两种认同方式之间也是相互影响、交互建构的。两种方式都是主体认同世界和被世界认同所不可或缺的。

"完型镜像"式认同自身包含着不断召唤主体验证的功能。或者说，主体总有通过与"完型镜像"对照来获取自我认同的需要，就像人总是需要照镜子来反观自身一样。但镜像容易使得主体沉溺于虚构之中。拉康指出："镜子阶段是场悲剧，它的内在冲劲从不足匮缺奔向预见先定——对于受空间确认诱惑的主体来说，它策动了从身体的残缺形象到我们称之为整体的矫形形式的种种狂想——一直达到建立起异化着的个体的强固框架，这个框架以其僵硬的结构将影响整个精神发展。由此，从内在世界到外在世界的循环的打破，导致了对自我的验证的无穷化解。"[①]这里不是说镜像本身必然导向悲剧，而是说主体借助镜像来观察世界容易形成预见先定的条条框框。"完型镜像"认同的不足之处正在于掩盖了主体的本真性，而不断倾向于形塑和虚构理想化的人物形象。

人的主体性本来就是在群与己、他者与自我的关系之中生成的。如果这个关系不能达到平衡，则会导致要么失去自我性而成为完完全全的他者，要么拒绝他者对于自我的参与性建构，而成为不被社会认可的遗弃者。假若主体只采取"完型镜像"的方式来观察世界，那么就会导致自我本真性的完全丧失。这便是女性主义理论一直在批判的女性的"异化"。"完型镜像"把女性经验实体化、绝对化，建构出一种纯粹的、本真的、绝对的和不变的女性"幻象"，把女性的性别特征静态化，取消了女性生命经验的时间性。那些以格式塔的方式呈现出来的最为理想化的"完型镜像"，体现了女性形象的稳定性、秩序性和审美性。那些合乎期望的性格、尽善尽美的德行、登峰造极的美、达到顶点的激情，让其形象得以在最强烈的瞬间定型化，所形成的认同必然也是

---

① ［法］拉康：《拉康选集》，褚孝泉译，上海三联书店2001年版，第93页。

最为稳定和持续性的。

　　借助"完型镜像"式的认同建构起来的人物形象善恶、美丑泾渭分明。任何女性个体在进入到文化传播和习读活动中，都不免会在这种形象认同的基础上，来进行自身对于女性性别认同的建构；都不免会利用"完型镜像"所提供的相关材料与想象空间来进行女性形象的模仿。随着这种"镜像"不断地被模仿、改编和戏拟，会逐步掩盖女性自我本真性存在的其他特点。尤其是在由社会不公平而导致的婚姻资源配置不公平的社会现实中，理想化的女性人物掩盖了隐身于其后众多被压迫者所发出的声音，成为一种单向度的性别形象存在。表面上看，这些对妇女和女子气的理想化赋予了女性以言说的权利，她们有机会去地充当某种公共道德角色，但其实"这些被理想化了的情侣在根本上确实是男性主人公自恋的投影"，并且占用了其恋人的积极的品格。① 在很多少数民族歌谣中为了使女性更具有道德完美性，往往会使用"死而复生"或"死后化生"的叙事策略，来使其成为超脱于物质并且理想化为"情"的抽象存在。随着这些镜像在云南史诗歌谣口传文本中的不断复现，而成为某种失去实践性的静态存在，形成一种固定化的认同。对于实际生活中的其他层面的女性生命而言，这不但是一种遮蔽，而且还引诱着主体的异化。

　　与此同时，主体"片段感发"式的认同，则在一定程度上冲击着"完型镜像"的封闭性，使得云南少数民族女性形象的认同呈现出多层面来。"片段感发式"的自我认同冲击着"完型镜像式"认同的规范性和完整性。女性个体生活所拥有的各不相同的境遇，也冲击着"完型镜像"的类型化。尽管各种庄严、优美的史诗叙事，驱动着妇女们"从身体的残缺形象"向"完型镜像"的种种狂想，但终究无法真正一一实现。正如我们云南少数民族歌谣中所看到的：母亲觉察到了生育过度的给予自己身体带来的痛苦，恋人觉察到了在情爱活动中的自主需要，媳妇觉察到了在夫家生活中的种种不自由。对于妇女而言，"片段感发"式认同是避免女性完全成为类型化、单一化的"完型镜像"的

---

　　① ［美］艾梅兰：《竞争的话语——明清小说中的正统性、本真性及所生成之意义》，罗琳译，江苏人民出版社 2005 年版，第 72 页。

有效方式。它不时地传达出妇女生活和感情的实态，传达出女性对于异化镜像的质疑，进而也揭示出了妇女生活领域的多元感受。

如果把言说中的主体称为"主我"的话，那么"完型镜像"认同中的"我"则可以被称为"宾我"，"主我"的悲剧性和"异化的命运"，不单指的是"主我"被"宾我"取代，还在于个体之"主我"与"宾我"永远处于不一致之中："主我"将"不知疲倦地倾注于凝结一个不可能的被凝结的主体性过程，倾注于将凝固性引入人类欲望这一变动不居的领域"。① 可以说，主体通过"镜像"的认同与个体自我"片段感发"之间的冲突，便产生女性自我验证的无穷化解。当然，"主我"与"宾我"之间的关系、自我感知与"完型镜像"式认同的关系，应该置于一定的社会文化语境中才能得到检视。当"主我"奔向"宾我"并自我验证且发生冲突时，便会重塑"主我"对于"宾我"的认同。当女性们对"完型镜像"式的女性人物形象发生质疑的时候，意味着女性的"主我"的主体性正在觉醒，当这种觉醒形成规模化的认识和传播，并能够被集体表述所采纳的时候，那么新的具有普遍性的女性经验便可以得到言说，而女性自我认同的内涵便会逐渐注入到他者认同之中，从而持续地推动二者之间相互影响、互相构建。

---

① ［英］玛尔考姆·波微:《拉康》，牛宏宝、陈喜贵译，昆仑出版社 1999 年版，第 28 页。

第四章 从女性形象的性别认同到民族审美认同

　　如果把以男性为主导的群体文化对于女性形象的指认，称为女性形象的"他者认同"；那么，女性主体对于自身形象的感知和确认，则可以被称为女性形象的"自我认同"。在此基础上从上述章节中可以看到，性别角色较容易在他者和女性自我的认同之间取得一致性，而行为形态、身体形象在他者认同与女性自我认同之间则存在着较多的交叉和差异。从女性认同的任何单一的角度进行研究都将变得问题重重，而必须把女性形象的认同与其生命经验形式的丰富性结合起来研究，才能理解女性形象认同何以在多个层面之间并行不悖的根源。

第一节 云南少数民族史诗歌谣中女性形象性别认同的层面及特征

　　应该说，一切关于女性的同一性观念和知识，首先都是从女性经验认识抽象概括而来的，它们当是女性性别认同建构的基础所在。女性生命经验，既包括着女性所做的、所经历的，女性所渴望的、所爱的、所相信的和所承受的，也包括了女性是怎样活动和怎样反应的，她们是怎样操作和怎样遭遇的，她们是怎样活动和怎样享受的，以及她们是怎样观看、怎样信仰和怎样想象的方式。这种生命经验所包含内容之庞杂，以至于人们总是从其中各取所需以满足其理论的需要，而没有将女性生命经验存在的多个层面呈现出来。实际上，女性生命经验存在并不是单数而是复数的统一形式，它通过不同层面的、经常是相互交叉的话语、实践和立场建构起来。云南史诗歌谣中女性的认同层次之间所产生的叠合与差异，可以说正是源于女性生命经验存在的多层次性，它们之间相互渗透、相互影响、难分难解。

一 女性性别认同的基础层面

抽象而言，云南史诗歌谣中女性性别认同，所栖居的女性生命经验可以划分为三个层面①：

一是女性作为"人"的与男性无差别的人类共性，比如云南史诗歌谣中人生的渴望、死的惧怕、爱的冲动、性的激情等；二是"女性"作为"群体"而与男性群体相区别的"类"的群体经验，比如云南史诗歌谣中母亲、妻子、女儿的社会性别角色，及其在社会生活中所产生的女性生命经验等；三是"女性"作为个人，在具体的生活情境中所产生的生命经验，比如女性自我吟唱的歌谣中女性对于自身性别角色的反思和焦虑、情感的抒发、见解的表达，乃至对美的欣赏和理解。这三个层面交糅在一起难分难解。

女性理论发展史上的讨论和纷争都源于，任何一种理论都迫切亟待用其中的一种，来整合不同层面的女性生命经验。早期激进女权运动倡导者想通过"类"的女性归属感来建构女性形象的认同；解构女性主义者批判这种"类"的归属感的遮蔽性，指出女性作为"人"的类本质归属感遭到了歪曲；女性写作倡导者则强调应该重新建构新的不被歪曲的"类"的女性经验谱系，但又面临着"人"的存在维度的缺失，因为不只是男性不能认同，而且有的妇女也无法完全理解其独特的"女人语"；于是，后现代女性主义则否定这种"类"的存在经验的可靠性，将"类"的存在置换为一种特定区域、群落文化中的"人"来研究，而性别研究的视角其实是被大大消解了。有学者认为："你不可能同时是一个女性主义者又是一个后现代主义者。"② 因为，它不但冲击男性中心主义，同时也对女性主义本身造成了冲击。

事实上，女性性别认同所栖居的女性生命经验处于不同的层面，它

---

① 参见林树明《多维视野中的女性主义文学批评》，中国社会科学出版社 2004 年版，第 204—409 页。

② 王逢振等编译：《性别政治》，天津社会科学院出版社 2001 年版，第 2 页。

们相互建构、互有差异，既不能以多划一，也不能以一抵多。分析和展示出云南史诗歌谣中女性形象认同所栖居的女性生命经验的多层面，这本身就是有意义的。否则，在谈论云南史诗歌谣中女性形象的性别认同问题时，容易被单独抽取了的其中一个方面所误导，或者是它们之间的混淆运用。诚如林树明教授对性别的主体性的分解：两性既相似又相异，主体性具有性别特征。由此，个人的主体性是由三个层面建构的，"男女两性的共同'人性'是元层面，是一种'较抽象的规定性'（马克思语）；由男女性别差异所形成的'类的属性'是中间层面，是个体较具体的规定性；而个体的'个性'是顶层面，是一种更具体的规定性……三个层面既有差异性，又有同一性、相近性及互补性，相互渗透，相互建构与制约，在不同的文化语境中呈现出不同的主导风貌"。①这不但展示了女性形象认同所栖居的女性生命经验的层次，也揭示了女性形象得以在他者与自我认同之间形成结构性关系的基础。

　　首先，男女两性共同的"人"的类本质是女性形象认同的元层面，即人们在分析性别意识形态的时候，不能忽视人与人、男性与女性之间的主体间性。没有这种相互可理解、认识的"人性"，那么就谈不上他者对女性的认同，女性对于其他女性的认同。性别认同的解析，不能去掉这一层面，因为女性首先是人性。第二，男女性别差异所形成的"类"的群体属性，是女性性别认同的中层面。人们在分析女性性别认同的时候，往往要将男女两性的社会存在，归结为某种现象学意义上聚合的"类"的丛群与其他"类"的丛群。因为女性也只有在"类"与"类"的对象化关系中，才能产生女性的他者认同与自我认同。正如马克思所说："人作为自然的、肉体的、感性的对象的存在物，和动植物一样，是受动的、受制约的和受限制的存在物，也就是说他的欲望的对象是他需要的对象，是表现和确证他的本质力量不可缺少的、重要的对象。"②只有在对象化的基础上，才能直观到自身的整体性，因而男女两性的"类"的分离是女性形象认同的前提。③第三，女性作为个体的

---

　　① 林树明：《多维视野中的女性主义文学批评》，中国社会科学出版社 2004 年版，第 204、409 页。

　　② 《马克思恩格斯全集》第 42 卷，人民出版社 2002 年版，第 167 页。

　　③ 参见王卫东《现代艺术哲学引论》，中国文联出版社 2001 年版，第 9 页。

"个性"是女性性别认同的顶层面。女性性别认同必须重视到女性作为个体的生命感受，她不同于动物生命的先定性与本质的固定性。她的个体生命感受是一种开放性的存在，既可能按照某种"类"的特性去施行，也可能超越于某种"类"的规制而呈现出非"类"性，塑造出一种新的"自我"来。可以说，这三个层面正代表了女性性别认同的复杂性，体现了性别的人性化和人的性别化的相互渗透和互相影响。

基于此，女性的认同研究应该基于这样的哲学立场：不存在抽象的、超历史的女性本质，女性的主体性是由特定的生理/心理/社会文化符码厘定的，在共同的人性之上，还存在着每个人的社会性别与个性。这三个层面的女性生命经验，是云南史诗歌谣中女性形象的认同建构的逻辑基础。

二 女性形象的认同层面与关系特征

女性的生命经验贯穿于多重的社会生活层面，三个层面之间随时可能合成、分离和衍化出各类具体的、错落有致的女性经验。尤其是当我们从女性形象的角度来考察其认同建构的时候便会发现，云南史诗歌谣中女性形象认同建构，正是源于云南各少数民族女性的这种交织共生的生命经验。基于女性生命经验的三个层面之间的交互性，云南史诗歌谣中的女性形象在他者认同[①]与自我认同之间，便呈现出叠合性、差异性与超越性等特点。

女性形象的他者认同与自我认同之间比较叠合一致的是女性作为"类"的生命经验，即"云南少数民族史诗歌谣"中"母亲"、"妻子"、"女儿"的社会身份角色及性格气质。社会身份角色及性格气质属于女性生命经验中较有规定性的部分。就社会身份角色及性格气质而言，无论从内容还是从形式来看，它总是带有明显的社会文化建构的印迹。它应是"对属于一定社会和群体中特定性别的个体在性别角色上的定位，以及由此而被该社会和群体规定与固化了的性别行为模式。性

---

① 下文所论"他者认同"，指的是在男性为主导的社会群体文化对女性同一性的指认。

别角色获得与分化的过程是一个社会化过程。"① 性别角色的获得与分化基于生理，但已经在很大程度上实现了社会化，而形成了类似于上层建筑的定势、固化和稳定的性别认同态度。因为，性别社会身份的获得，本身必须得到本民族性别意识形态的认同与接纳，同时也是一个不断学习、模仿和强化本民族性别意识形态规制下的角色分配的过程。"云南少数民族史诗歌谣"中对女性社会角色塑造，大多仅仅围绕婚姻和家庭展开。

　　在云南各少数民族史诗古歌和叙事歌谣中，一个个"母亲"与"妻子"的人物形象总是带有神话的人格色彩。慈爱的生母受到后世的敬仰与刻薄的后母遭到人们的鄙弃；温柔贤惠妻子能够随意变出神奇食物和财宝，而淫荡的坏女人则将男性所拥有的全部破坏殆尽；聪明伶俐的女儿是家中的宝贝，而出嫁的女儿瞬间变成了别家派来的偷盗者。在以男性为主导的社会眼光中，女性的社会性别角色及性格气质总是围绕以男性为中心的社会法则而建构起来，并通过好坏、善恶的伦理叙事赋予其相对固定的形象特征，而没有更为立体的人格存在。"神话的世界乃是一个戏剧般的世界——一个关于各种活动、人物、冲突力量的世界……在这里我们不能把'事物'说成是死气沉沉的中立的东西。所有的对象不是善意的就是恶意的，不是有好的就是敌对的，不是亲近的就是危险的，不是引人向往、销魂夺魄的就是凶相毕露、令人反感的。"② 戏剧性的文学形象，以强烈的喜爱或者讨厌的方式帮助人们形成对女性性别角色的认同。

　　而一些女性自我吟唱歌谣也不断深化和巩固着女性对于自身社会角色归属感的自我认同。比如，在儿歌中希望女儿长大以后能够美丽、善良、贤惠、能干，在生活歌中妇女们相互切磋家务劳动的经验，在教嫁歌中母亲对女儿的言行、品性、行为进行教习，展示一个成熟女性应该担负起的家庭责任，教授相关的生育知识和两性关系，从而将他者认同的社会性别角色内化为女性的自我性别角色。总的说来，女性作为

---

　　① 李静：《性别角色刻板印象与女性发展的民族学研究》，见《贵州民族研究》2004 年第 2 期。

　　② ［德］恩斯特·卡西尔：《人论》，甘阳译，上海译文出版社 1985 年版，第 98 页。

"类"的角色身份体验，是女性生命经验中既能获得他者认同，又能获得女性自我认同的部分，因为"类"的生命经验的形成本身就是人的社会化过程。

女性形象的他者认同与自我认同之间较有差异且凸显性别差异的，是女性作为个体存在的生命经验。这些生命经验立足于主体自身的思想和情感，在女性自己吟唱的歌谣中体现为：情歌、生活歌当中的百折千回的敏感情思，她并不总是表现出爱情叙事歌中那么的温柔与害羞。有的女性对自身的美丽和魅力非常自信，歌谣中男性的谦卑歌词反衬出她的高贵和倨傲；有的女性大胆活泼，一旦看中合适的男子便主动开唱，甚至戏谑男性是傻小伙子；而有的女性则谨慎有度，在歌谣中反反复复、虚虚实实地考验着对方的情况和来历；而有的女性则十分落寞，不断地用反语试探对方，期望能引起对方的注意。当欢聚的时刻即将结束的时候，她们有的怀着激情期待下次的约会，有的则忧心忡忡担心恋人的移情别恋，而有的则被甜蜜和忧郁两种情绪浇灌，表现出一种甜蜜的哀伤。而一旦再度相聚，她们会马上感到安宁和慰藉。当她们真的嫁人之后，又忍不住抱怨夫家生活的辛苦和婆家的刁难，开始思念自己的母亲和亲人。可以说，史诗、叙事歌等集体表述中的女性形象，往往只截取了女性个体生命存在的一个层面，而更丰富的女性个体生命存在，只有在女性自己的吟唱中才能看到和听到的。

女性形象的他者认同与自我认同中有交叉而且不凸显性别分野的，当属在"人"的生命经验上生成的形象。人的生命经验是超越男女性别的。每一个在社会中生活的人，都会在社会化的过程中形成一些普遍的人类价值。人们能够相互理解和交流的根基正在于这种普遍的人性。在"云南少数民族史诗歌谣"中，这种普遍的人性和价值观，体现为人们对勤劳品质的普遍好感，对于游戏比赛的由衷喜爱，对于忠贞爱情的崇尚……比如，在情歌中，男女之间互让忘却了日常生活中的所有角色规范和原则。恋人们在"对天盟誓"的歌唱中互表衷肠。此时，平时谨守的礼节，让位于深切的慰藉。爱情的誓约和互相交换的信物把两颗心紧紧地结合在一起。在这种情歌的内容中，我们看不到特别的对所谓女子气质和男子气概的区分强调，男女都一样极其投入地沉浸在强烈的感受中。在恋人们忠诚的慷慨的感情互馈中，他与她牢不可破地联结在一起。所谓的性别的边界和规范全部让位给了心灵的相互依赖。在相爱的时空中，自然界中和谐美好的物体都被男女以情感化的形式显现出来。恋人们美化着世界，自然美不再是单纯的自然美，无论是一片云、一朵花、一滴露珠，还是一个清晨。爱情的美好升华于这种无可取代的美妙的精神化的美景之中，被恋人们感觉着和歌唱着。① 当这种美好受到逼迫时候，便会产生自然而然的决绝的抗议、维护和斗争。各种逃婚歌不只是女性在歌唱，男性同样也在歌唱，这些体验都是超越于性别的。

　　总而言之，女性形象的他者认同与自我认同之间所产生的叠合、差异和超越性，根源于个体生命经验存在的多场域性。所谓的"女性"这一语词，可能指的是人体生理结构意义上的"女人"，或者是被社会历史文化客观化了的"女人性"，或者是身处于具体时空位置上的"那个女人"。在这里，语用的不同层面发生了相互融合。女性形象的性别认同，将这些不同场域中的生命经验融合为一个整体。选择不同的立场切入到女性形象的性别认同，便会产生不同的认同结果。而作为女性性别认同的表象——女性形象，在他者认同与自我认同的关系中，自然会呈现出时而叠合、时而差异、时而超越的多样性来。

第二节　当代视野下云南少数民族女性
自我认同的困境和途径

　　在云南少数民族的史诗歌谣女性形象的认同建构过程中，内含了女性主体性的生成，也隐含了女性在这种认同结构中所遭到的压抑。从云南史诗歌谣的女性形象塑造的现实来看，笔者认为，应在结合性别视角与民族审美文化的基础上，来建构云南少数民族女性形象的认同。在作为集体表述中的女性镜像和自我认同的女性生命存在归属之间进行正面价值意义的确认，以及在基于他者认同的基础上所形成的自我认同中，辩证地祛除对于主体性建构不利的部分，来敞亮妇女的生命意义。

---

① 参见耿占坤《爱与歌唱之谜：西部少数民族传统情歌探秘》，广西师范大学出版社2003年版，第77页。

一　女性自我认同的困境与困境中的自我认同

歌谣是妇女们表情达意的方式和手段。歌谣以想象和幻想的文学形式形成了一个女性抒情表意的共同空间。这些歌谣抚慰着人的心灵，实现了妇女之间情感的沟通和交流。在以男性为中心的话语语境中，云南少数民族妇女能够发生自己的声音、唱出自己的心声，这本身就具有重要的突破意义。当然，妇女自我吟唱的歌谣并不能就此简单地作为破解当代女性性别认同困境的法宝，因为在这些歌谣表现自我认同的过程中，仍然存在着一些问题。

从云南少数民族妇女的一些婚嫁歌、生活歌和劳动歌中可以看出，女性的自我认同建构总体上仍然内在于一种男权意识形态生产结构之中。在一些云南少数民族女性自我吟唱的歌谣中，女性主体经由文本所展现的，往往是一种对社会礼仪规范的反抗性表达。这种女性的自我认同，其实是把一种认同建立在另外一种不认同之上，即妇女们将自身情感的体认建立在对于自身社会角色约束的反抗和不满上。这种反抗性表述在一些女性主义者的研究中，被认为是个体意识的觉醒或是生命意识的表达。但事实上，正如福柯在对权力的经典分析中所表明的，权力必须要求权力的对象，权力依赖于它所压制的才能存在。从本质来说，权力和它的对象之间恰恰不是压迫的关系，而是相互生成的关系。① 歌谣中女性主体对男性意识形态的抵抗，却并没有让自己脱离男性意识形态的控制，反而彰显了男性意识形态的意志和权威。

以反抗为手段的自我认同，恰恰落入到男性意识形态的认同关系结构之中。以流传在水富、盐津县的苗族姑娘的《哭嫁歌》为例。一般在姑娘出嫁的头两天就要开始哭嫁，分为哭天、哭地、天地共哭、哭嫁妆、哭祖宗、哭爹娘、哭押礼先生、哭别等几个部分。首先，在"哭天"这部分中，姑娘不断地问苍天自己的命运到底如何，发出了"苍天管诸事，应该秉公正，苍天不秉公，何人把你敬"的责难！新娘表达了对于远离家门出嫁的不满，祈求上天保佑未来家庭生活的幸福。

① 参见［法］米歇尔·福柯《性史》，张廷琛等译，上海科学技术文献出版社 1989 年版，第 90—94 页。

"哭地"这部分与"哭天"的内容和段式皆相同。在"哭爹娘"部分，姑娘埋怨父母私定了自己的终身，"女儿出嫁理必行，高山流水不能停，只是不该瞒着我，定下女儿的终身……我的前途不敢想，此去只好随波浪，是杯美酒我谢爹娘，是碗苦水我苦难尝。"这部分已流露出对于难于把握自身命运的孤苦之情。在"哭嫁妆"和"哭押礼先生"部分，姑娘数落了自己嫁妆可怜，并且挖苦押礼先生，"恭恭敬敬来请我，我今天我才上花轿，你若不把理来讲，我也对你不认黄（不客气之意）。"① 每一部分，在句法意义上，都以质疑、不满自己的命运开头，然后以祈求来平息这种内心的冲突。以此类推、不断往复，真正是一唱三叹，将女儿出嫁时的悲伤之情表达得淋漓尽致。哭嫁的姑娘们仿佛总是出于自己情绪的需要，而身不由己地去挖掘自己储存的情绪。从开头到最终，都属于激烈地宣泄和自我安慰的状态。

在这种"反抗"的表述中，女性自我认同的建构最终屈服于命运的训诫。激烈的反抗恰恰说明了这种规训的强大和不可违背。反抗越强烈说明主体越是认同于这一规训的意识形态的权威。这种话语反抗，被齐泽克称为"虚假的非认同空间"。他谈到："人们应该扭转意识形态的标准观点，这种标准观点认为意识形态是为其主体提供一个严格认同，把主体约束在他们的'社会角色'之中：假如在一个不同的（但至少不能取消的且结构上是必然的）层次上，恰恰通过构造一个虚假的非认同的空间，一个离那些主体的社会存在的有效对应物有虚假距离的空间，意识形态才是有效的"。② 所谓虚假的非认同空间，指的是主体与主流意识形态保持着距离，主体不认同主流意识形态，甚至采取各种姿态抵制它。这种非认同的态度或者距离的虚假性在于，主体越是与某主流意识形态保持距离和空间，表现出对它的不满、反抗或抵制，实际上主体越是认同于这一意识形态。从云南少数民族妇女自我吟唱的歌

---

① 以上歌谣内容均参见中国民间文学集成全国编辑委员会/中国歌谣集成云南卷编辑委员会编《中国歌谣集成·云南卷》（下），中国 ISBN 中心出版社 2003 年版，第 1058—1065 页。

② ［美］朱迪斯·巴特勒、［英］欧内斯特·拉克劳、［斯洛文尼亚］斯拉沃热·齐泽克：《偶然性、霸权和普遍性——关于左派的当代对话》，胡大平等译，江苏人民出版社 2003 年版，第 102—103 页。

谣可以看出这种非认同的虚假性来。不少歌谣对男权社会的文化规范是不理解、不认同的。尽管女性此刻的言说是自由的，但这种话语自由其实是男权社会意识形态得以实现的必要条件。男权意识形态想要发生作用，必然要赋予女性主体一定的自由空间。这种自由空间就是指主体可以选择反抗的话语，可以选择不认同该意识形态。但是，她们没有揭露出男权意识形态对于女性生命存在的真正局限，相反却以自己之口说出了这种意识形态的在实践层面的不可违背性。意识形态总是需要对立面的差异性来显示自身，没有这个内在的对抗性，公共的意识形态便无法彰显其要义。① 可以说，女性主体对男权意识形态的认同是通过对该意识形态的不认同来实现的，是通过对意识形态采取非认同的态度来完成的。正是这种距离，这种非认同的态度，使意识形态彻底驯化了妇女。

通过歌唱自身的反抗，是否可以就此超越意识形态之网呢？不存在任何可以简单绕过意识形态的自我认同道路。沉湎于话语反抗带来的虚假快感，这恰好是男权社会意识形态在女性日常生活中发生作用的方式，是男权社会意识形态"以缺席的模式在场"的方式。在上述的哭嫁歌中，女性与天地、父母、押礼先生的对立和冲突，较好地诠释了男权意识形态运转的过程。女性主体并没有意识到男权意识形态的不合理性，更不用说提出和解决这个问题。女性主体似乎对自己的命运早已了解，并做好了去适应的准备。尽管个体的思想情感与现实相冲突，但为了文化中女性的美德和理想，她们选择依礼而行。她们看重的是自己能不能适应这种性别社会规范，而不是该不该适应这种性别社会规范。而且，这种反抗和冲突多是内在的，即便冲突外化了，也没有发展为个体与整个社会的冲突，而只是女性主体与具体人、事的冲突。就像歌谣中，女性主体往往将反抗的对象引到天地的不公、父母的无情与押礼先生的贪婪上。她们往往没有意识到性别角色规范有片面性，也不否定现存男权社会文化秩序。

如果我们深入考察，就会发现哭嫁新娘自我认同的困境具有双重性：一是男权社会的种种意识形态给予女性现实生活带来的种种不公平

---

① 参见刘长荣《齐泽克的意识形态认同理论与主体的自由可能性》，见《世界哲学》2011 年第 6 期。

的待遇，这是女性性别认同困境的外在显现层面；二是女性的内在要求与这种不公平的男权社会现实之间的矛盾冲突，这才是女性性别认同困境的内在深层结构。而女性对于自身命运的质疑和反抗，却仅仅只停留在第一个层面上，并且将怒火最终发泄在押礼先生身上。虽然她不认同这种意识形态的具体的人和事，但她却深信这种意识形态的不可改变性，仍然将希望寄托于天地和祖宗的庇护。押礼先生作为一个男权社会意识形态符号，女性在对他的痛斥和辱骂当中可以获得一种象征性胜利的满足感。在歌唱艺术活动中，不平则鸣，怨恨之情得到宣泄，情感得以调和，心理便恢复了平衡，然后回到现实，就能像别的妇女那样正常生活下去。

女性在实际操作中对于其所反抗的男权社会意识形态权威的深信不疑，并最终按照其规范去做，这才是女性自我认同真正的困境。女性没有意识到自己实际上是在一步步地完成男权意识形态的要求。正是在这种不彻底的反抗的基础上，男权社会意识形态的驯化才取得了彻底的成功。现实社会没有给予女性提供反抗男权社会权威的根本可能性，于是，对于传统性别规范的反抗和怀疑并不能导致对男权意识形态的否定，反而使女性自我限于困惑、不解的痛苦之中。可以说，假若没有女性的反抗，那么这种社会性别结构的要义反而得不到申明，这种男性权力的权威性反而得不到体现。而女性形象自我认同中反抗性表达，恰恰为这种结构性的权力机制运行提供一个虚假的自由空间和距离。表面上，仿佛女性们可以恣意宣泄自己对于男性中心社会的不满，其实上，却是不断成为巩固这种支配的结构的重要组成部分。

当然，云南少数民族口传歌谣并不是一个意义固定、不可填充的死物，而是可以不断添加、不断丰富的活文本。不但原有的口传文本可以在新的语境下得到再次阐发，因为"话语是有明确的陈述和一定的空白组成的，这使得解释成为可能，以补偿陈述的贫乏"；[①]而且，新的话语和新的女性形象也可以不断进入到口传歌谣的表述和传承之中。口传文学的活态传承，使得女性形象的自我认同和主体性的建构有进一步

---

① 黄华：《权力，身体与自我——福柯与女性主义文学批评》，北京大学出版社 2005 年版，第 21 页。

自觉化的可能。妇女歌谣中一些对男权社会政治的反抗性表述，也释放出妇女萌动的生命意识和独立人格。权力运行的话语结构既设置了男权意识形态的位置，却也隐含了女性成为主体位置的可能性，设置了女性与男性话语抵抗和改变的空间。正所谓有真理的话语，就有挑战真理的话语；有主流话语，也就有边缘的话语。它们之间总处在流动、对抗的状态中。

尤其是云南少数民族共同体大多并不具有像明清以来汉族宗法父权社会那样等级森严的性别制度，"男尊女卑"的性别文化并不像后者那样在社会各个细节层面都有明确的规定。反而在一些少数民族的文化中，女性的社会地位对比汉族妇女来说较高一些。比如在云南少数民族摩梭人的文化中，女性的自我认同度是相当高的。她们在歌谣中唱到："世上以老虎最大，世上算妇女能干。女人是山上的雄鹰，永远在空中飞翔……女人不是为男人活着的。"① 摩梭人所认定的女性权威人士，并不以年龄、辈份为主要依据，而是把才智和能力放在首要地位。因而在歌谣《歌唱万物的母亲》中，将很多抽象的事物和道理都赋予了母性为尊的隐喻，比如"初升的金太阳，是光的母亲"，"家饲的牛马，是'家'的母亲"，"人间的'勤'和'快'，是'好'的母亲"等②。在这些隐喻中，女性的经验价值是与其社会的最高价值联系在一起的。同时，由于云南少数民族社会文化的多样性，女性在家庭生产中的不可或缺性，使得女性在歌谣吟唱中表现出了一定程度上的主体性。尤其是在男女对唱中，以男性为主导的意识形态的封闭性被消除。他眼中的她，与她眼中的他，在对话过程中都充满了自辩的精神。双方都十分关注自身在对方眼中的评价、看法和反应，而女性尤其善于考辨、试唱相交。我们可以看到，男性的主体位置并不是那么一成不变，常常由于话语较量的弱势而把主动权让给了女性；男性的话语也并不总是处于上风，而常常由于话语较量的失败从高处走了下来，让女性也有一席之地。"话语传递着、产生着权力；它强化了权力，但也削弱了其基础并

① 中国民间文学集成全国编辑委员会/中国歌谣集成云南卷编辑委员会：《中国歌谣集成·云南卷》（下），中国ISBN中心出版社2003年版，第1204页。
② 同上书，第1205页。

暴露了它……权力的禁令在这里生根；但它们也松动权力的控制，并提供较为模糊的宽容地带。"① 不单是权力意识形态的运行需要结构性的压迫者的存在，任何主体性的确立，都需要结构性的他者参与。女性主体性同样需要在男女性别结构的意志交流和对话中才能确立。而情歌对唱恰恰提供了这样一个显现出女性自我意志彰显的话语结构。因而，情歌中女性自我吟唱的话语元素被大量吸收到各少数民族的爱情叙事歌中，从中可以看到她们充盈的人生生命快乐和个人生命强烈的存在感，相对来说，男性的话语和意识形态规制的痕迹是较少的。可以说，在云南少数民族女性歌谣中，女性主体性的强弱在不同的话语关系中处于不断流变的状态。女性的自我认同中存在着困境，但也存在着自我本真性彰显的多样性。

　　女性的自我认同从来都是在困境中的自我认同。妇女自我吟唱的歌谣能否承载起当代云南少数民族妇女日常的生活体验和真实欲望的表达？这可能需要妇女们在自我认同建构与集体认同建构驳杂交融的现实中，不断寻求符合性别和谐发展、提高女性主体性的文学语言表述，在现实生存中寻找自我认同的生长点，使女性自我认同不断得到更为广泛的社会认同。它取决于社会两性同构的要求，也是云南少数民族女性文学乃至所有女性文学发展和努力的方向。其实现途径显然并非建立在二元对立基础之上的两性对抗，而应当是在清楚认识到既有认同的结构性及其问题的基础上，辩证性地接纳社会文化积淀中有益于自我建构的他者部分，探寻更具互动性、超越性和多样性的方式。对于文学艺术而言，也许比较现实的途径，便是将女性形象的"性别认同"寄寓于"审美认同"之中。

二　寓女性形象的"性别认同"于"审美认同"之中

　　云南少数民族史诗歌谣中女性性别认同的多层次性，不仅为我们理解性别认同的内在逻辑关系提供了基础；更重要的是，其中的女性形象的塑造，还为我们更为深入地理解性别认同与审美文化之间的关联性提

---

① ［法］米歇尔·福柯：《性史》，张延琛等译，上海科学技术文献出版社 1989 年版，第 99 页。

供重要参考和借鉴。

云南少数民族史诗歌谣当中所刻画的女性形象及形象所蕴含的性别认同，深深地糅合在当地人的审美文化意识之中。女性形象的认同总是和特定的审美文化的认同不可分离地交融在一起。女性身体形象中所包含的人与自然异质同构的巫术思维，女性行为形象中所包含的尚情重义的人格理想，女性角色形象中所包含的善恶分明的伦理道德……这些混合着民族审美文化意识所产生的女性形象，是云南各少数民族历史文化的产物。女神形象、女巫形象、仙女形象、殉情英雄形象的等等，都是在特定历史文化语境中所产生的人物图式。这些人物图式传承着既往审美文化和性别认同，确保了既往经验的有效存在，并以感性的方式反作用于个体，成为个体无法抛弃的前在知识和经验。这些历史中所创造的女性人物形象，通过一代又一代的反复唱述，不断丰富、完整和理想化，并最终凝结为具有象征意义的典范镜像。当这些典范镜像每一次在具体时空场域的唱述中被激活时，"她们"可以不断地强化人们对于女性生命经验的理解、认同和想象，也不断建构女性的自我认同，尤其是不断刺激着妇女们对那些身临其境的身体、行为和气质的审美和体悟。每当妇女听到熟悉的女性人物形象出现时，她们是以占有一种共通意义的经验去经验自身。而且，她们暂时地从外部世界中弥补了自身的不完整性，将自己模模糊糊的生命存在归属感揉入到那些纯粹的、可塑造和重构的女性形象身上，在产生一种清晰明了的性别归属感的同时，激荡起绵延复杂的内心感受与持续澎湃的共鸣情绪。

女性人格典范的性别经验可以通过审美活动更加深入地印刻在人们的感性知觉中。此时的认同并不需要刻意的理性思辨，而是通过形象直观自然而然地参与到性别认同的建构中来。此时，审美并不是一个具有自身意义结构的自主的封闭领域。歌德曾谈到："有三类不同的读者，第一类是有享受而无判断；第三类是有判断而无享受；中间那一类是在判断中享受，在享受中判断。"① 审美认同就是在判断中享受，也在享受中判断。在康德意义上，如果说有享受而无判断是纯粹生理层面的快

---

① 转引自［德］汉斯·罗伯特·耀斯《审美经验与文学解释学》，顾建光等译，上海译文出版社1997年版，第51页。

感感受的话，则无所谓认同与否；有判断而无享受则是来自逻辑推理与判断，可谓之有理性层面的"合目的性"的认同，却无情感的观照、投射及其满足。惟有中间的形态，当判断与享受较好地结合在一起的时候，才是一种真正意义上的"无目的的合目的性"的审美认同。

借助文学形象来建构性别认同的过程，是一种将性别认同建构寓于审美活动的过程。在这个过程中，审美经验的超越性往往能够使得性别认同消融于其中。性别认同混融在人们的种种审美感受，有着类似于只缘身在此山中的艺术效果。"审美的同一性（叙述者自身的守规约的可能性）可以取代一种被遗弃的对于个人同一性的探求。"① 此时，性别认同与审美经验的获得几乎就是同一过程。的确，当人们为虚构的文学形象所陶醉时，对日常生活中所持的那种性别的自然态度便隐藏起来。但是，在这个过程中，那个悬置的性别世界的意义并没有消失，而就附着在审美活动中。当性别世界的意义与文学的虚构之间相互碰撞时，便会产生种种审美感受，或倾慕、或感动、或厌弃，或理解……当这些审美感受发生时，性别意义运行的痕迹自然而然到人们无法察觉。因为审美经验是如此令人愉悦，在此过程中人们感觉没有受到任何性别意识形态的约束。从根本上来说，认同并非是一个自由的选择过程，而受到特定意识形态规则的制约。而美的经验，恰恰有助于帮助解决认同过程中的选择与规则之间表面上的不相容性。在审美中形成的性别认同，正是以不受规则制约的方式，和谐运用主体想象力和理解力，来进行性别意义的表象形式的鉴赏。诚如康德所言，美是道德观念的象征，美能够让主体对每个别人都来赞同的要求感到喜欢。② 也就是说，美能够让主体赞同和喜欢别人所要求的义务，美可以让主体对性别意识形态的规范欣然接受。美赋予观念以可感的形式，观念自身不可能向感官呈现，美是观念向感官呈现的唯一形式。换言之，借助于美的经验，性别认同中的观念和理性的关系才向人们可感地表现出来。反过来说，在性别形象的审美认同过程中，人们之所以能够在美的知觉中体验到愉悦，部分地来

---

① ［德］汉斯·罗伯特·耀斯：《审美经验与文学解释学》，顾建光等译，上海译文出版社 1997 年版，第 24 页。

② 参见［德］康德《判断力批判》，宗白华译，商务印书馆 1964 年版，第 200 页。

自于它顺应了人的性别认同体系。在这种理想的状态中，美感就习惯性地指向社会文化及其历史所彰扬的观念和品质。

在此意义上，可以说，审美认同较之经由道德、教育、禁令等方式树立起来的性别政治认同，更能使人深深地、发自内心地信任和倾心。因为在审美认同的情况下，在对女性形象的欣赏中所得到的认同，发挥着一种无可替代的、类似令人奋发的正面鼓励所起到的作用，是一种处于美感高峰体验状态下的认同。在爱情叙事长诗中，女主人公的悲剧命运，深深地震撼和感动着人们。"她"身上的执着和施予精神与外在的恶势力之间产生了巨大的矛盾心理力量。人们期望"她"能够战胜外在的恶势力，对"她"充满了怜悯与同情。男性听众期望拥有她，而女性听众则渴望成为她。典范人物形象的魅力，正在于能够用生动画面和饱满的情感，去克服那种把性别认同加以观念化的做法，并且从中产生出兴趣。在这样一个兴趣产生的过程中，主体可能采取各种各样的审美态度及其组合，例如惊讶、羡慕、震惊、怜悯、同情、疏远、反省等，从而驱使着某个典范的人物形象契入其个人世界中，并可能驱使妇女们不由自主地加以一定程度的模仿。这种典范的暗示性主要依赖于身体的完美呈现、行动的示范作用和角色的可供模仿。这种可供模仿的典范形象诉诸于人的感官而不是理性。因为诉诸感官要比诉诸理性更能令人信服地传达性别认同的要义。一个被活灵活现呈现在人们眼前的形象，要比一个空头教条的大厦更为重要。人物形象典范在向人的心灵暗示、灌输以及使这些东西予以深刻印象时尤为有效。通过看得见、摸得着的事物，用各种对比、奇迹和实例来强化和装饰，以便使得性别认同的要义能够自然而然地为人所领会。

在云南少数民族史诗、古歌、叙事长诗中的女性形象欣赏过程中，审美经验给予性别认同所增加的成分是，使得语义领域意义的潜在疆界变得明晰无误，由此凸显了感性自足中的疆界的特征，进而赋予了这些形象以某种高度理想化的、模型般的完美形式。"阿诗玛"以其鲜活的个性和丰满的形象，成为彝族撒尼人男女老少共同认可的审美形象。在撒尼妇女自我吟唱的歌谣中，女人们都以其为理想，成为女性现实生活中的人格标杆。即便是以彝族经籍中"紫孜妮楂"为代表的反面形象，古歌和叙事歌中，除了蕴含的负面价值认同以外，还是能够感受到她与众不同的超自然力量和令人惊异的痴情情怀。她的双面性对于男性而言既是致命危险的，但同时又是令人好奇的。当然，这种既爱又怕的感受，使得其所带有的男权意识形态，以润物细无声的方式沉潜于女性形象的审美之中。辩证地来看，审美认同中潜藏着指向性别形象的认同结构，而性别认同结构的形成只有通过审美中介及其作用过程才能获得沉淀的深度。这种寓"性别认同"于"审美认同"的女性形象认同，远远大于单一维度的性别政治认同，因为它深入人们的生活价值观，与人们的观物方式、道德立场、审美情趣、情感态度、终极理想乃至集体无意识等等紧密结合在一起，塑造着文化的根本精神。可见，具有超越性、普遍性的审美认同，能够使女性形象在更广阔的范围内获得认可。

当前，在一些强调女性主体性建构的女性主义理论中，着重从审美形象中抽离出性别及其权力话语的结构，而不注重抽离后的再次还原或结合，于是这种抽离在使女性的话语权获得重视的同时，也会使女性的形象认同失去审美这一中介的积淀。审美与社会意识形态之间的关系的复杂性，并不是简单地一方决定一方。社会意识形态（在传统中通常意味着男权）在一定程度上操作着女性形象的表述，但这并不意味着这是一种简单的因果逻辑与单向制约关系；而审美形象，在相对程度上影响、作用甚至不断重塑着社会意识形态的结构体系。其中至关重要的，正是因为审美形象的超越性才使得一些社会意识形态能够以无形的方式沉积在集体认同意识中。或者说，社会意识形态会利用审美形象或审美认同来构建秩序和结构，审美形象也会在其间引发社会意识形态的调整。同时，审美形象还存在着跳脱性和开放性，特别是在具体的阅读过程中，人们所领悟的往往并非简单的性别差异或对立，而是内蕴其中的性别意识的审美价值理念及其审美经验。归根结底，坚持审美性并在审美结构中阐述、阅读和理解女性，才是使得性别形象获得广泛社会认同的根基。

第三节　云南少数民族史诗歌谣中女性形象审美认同的特质

在云南少数民族史诗歌谣中，尤其是典范传唱中女性形象的塑造是与特定民族的审美文化的元叙述融合在一起的。在笔者看来，云南少数民族史诗歌谣中女性形象及性别认同寄寓在以下一些民族审美文化的元叙述中，即："女性与自然亲缘同构"的审美意识、"两性耦合共生"的审美取向和"不离日用伦常"的审美趣味。它们可以说是云南少数民族文学艺术中女性形象塑造，以及在此过程中所建构的女性自我认同的，最为鲜明、最具特质的地方，也是与西方、汉族传统主流文学中的相关部分最具差异性之处；进而，在后现代思潮去中心化的语境中，或许能为审美活动的再认识提供一些启示。

一　"女性与自然亲缘同构"的审美意识

女性与自然之间的隐喻关联并非只存在于云南少数民族史诗歌谣中，在西方文学中也大量存在，并且解构女性主义者对其进行了深入的批判。如以波伏娃为代表的女权主义者，便曾批判了西方文学自《圣经》以来至文艺复兴时期的"自然"与"女性"之间的隐喻关联。她们认为当文学的隐喻传统把自然符号化为一位仁慈的女性时，其实是把女性进行了物质化和贬义化——即把女性作为一种可耕种和培育的自然物质来进行控制。被驯服的自然呈现出温顺的母性，可以源源不绝地提供给驯服者资源，在文学中她们一度化为乌托邦的母亲和新娘，她们为男性提供财富、躯体和幸福，她们是从属和被动的，等待被开采的形象。与之相反，不被驯服的自然则呈现出一副狰狞的、狂暴的女巫、女鬼的形象，展示出不受控制的破坏性的激情。随着西方的工具理性的不断发展，本来女神形象中不可化约的自然的崇高美，逐渐被贬抑为可供赏玩的自然物，女性形象常常被比喻为花、草、禽、兽等等。正如马尔蒂·基尔所说："自然被想象为女性的，已经被描绘为'他者'。"[1] 这种理论以其独特的视角为性别政治分析解读提供了独辟蹊径的道路。

但近年来，这种拒绝男性他者但又受制于其中的理论，越来越受到女性主义研究者的质疑。这种只注重解构而不注重建构的理论不断引起人们的讨论。当我们面对这样一个令人沮丧的"他者化"的身体形象

---

① 转引自詹尼特·A. 克莱妮编著《女权主义哲学：问题、理论和运用》，李燕译，东方出版社 2006 年版，第 627 页。

困境，并感到一筹莫展之时，当代一些生态女性主义①学者已经开始意识到，随着时代文化的发展，女性与自然之间的亲密关联，可以被重新输入正面性人文精神和价值。尤其是现代生态运动，重新唤起了与前现代的世界观相联系的价值和概念的兴趣，重新赋予了全球妇女史研究新的历史使命。生态女性主义者苏珊·格里芬在《女性与自然：她内在的呼号》中说："我们知道我们自己是由大地构成的，大地本身也是由我们的身体构成的，因为我们了解自己。我们就是自然，我们是了解自然的自然。我们是有着自然观的自然。"② 这段话，可以说是对女性与自然亲缘同构的集体无意识的最精辟的现代阐释。女性与自然不仅处境是十分的相似，更是捆绑在一起的利益共同体。③ 在当前自然重新获得全球文化关怀的语境下，女性与自然之间的亲缘关系，随着视野的转化重新获得人们的重视。在这样的背景中，妇女与自然之间在语言、宗教、文学艺术等诸多方面的，拥有悠久历史的、紧密而多样的文化联系便会得到全面的复兴。生态女性主义者通过把二者联合起来形成利益共同体，以寻求女性主体性的重构，摆脱边缘化和他者化，不啻为一种睿智的话语策略。

因此，在这种视野下，再来审视云南少数民族史诗歌谣中的女性形象，会发现女性与自然之间亲缘同构的审美意识深深渗透在其女性形象的表述之中。本书的第一章详述了云南史诗、古歌和叙事歌谣中的女性身体形象。不论是永恒生命创生的女神形象，具有破坏性的女鬼形象，还是男性化的理想女性形象，她们都与自然有着紧密关系。作为生命创世的女神形象本身就是由各种自然物象构成的。女神身体既是自然的作

---

① 国外主要以奥波尼、麦茜特、沃伦、格里芬和普鲁姆德为代表的生态女性主义，在女性与自然之间、解除性别压迫和解除生态危机之间建立了历史性的、象征性的和政治性的关系，从自然文化、精神概念、社会建构等角度探讨了女性与自然之间如何建立关联，以及这种关联的可靠性与否；产生了"自然之死"、"生态女权主义"、"盖亚定则"等一系列命题，意在证明女性与自然的天然相亲相近，女性与生俱来的的母性原则更能代表未来社会文化的合理取向。

② ［美］苏珊·格里芬：《女人与自然：她内在的呼号》，毛喻原译，重庆出版社2007年版，第265页。

③ ［美］卡洛琳·麦茜特：《自然之死——妇女、生态和科学革命》，吴国盛等译，吉林人民出版社1999年版，第2页。

者，也是由自然构成的。破坏性的女巫女鬼形象，尽管其价值指涉意义是负面的，但是从另外一个角度来看反而说明了女性在沟通人与自然关系中的重要性。女性生殖繁殖力和生物繁殖力之间的互渗、女性身体形象与自然精灵动植物之间的异变幻化，在文学中较为常见和普遍。较之于男性，女性身体似乎更多充当着人类世界与超自然神灵世界之间沟通交流的角色。至于被理想化的美丽女性形象，也常常被喻作各种少数民族日常生活中喜闻乐见的自然物象。女性之所以成为自然秩序转化过程中隐含的形式和价值的阐释者，正是因为母体的生殖能力所具有的神秘性和创造性，隐含着一种从无到有的精神品格，在某种程度上契合了自然生命演化的精髓。

进而，对比云南少数民族文化中"女性与自然亲缘同构"的审美意识与西方生态女性主义倡导的观念，既有异曲同工之妙，但也有不同之处。相同之处在于，他们都强调女性与自然的亲密关联，强调两者之间在身体、思维上的给予、奉献、包容的相似性；不同之处则在于，这两种意识的理论预设并不相同。西方女性生态主义强调二者之间合二为一，即是在分离的基础上求其合一，这是对西方长期以来二元思维方式和价值观的一种修正。为了破除这种二元的价值观，因而必须重新评价和捍卫被男权制文化贬低的女性和自然的价值。从某种程度上来说，西方生态女性主义是对韦伯意义上"世界的祛魅"[①]的一种复魅。

但云南少数民族史诗歌谣中的女性形象与自然之间并不是一而二，再二而一的关系。二者的关系本来就是异质同构的。云南少数民族文化没有经历过一个总体祛魅的过程，也就谈不上复魅。那种"女性与自然亲缘同构"的文化意识深植于云南少数民族宗教文化思想中。云南少数民族并不缺乏人与自然异质同构的审美体验，也不缺乏人对自然界崇拜的神圣情感。云南少数民族的很多史诗、古歌和歌谣是在宗教场合被唱述的。这种文学活动，不但具有宗教的功能也具有文学的功能。如在怒族人的"猎神歌"中，猎神是女性的化身，同时又是羚羊的模样。

---

①　韦伯所谓的"世界的祛魅"，指的是西方社会文化从宗教神权社会向世俗社会的现代型转型中，对于自然和世界神秘性、神圣性、魅惑力的消解，也可以指主体在文化态度上对于传统文化中崇高、诗意等能指系统的疑虑。（参见［美］大卫·格里芬《后现代科学——科学魅力的再现》，中央编译出版社1995年版，第1—4页。）

这个神灵半人半神，温柔与野性兼而有之。① 人们每当打猎之前就要行祈求仪式，念咒语，祈求女神保佑、赞美女神的健美，请女神入宴直至送猎神归山⋯⋯这种独特的艺术活动深刻地塑造着女性与自然的一体化观念。同理，其他史诗、古歌歌颂女神、描述女神的过程，信仰与审美也基本上是混融为一体的。人也会随之进入到一种激情状态中，感受到与自然女神的对话，体验自然女神的存在，并沉浸在自然女神健美雄壮的幻象之中。女神的幻象充满了人的意志和自我表现。人与自然主客不分、异质同构的关系，使得女性与自然之间拥有一种未经历分离的同一性。

女巫的形象同样处于一种与自然未分化的存在状态。女人的参照系并不只是男人，很多时候她的参照系是自然。西美尔也说："从初民社会开始就涌生出这样一种贯穿整个文化史的感觉：女人多少不仅仅是纯粹的女人，也就是说，不仅仅是与男人相关的存在（blosse Korrela-tivwesen Zuden Mannern）。这一点是十分明显的"。② 所以，在云南少数民族眼中，女人作为女预言家是普遍的。女巫与隐秘的自然力量仿佛是同义词。人们神秘地崇拜她们，但又不敢亲近她们。"自然的精神、自然神、纯洁的女神，以及神灵，都被认为居住在自然物体中，或与它们相关。"③ 女性与自然的整体性可以说是一种"深层的整体性"，人们全身心沉浸其中，自然已不再是外在于女性的自然。此在本身的完整性正好构成最强烈的形而上学指向，指向其自身之外或包含自身的自然总体。

这种混融的人与自然不分的形象，来源于少数民族先民早期的社会实践。人在自然中实践，自然和人都是人自身的对象。在改造自然的同时也改造着自身，创造了种种自我精神实现的奇迹。人们借助女神、女巫等形象获得与自然同步协力的能力，同时也形成了关于自然和女性的

---

① 参见蔡毅、尹相如《幻想的太阳——宗教与文学》，云南人民出版社 1992 年版，第98 页。

② ［德］西美尔：《金钱、性别、现代生活风格》，顾仁明译、刘小枫编，学林出版社2000 年版，第 195 页。

③ ［美］卡洛琳·麦茜特：《自然之死——妇女、生态和科学革命》，吴国盛等译，吉林人民出版社 1999 年，序言第 24 页。

初始整体观念。实际上，文学艺术形象的创造动力和源泉，不是那种想复制自然的愿望，也不是那种想改进和支配自然的愿望，而是一种文学艺术与巫术仪式实践同享的冲动，是期望通过再现、创造或丰富所希望的实物或事物来说出、表现出强烈的内心感情和愿望。因而，继史诗、古歌之后，在后来的叙事歌谣、民间故事中，仍然延续着女性与自然亲缘同构的审美观照方式。在那些后世的作品中，具有与早期史诗、古歌共同对女性身体形象的描述和理解方式。女性与自然界物象之间的异变幻化、精神互通，都是这种思维的延续。这不是用现实的目光去关照世界、描述世界，而是把人和现象从现实的意义中解放出来，放在一个审美的语境中加以表现。自然的物象与心象及其女性的形象混为一体。人们所描述的形象虽然具有超人类的形式，但从根本而言最终却是满足了人自身意愿，实现了审美活动的代偿性。性别形象的认同由此深深地嵌合于审美活动中。

二　"两性耦合共生"的审美取向

西方当代女性主义对于男女两性二元对立的两极性别属性是持批判态度的，其中男性与女性，被认为常常对应着主体与客体、理性与感性、精神与肉体之间对立。在一些女性主义研究看来，这种二元的性别认同理论相互强化维系着男权统治的秩序观。但同时，西方女性主义既批判这种二元对立，但又不得不借助这种二元思维逻辑来阐释和表达对女性独立性和主体性的追求和渴望。这样就会不自觉地陷入二元对立的误区之中。生态女性主义对于母性原则的强烈认同便可以视为对这种二元对立的一种弥合。而本书也指出了其中所包含的分离性。与之对比，从云南少数民族创世史诗、古歌和叙事歌谣中来看，笔者认为男性与女性二元对立的原则本身并不突出，相比较却更加体现出两性耦合共生的性别审美取向。

首先，在性别源起的初始表达中，创世神灵的性别通常并不是绝对的男性或者女性。在云南少数民族的创世史诗中，除了哈尼族、纳西摩梭人等一些少数民族的创世神具有明显的女性性别之外，其他一些云南少数民族神灵的形象往往体现出两性同体的特征。如在阿昌族创世史诗《遮帕麻与遮米麻》中，创世神起初是双性同体，随后才产生了性别。

彝族、拉祜族、傣族、苗族、壮族等民族的创世史诗中的初始神也都是性别模糊的，在后来的神创谱系的发展中，才产生了男女神的差异。之所以出现这种现象，应当是因为从母系社会到父系社会经历了一个漫长的过程，女神崇拜的观念与以男性为中心的观念之间互相冲突，但又相互影响、相互渗透，因而在神的形象创造上出现了这样两性兼有的特质。美国学者卡莫迪曾谈到，两性兼体是初民表示整体性力量及其自在自为存在的普遍公式。而且人们似乎还倾向于认为，神圣性或神性如果要具备最高的权威就必须是两性兼体的。① 这种对拥有男性特征的女神或拥有女性特征的男神的歌颂，可能就表达了初民生命经验中那种如果没有女性就没有男人的完整性、男人身上包含着女人的骨血，以及两性兼体象征着最高生命力量的文化意识。而这种文化意识并没有随着社会的发展而消失，而是较为明显地存留于云南少数民族的艺术和文化中。

其次，在性属的文学表述上，二者之间并不是绝对的泾渭分明，而是具有时空的转换性。西方人把生理特性作为性属特征推论的基础，在男性与女性之间设置了一系列阳刚与阴柔的性格对立，并认为这是性别的社会化过程的结果。但在云南少数民族的史诗歌谣中，我们较少看到这种绝然对立的性属特征。创世史诗中庄严高贵的女神和威严狞厉的女巫自不必说，在叙事歌谣中的女性人物形象也比较少见阴柔的特征。大部分女性典型人物形象都体现出一种刚烈、执着、勇敢的性格特点。如阿诗玛严词拒婚、紫孜妮楂的痴情执着、婻波冠的热情主动、月亮姑娘的大胆外露、柏洁夫人的忠贞刚烈、龙女依妮的聪明贤惠……这些女性在遭遇生命压迫时候的反抗是激烈的、面对爱情是热情大胆的、处理家事是聪明能干的，而面对意中人时则是温柔妩媚的……她们的性格是随着人物行动的时空、语境的变换而变化的。而且，女性在其成长过程中形象也是不断在变化的，如从女儿到妻子到母亲，在不同的时期便有着不同的角色气质。

再次，在性别的地位和作用表述上往往是两性共生互补和男女并尊的。与汉族文化或西方现代文化中较为凸显男性的权威地位相比，云南少数民族文化中较为重视表现男女两性间的均衡关系。尽管云南少数民

---

① 转引自谭桂林《宗教与妇女》，作家出版社 1995 年版，第 28 页。

族的创世史诗中塑造了众多的女神形象，但与此同时也塑造了众多的男神形象。在云南少数民族创世史诗中，"世界万物的同构表现在整个世界就是一个类人的生命体，而且几乎任何东西都有公母之分"。① 并且，男女神祇各有神绩，通天造地、共事耕种、共享神权、男女并尊成为云南少数民族文学中比较突出表现的部分。除此之外，兄妹神结构也常常被认为是夫妻神结构的一种变体。而在叙事歌谣中，大量的"夫妻叙事"，展现出在夫妻生活中男女角色的互补定位。各少数民族经诗中的安家立业、古规古礼、伦理道德部分，都强调了男女在社会生活中所不可替代的作用。

最后，在双方价值认同上体现出一种相互认同的互惠性。在云南少数民情的情歌对唱中，便可以看到这种性别之间相互自我认识的互惠性特征。男女双方既有爱人的渴望，也有被爱的渴望。只有双方都认识到对方认同自身的时候，她或他才能得到对方的信任。女人唱到"青菜煮汤莫嫌苦，砂糖拌饭莫嫌生"，男人则对"苦荞撒在甜荞地，苦苦甜甜过一生"。② 双方都用隐喻的方式表示了对于接受对方的准备，互相积极地认同对方。在大多数少数民族情歌对唱中，都可以看到双方互诉心目中最理想的伴侣形象。勤劳、能干、善良成为双方共同认可的人格价值。在这种对唱中，两性相互自我认识，并互相给予印证。女性对于男性的所赞赏的女性理想形象是认同的，而男性对于女性所坚持和赞赏的男性理想形象也是认同的。

纵观云南少数民族史诗歌谣中两性关系的一些特征，与其用二元对立来阐释男女性别之间关系，不如用二元互证来阐释他们之间的关系。对于性别研究而言，二元对立总是隐含着主位与客位之间的不平等，是一种上下的二元结构；而二元互证则强调互为主体的男女之间的平等，是一种召唤男女主体间性充分发展的二元结构。③ 承认男与女之间的二元差异，是为了厘清性别关系建构和女性意识不断生成的历史性前提。

---

① 张文勋主编：《滇文化与民族审美》，云南大学出版社 1992 年版，第 53 页。

② 参见中国民间文学集成全国编辑委员会/中国歌谣集成云南卷编辑委员会《中国歌谣集成·云南卷》（上），中国 ISBN 中心出版社 2003 年版，第 22—23 页。

③ 参见王卫东、曾静《关于"女性文学"命题的反思》，见《南开学报》2010 年第 4 期。

批判男女二元对立的机械本质主义倾向，是为了破除性别关系对峙的观念性障碍。在此意义上，云南少数民族史诗歌谣所包含的不强调分离也不刻意弥合，而强调互补共生的性别认同意识，在一定程度上契合了当代性别诗学所追求的双性和谐发展的构想。

三　"不离日用伦常"的审美趣味

在以男性为中心的中西社会历史文化中，女性的审美趣味大多表现为两种完全相反的偏向：一种是迎合于男性的审美趣味，即在审美活动中偏向男性的审美喜好。比如中国古代女子所展露审美情趣，总体上便是比较符合于以男性为主导的古代文人风尚的。要成为一个具有高雅情趣的女人，不仅需要美貌而且还必须多才多艺，或会诗词歌赋，或擅琴棋书画，而诗词歌赋和琴棋书画则是典型的、以男性为主要代表的汉族古代文人的审美趣味所在。[1] 歌谣中所体现出的女性的审美格调在很大程度上可以看作是对于文人格调的一种模仿、追随与附合。另外一种偏向，则是强调与男性审美趣味的差异，强调女性应该自己创造完全异于男性的女性自身的审美趣味。比如女性主义者露丝·依利格瑞提出的"女人腔"，就是陌生化和神秘为旨趣，以区别于男性逻各斯中心的秩序化的美感趣味。综合来说，前者过度依附于男性的审美趣味而没有建立起女性自身的文学审美趣味，而后者则完全抛弃了既有的历史审美文化积淀的优秀形式，而让人产生巨大的审美隔阂。但二者都有一个共同之处，就是这种女性文学或主张所追求的审美情趣，都是以高出日常生活意义边界为其特点的。也就是说，这两种审美趣味并不与妇女的现实日常生产生活直接相关，更注重题材本身的纯粹精神性和审美性，从而表现出相异于日常生活表意的精细化、精英化的特点。

与之相比，云南少数民族妇女歌谣的表意对象、方式与特征，却基本上既不脱离于妇女日常生活，也不高于妇女的日常生活，表现出一种"不离日用伦常"的审美趣味。首先，云南少数民族妇女歌谣中的女性

---

① 这种对女性审美情趣的推崇至中国明清时期发展为鼎盛，从清代文人编纂的众多妇女的诗歌专集、合集和总集中便可看出。（王绯、毕著：《最后的盛宴，最后的聚餐——关于中国封建末世妇女的文学/文化身份与书写特征》，见《文艺理论研究》2003 年第 6 期。）

形象或女性主体，歌唱和表现的对象，常常就是日常生活本身。尤其是，众多妇女劳动歌谣直接就是对日常生产、生活的描述，比如阿昌族妇女的"采茶调"，描述了从正月到冬月姐妹相约采茶的场景；布朗族妇女的"制茶歌"，表现了妇女辛勤制茶的过程和其中的满足感；布依族妇女的"农忙歌"，描述了从春天到冬天妇女从事农事活动的繁琐与辛苦；傣族妇女的"割谷歌"，则描写了自己与小伙们收割谷子的欢乐……①。在妇女的歌谣中，充分展现了云南少数民族乡村生活的种种劳动场景。在这些即兴创作的歌谣中，铭刻着女性的身体惯习、感性经验和精神趣味。除此之外，女性技艺与生产经验的记录、奇异的地理风物与自然景象的描摹、辛勤劳作与丰收歌舞的歌颂、离家远嫁与育儿艰辛的哭诉、节日礼仪和男女逗乐的抒写、男欢女爱与情歌唱和的激情等，也都构成了妇女核心的日常生活意象，表现出云南少数民族妇女的生活要求与生命旨趣。

其次，云南少数民族妇女自我吟唱的歌谣中充满了对妇女基础性生存与实用理性的现实考量。泰勒所谓，"'日常生活'是一个我引用它来成为人类生活实际生产和再生产的技艺术语，生产与再生产指劳动、生活必需品的制造以及我们作为有性存在物的生活……它们基本上包含我们为继续和更新生活所必须去做的事情。"② 可以说，妇女的自我吟唱充满了对于自身生存欲望和生存利益的现实关怀。在上述的劳动歌中可以看到妇女对于农事丰收的狂喜之情，因为这意味着家庭未来一年之内成员的生活有了保障。在婚嫁歌谣中可以看到女性对于自己远嫁他乡可能要遭遇挫折的惧怕和担心，并且表达了自己对未来生活的祈福。即使在情歌中，也可以看到女性对于对方的家世生计的思量以及对于自身生产价值的重视……可以说，云南少数民族妇女较为关注自身存在和生活诉求，其歌谣承载着较为明显的生活实用功利目的，而非一种静观的、脱离功利与目的的纯粹审美性表意追求。康德曾指出，审美静观

---

① 参见中国民间文学集成全国编辑委员会/中国歌谣集成云南卷编辑委员会《中国歌谣集成·云南卷》（上），中国 ISBN 中心出版社 2003 年版，第 79 页、192 页、

② ［加］泰勒：《自我的根源——现代认同的形成》，韩震等译，译林出版社 2001 年版，第 318 页。

"对一个对象的存在是淡漠的,而只把它的性质和快感及不快感结合起来"。① 然而,在妇女的日常生活的审美活动中,总是饱含着对于对象实在性的热衷和关怀。而且,对于对象的审美判断往往还与日常生活伦理紧密地结合在一起。在歌谣中凡是符合日常伦理习俗的事项往往就被认为是美的,而不符合日常伦理习俗的事项就往往被认为是不美的。对于少数民族妇女来说,日用伦常就是她们审美的边界和基础,她们实实在在地思考、行动并吟唱于其中,而极少有意地去试图超离它们。日用伦常不仅生产出云南少数民族妇女的实体性的生活,而且还不断地生产和再生产出她们所钟爱的实在生活内容,强化着她们感知世界的深度和丰富性。从这个角度来看,云南少数民族妇女的审美具有艺术起源时期那种目的与快感、美与善相结合的趣味特征。

再次,云南少数民族妇女自我吟唱的歌谣总体上呈现出一种素朴化、生活化的日常生活审美趣味。所谓素朴性指的是众多日常生活点点滴滴的生活细节,常常几乎不加修剪地进入到诗歌的表意实践中。日常生活的特点就是反复、频繁、平淡、细琐,而女性则在其中注入了自己的全部感情。通过歌谣再现出来的日常生活没有被精细化,或者说有意地文学化、修辞化,而是如静默、隽永的溪流一般被歌咏出来。因而,锅灶、瓢盆、烟火、水井这些意象拈手即来、随口入歌。而大量的加强语言的口语语气虚词的使用,更进一步使得这些歌谣增强了生活气息。可以说,妇女的日常生活表意实践在基本的审美倾向上,是与胡塞尔所提出的"向生活世界还原"的理念是暗自嵌合的。对于云南少数民族妇女而言,她们在日常生活以最直接、最切近的方式去与他者相遇、与现象相遇、与自我相遇。换言之,她们的意识、情感思想与日常的生活混融一片,没有间歇与分离,不断从日常的生活之中汲取文化的滋养。生活的此在就此完全地投入生活本身,而与日常生活的所有层面形成一种亲密无间的关系,形成一种素朴的、生活化的审美趣味。

综上,上述云南少数民族史诗歌谣中女性形象的认同建构所寄寓的民族审美文化表意传统,不但是云南少数民族文学的历史传统,也是云南少数民族历经种种社会历史文化变迁后,对沉淀下来的审美文化以及

---

① 〔德〕康德:《判断力批判》上卷,宗白华译,商务印书馆1964年版,第53页。

特定价值向度的选择担当，是少数民族立足于自身日常生活习俗所采取的一种美学策略。相较于精英化、静观化的审美文化表意方式与政治化、陌生化的西方女性主义文学表意方式，云南少数民族史诗歌谣中的审美文化意蕴及其表达选择，恰恰维护了自身的存在价值，表现和固守着文学艺术初始的本相，从而深刻地体现了文学艺术的人学本质，其实践结晶也必能为当代性别诗学研究相关问题的思考与应对提供重要借鉴。

结　语

云南丰富的少数民族史诗、古歌、叙事长诗和歌谣，描绘了大量鲜活而富有生命力的女性形象。她们面临着与其他大部分人类女性群体共同的问题，但也呈现出自身性别认同建构的特点。将女性主义的社会性别认同理论，引入到"云南少数民族史诗歌谣"① 中的女性形象研究中，除了可以呈现和还原云南少数民族女性生命存在的多样性和具体性，还有助益于厘清和反思一直困扰女性主义性别认同研究中的一些本质主义倾向，以及辩证地申明和维护女性形象研究应有的文学品格。

在解读"云南少数民族史诗歌谣"中女性形象的过程中，笔者发现任何单一视角的研究都将无法承载其中所蕴含的性别认同的丰富性。无论是从男权社会意识形态对女性形象的规制出发，还是从女性主体对男权社会意识形态的反抗出发，都将使得性别认同的研究陷入本质主义研究的桎梏。尤其是，将性别的表达完全置于反抗的理论模式，更会导致女性的性别认同沦为忽略"是"而片面颂扬"应该"的虚假命题。而在梳理国内外女性主义理论中涉及性别认同的意义谱系时，可以看出以往性别认同研究的局限性正在于——偏重性别认同现象的描述而忽视性别认同形成过程的动态呈现，偏重性别政治内涵的引申而忽视文学形象的审美解读。对此，笔者认为有必要将女性的性别认同纳入一个动态的审美关系结构中来论析，不再将性别认同当作现成之物，而是将其置入到动态的可见关系结构中，再现其形成和建构过程。也就是说，从"女性形象"出发来进行性别认同研究，这就不仅需要考察社会历史文

---

① 所谓"云南少数民族史诗歌谣"，均包括了云南少数民族的创世史诗、创世古歌、叙事长诗等长篇口传典籍和情歌、生活歌、劳动歌、儿歌等篇幅较短的歌谣。

化对于女性性别意识的影响，还需要观察女性性别意识对于社会历史文化的反作用，以及在更具象的文学表象中观察二者的互动和相互作用。而"云南少数民族史诗歌谣"恰好为这一分析提供了较好的结构性框架。

作为集体传唱典范——创世史诗、创世古歌、叙事诗中的女性形象谱系，是云南各少数民族传统文化积淀的产物，是各少数民族文化中关于女性性别想象的总体性人物图式。而情歌、生活歌、劳动歌、儿歌中那些以少数民族妇女为吟唱主体、以女性情感经验为主要内容的歌谣，则可以视为女性主体对于自身的感知和描述。通过对比典籍传唱表述与妇女自我吟唱表述中的女性形象，一方面概述特定社会文化中理想的女性形象形态；另一方面观察女性在何种程度上接受了或反叛了社会对于女性性别的想象。

史诗、古歌、叙事诗等口传典范中充满了奇异的想象和夸张，似乎不能将其作为男权社会意识形态的范本来看待，但其中女性人物形象所蕴含的说教和对于男女价值利益的差异化策略表述，又明明白白地说明了其中隐含的男性立场。就女性身体形象而言，从生命创世的价值意义，到破坏性的负面价值，再到官能满足价值，女性的身体意义不断降滑。就行为形态而言，女性面对情爱时的唯乐行为与面对德行时的恪守行为被奇妙地结合起来，典型女性人物的行为遵循着以男性立场为主导的原则。至于角色气质，则较易被嵌入到好与坏、善与恶的角色类型秩序中。与之相比，在云南少数民族妇女自我吟唱的歌谣中，女性展现出一定程度上的自我意识和主体性，她们在面对情爱时展示出巧辩理智的才能，在追求爱情上表现出纯洁真诚的品格，在离家远嫁时倾诉出内心的焦虑与抗议，在劳动过程中展示出自己高超的技能，以及在面对婆媳等关系时倾吐委屈不满……这些形象都在一定程度上表现了女性主体对于尊严、荣誉、地位的自我要求和自我认同，当然也表现出对于社会给定的家庭身份角色的认同和皈依。

基于此，对比上述典范传唱中的女性形象与妇女自我吟唱中的女性形象，可以清晰地看出，二者在性别角色认同方面较容易取得一致性，而在行为形态、身体形象方面则存在着较多交叉和差异。这种女性形象的叠合差异源于女性生命经验的多层面性，即女性的类本质属性、性别属性以及个体属性之间，既有不同又相互交合。对于女性自我认同而言，自我个体属性的获取是与类本质属性、性别属性的认同交融在一起的。在此意义上，所谓女性形象的性别认同，便并非只是一个建立在性属差异之上的自我意义的获取问题，而是在自然、男性乃至社会文化等多重语境中建构性别表象的问题。从根本上来说，性别认同就是一个多重关系互相作用的范畴。性别认同是在人与自然、女性与男性、自我与他者的关系中展开和不断建构的。在文学文本中，一个完整的、鲜明的"女性"形象，总是少不了个体之外的他者视角的参与，少不了与他者有关的人、事、物、观念、信仰等元素的进入才能最终完成。尤其在男权社会文化中，政治准则、社会规范、艺术形式、美德等等看似为人类的一般性范畴，实际上就其历史形态而言是男性化的。[①] 女性形象的认同，必然少不了社会历史中男性他者的参与表述。完全否定男性他者的参与表述，反而可能意味自我认同的消解。

因而，在女性的性别认同中，不可避免地总是包含着"自我的他性"。[②] 任何主体都必须借助外在于自身的时空和价值来反观自身。因此，"自我的他性"指的是被主体内在化了的外在时空和价值，即被主体接受和内在化了的传统文化和集体意识。这些集体意识包括特定文化的思维形态和模式，对事物的审美欣赏趣味，具有独特文化表述的分类方式，以及组成这种文化表述的符号、象征、隐喻、素材等等。这些元素深深渗透在女性形象的性别认同建构中。在以男权为主导的社会中，假若女性的自我认同总是以一种独白的反抗方式与男权制对抗，那么更可能被男性意识形态实现最大程度的驯化。因此，女性自我主体性的建构，其前提条件就是必须辩证地接纳"自我的他性"，获得社会的广泛认同。在性别认同关系结构中，只有进入到不但认同自我性，也认同自我身上的他性的时候，才能进入一种交互认同的互惠状态，即在认识上接受他者的独立性，在情感上则共同关怀和相互信赖。就像伊利格瑞所言："我远非想拥有你，在对你的关系中，我保持这个'对'字以确保

---

① 参见［德］西美尔《金钱、性别、现代生活风格》，顾仁明译，学林出版社 2000 年版，第 172 页。

② ［美］流心：《自我的他性》，常姝译，上海人民出版社 2005 年版，第 2 页。

我们之间的间接性，——是'我对你有爱'，而不是'我爱你'。这个'对'包含着我们之间的超验性，意味着强制的、必要的尊重，以及一种可能的联姻"。① 简言之，就是正视并把握他者身上的自我存在，以及自我身上的他者存在。与其说这是一种主体间性的状态，不如说是悬置在两性经验之间的公共交往弧线。

　　进一步来看，在云南少数民族史诗歌谣中，典范传唱对女性形象的认同建构的重要性在于提供了女性形象性别认同建构的审美参照系，任何当下的女性形象认同都不可避免地需要借助这面审美意识形态之镜。任何自我欣赏、自我评价实质上都脱离不开外在于主体的意识形态的审美视角和经验。女性形象的认同过程需要借助于那个所有参与者共享的价值视点和审美传统，当然同时也依赖于具体情境中主体性的积极参与。

　　从这个基点出发，再来看审美活动中女性形象的性别认同建构，那便是一个审美判断与审美再现相统一的过程。西方传统的女性性别认同研究的不足之处，就在于将女性形象的性别认同视为某种审美活动之外的东西，而忽视了性别审美表象的对于性别价值观念的强大的重塑能力。即在进行女性性别认同的研究过程中，注重将性别从审美表象中抽离出来作性别政治的分析解读，而不注重在性别政治建构中运用审美表象那种感触人心从而影响现实的力量。在此意义上，笔者提出女性的主体自由性的实现过程，应该是一个寓"性别认同"于"审美认同"之中的过程。审美认同给予性别认同所增加的成分是，使得语义领域意义的潜在疆界变得明晰无误，由此凸显了感性自足中的疆界的特征。在性别的审美认同状态中，性别的审美表象不仅能将性别的价值判断与虚构的幻想联结起来，使女性主体在经验观感中实现跨界交融和互动交流；同时，"她"还能以可塑的方式重新组合语言形式、政治准则、社会规范、艺术形式、美德等的各种层次，实现性别主体性的重新塑造。

　　对于建设当代性别诗学来说，云南民族史诗歌谣中女性形象认同建构的启示，不但在于展示了女性主体性生成所置身的结构性框架，而且

　　① 　[法] 吕西·伊利加雷：《二人行》，朱晓洁译，生活·读书·新知三联书店2003年版，第29—30页。

在于呈现了女性性别话语描述所依赖的民族审美文化的各种元叙述。云南少数民族史诗歌谣中女性形象的他者认同与自我认同的交互构建表明，在女性自我认同中从来都存在着他者认同。经过口传改造而形成的史诗、叙事长诗与妇女吟唱歌谣之间，在此意义上也互为他者，从而形成了女性形象认同建构的特定民族审美文化场域。云南各少数民族特有的文化机制和审美特性是女性形象认同不断生成和重构的基础性文化资源。首先，"女性与自然之间亲缘同构"的审美意识深深渗透在其女性身体形象的元叙述之中。女性往往成为自然与超自然之间的联结者和阐释者。云南少数民族的诸多史诗、古歌和歌谣是在宗教场合被唱述的。当女性形象在歌唱中被激活时，文学活动所兼具的超越性宗教体验，可以使人们深层感受到自然的精神与女性之间的亲密性。与西方生态女性主义相比，女性与自然的关系体现出一种未经分离的同一性。其次，"两性耦合共生"的审美取向凝结在云南少数民族性别源起的初始表达、性属的文学表述，以及性别二元的功能表述中。这与西方女性主义所提出"男女平等"并非同一个理论起点。后者是在男女性别二元对立的基础上寻求和谐和统一，而前者本身就是一种互补互证的整体结构，既不强调分离也不刻意弥合。最后，云南少数民族妇女的自我吟唱歌谣的表意对象、方式与特征，表现出一种"不离日用伦常"的审美趣味。在这些妇女即兴创作的歌谣中，铭刻着与女性息息相关的身体惯习、感性经验和精神趣味，展现了云南少数民族乡村生活的种种具体场景，体现出一种不高于生活而始终浸润于生活之中的生存态度。

平等、和谐的性别诗学建构是全世界女性主义研究的最终目标，也是云南少数民族女性文学发展和努力的方向。云南少数民族的女性形象不仅具有与其他文化相同或相似的共性特征；更重要的在于，正如我们在研究过程中所展现的那些鲜活、灵动而又极富个性特质的众多个案那样，云南多民族共存交融的民族文化，深刻地赋予了女性形象共性与差异并存的多样性特点。女性形象因而并非是过去历史中的、作为边缘他者的历史断面，而是传统文化积累与演化过程中，至今仍然活跃地参与建构着日常生活审美的活生生的整体性存在，她们将为我们反思和推动性别诗学的研究提供绵延不绝的深刻启迪。

参考文献

作品集

[1] 何积全编：《彝族叙事诗》，贵州人民出版社 1997 年版。

[2] 黄建明等翻译：《普帕米》，云南民族出版社 1988 年版。

[3] 龙江莉编著：《云南苗族口传非物质文化遗产提要》，云南民族出版社 2006 年版。

[4] 罗希吾戈：《阿赫希尼摩》，普学旺译注，云南民族出版社 1990 年版。

[5] 王松主编：《相勐：三部傣族叙事长诗：傣文》，云南民族出版社 2007 年版。

[6] 岩温等编：《十二头魔王》（兰嘎西贺），中国民间文艺出版社 1990 年版。

[7] 普学旺主编、云南省少数民族古籍整理出版规划办公室编：《云南民族口传非物质文化遗产总目提要·史诗歌谣卷》上、下卷，云南教育出版社 2008 年版。

[8] 大理白族自治州文化局编：《白族民间歌谣集成》，云南民族出版社 1997 年版。

[9] 《侗族远祖歌——嘎茫莽道时嘉》，杨保愿采录翻译、过伟序，中国民间文艺出版社 1986 年版。

[10] 文山壮族苗族自治州苗学发展研究会编：《文山苗族民间文学集·诗歌卷》，云南民族出版社 2006 年版。

[11] 文山州文化局/文山州民族事务委员会编：《苗族民间故事》，云南人民出版社 1988 年版。

［12］云南省少数民族古籍整理出版规划办公室编：《哈尼阿培聪坡坡》，朱小和演唱，史军超等译，云南民族出版社 1986 年版。

［13］云南省民间文学集成编辑办公室编：《云南彝族歌谣集成》，云南民族出版社 1986 年版。

［14］云南省少数民族古籍整理出版规划办公室编：《查诗拉书》，普学旺等译注，云南民族出版社 1987 年版。

［15］云南省人民文工团圭山工作组搜集整理、中国作家协会昆明分会重新整理：《阿诗玛》，人民文学出版社 2000 年版。

［16］中国民间文艺研究会主编、云南省民族民间文学红河调查队搜集翻译整理：《阿细的先基》，人民文学出版社 1960 年版。

［17］《中国苗族文学丛书》编辑委员会编：《中国苗族文学丛书——西部民间文学作品选》，贵州民族出版社 1998 年版。

［18］中国民间文学集成全国编辑委员会/中国歌谣集成云南卷编辑委员会：《中国歌谣集成·云南卷》（上、下），中国 ISBN 中心出版社 2003 年版。

专著

［19］陈映芳：《在角色与非角色之间—中国的青年文化》，江苏人民出版社 2002 年版。

［20］丁乃通：《中国民间故事类型索引》，中国民间文艺出版社 1986 年版。

［21］杜玉亭：《基诺族文学简史》，云南民族出版社 1996 年版。

［23］杜芳琴：《中国社会性别的历史文化寻踪》，天津社会科学出版社 1998 年版。

［24］方素梅主编：《中国少数民族禁忌大观》，广西民族出版社 1996 年版。

［25］冯友兰：《中国哲学简史》，北京大学出版社 1996 年版。

［26］户晓辉：《返回爱与自由的生活世界——纯粹民间文学关键词的哲学阐释》，江苏人民出版社 2010 年版。

［27］耿占坤：《爱与歌唱之谜：西部少数民族传统情歌探秘》，广西师范大学出版社 2003 年版。

［28］古文凤：《云南民族女性文化丛书·苗族/民族文化的织手》，云南教育出版社 1995 年版。

［29］郭思九、尚仲豪：《佤族文学简史》，云南民族出版社 1999 年版。

［30］过伟：《中国女神》，广西教育出版社 2000 年版。

［31］黄华：《权力，身体与自我——福柯与女性主义文学批评》，北京大学出版社 2005 年版。

［32］何言宏：《中国书写—当代知识分子写作与现代性问题》，中央编译出版社 2002 年版。

［33］黄应贵：《返景入深林——人类学的观照、理论与实践》，商务印书馆 2010 年版。

［34］雷波、刘辉豪：《拉祜族文学简史》，云南民族出版社 1995 年版。

［35］梁乙真：《中国妇女文学史纲》，开明书店 1932 年版。

［36］李银河：《女性主义》，山东人民出版社 2005 年版。

［37］梁庭望：《壮族风俗志》，中央民族学院出版社 1987 年版。

［38］林树明：《女性主义文学批评在中国》，贵州人民出版社 1995 年版。

［39］林树明：《多维视野中的女性主义文学批评》，中国社会科学出版社 2004 年版。

［40］刘守尧：《口头文学与民间文化》，中国文联出版公司 1989 年版。

［41］刘守华：《中国民间故事史》，湖北教育出版社 1999 年版。

［42］刘慧英：《走出男权传统的樊篱：文学中男权意识的批判》，生活·读书·新知三联书店 1996 年版。

［43］刘尧汉：《中国文明源头新探——道家与彝族虎宇宙观》，云南人民出版社 1985 年版。

［44］刘小幸：《母体崇拜——彝族祖灵葫芦溯源》，云南人民出版社 1990 年版。

［45］陆次云：《峒谿纤志》，载骆小所主编：《西南民俗文献》第四卷，影印本，兰州大学出版社 2003 年版。

［46］罗志发：《壮族的性别平等》，黑龙江人民出版社 2007 年版。

［47］马藜：《视觉文化下的女性身体叙事》，四川大学出版社 2009 年版。

［48］孟悦、戴锦华：《浮出历史地表——现代妇女文学研究》，中国人民大学出版社 2004 年版。

［49］木仕华：《东巴教与纳西文化》，中央民族大学出版社 2002 年版。

［50］曲春景、耿占春：《叙事与价值》，学林出版社 2005 年版。

［51］史军超：《哈尼族文学史》，云南民族出版社 1998 年版。

［52］盛宁：《二十世纪美国文论》，北京大学出版社 1994 年版。

［53］谭桂林：《宗教与妇女》，作家出版社 1995 年版。

［54］谭琳、陈卫民：《女性与家庭：社会性别视角的分析》，天津人民出版社 2001 年版。

［55］田光远：《科学与人的问题——论约翰·杜威的科学观及其意义》，复旦大学出版社 2006 年版。

［56］田兵等：《布依族文学史》，广西民族出版社 1983 年版。

［57］万建中：《解读禁忌：中国神话、传说和故事中的禁忌主题》，商务印书馆 2001 年版。

［58］王卫东：《现代艺术哲学引论》，中国文联出版社 2001 年版。

［59］王岳川：《二十世纪西方哲性诗学》，北京大学出版社 1999 年版。

［60］王逢振等编译：《性别政治》，天津社会科学院出版社 2001 年版。

［61］文洁华：《美学与性别冲突：女性主义审美革命的中国境遇》，北京大学出版社 2005 年版。

［62］谢无量：《中国妇女文学史》，中州古籍出版社 1992 年影印本。

［63］邢莉：《中国女性民俗文化》，中国档案出版社 1995 年版。

［64］徐霄鹰：《歌唱与敬神——村镇视野中的客家妇女生活》，广西师范大学出版社 2006 年版。

［65］杨照辉：《普米族文学史》，云南民族出版社 1996 年版。

［66］杨知勇等：《云南少数民族婚俗志》，云南民族出版社 1983 年版。

［67］杨知勇等主编：《云南少数民族生活志》，云南民族出版社 1992 年版。

［68］叶舒宪：《高唐神女与维纳斯：中西文化中的爱与美主题》，中国社会科学出版社 1997 年版。

［69］叶大兵、乌丙安主编：《中国风俗辞典》，上海辞书出版社 1990 年版。

［70］张文勋等：《民族文化学》，中国社会科学出版社 1998 年版。

［71］张文勋主编：《滇文化与民族审美》，云南大学出版社 1992 年版。

［72］张胜冰等：《走进民族神秘的世界：中国西南少数民族艺术哲学探究》，民族出版社 2004 年版。

［73］张岩冰：《女权主义文论》，山东教育出版社 1998 年版。

［74］张京媛主编：《当代女性主义文学批评》，北京大学出版社 1992 年版。

［75］朱狄：《信仰时代的文明——中西文化的趋同与差异》，武汉大学出版社 2008 年版。

［76］郑振铎：《中国俗文学史》，作家出版社 1954 年版。

［77］左玉堂主编：《彝族文学史》，云南民族出版社 2006 年版。

［78］段汝霖纂修：《永绥厅志》（缩微制品），全国图书馆文献缩微复制中心 2003 年版。

［79］中国社会科学院近代史研究所：《五四运动文选》，生活·读书·新知三联书店 1979 年版。

［80］Diana Fuss, *Essentially Speaking*：*Feminism, Nature and Difference*, New York：Routledge, 1989.

［81］Paula M. L. Moya and Michael R. Hames-Garcia, eds., *Reclaiming Identity*：*Realist Theory and the Predicament of Postmodernism*, Berkeley：University of California Press, 2000.

［82］James A. H. Murray, Henry Bradley, W. A. Craigie and C. T. Onions, eds., *The Oxford English Dictionary*, *Vol. VII*, Oxford：Clarendon Press，1989.

［83］Elaine Showalter, *A Literature of Their own*, Princeton, NJ：Princeton University Press，1977.

［84］Ludwig Wittgenstein, *Philosophical Investigations*, New York：The Macmillan Company press，1964.

译著

［85］［美］埃里克·H.埃里克森：《同一性：青少年与危机》，孙名之译，浙江教育出版社1998年版。

［86］［美］艾梅兰：《竞争的话语——明清小说中的正统性、本真性及所生成之意义》，罗琳译，江苏人民出版社2005年版。

［87］［加］巴巴拉·阿内尔：《政治学与女性主义》，郭夏娟译，东方出版社2005年版。

［88］［美］白馥兰：《技术与性别：晚期帝制中国的权力经纬》，江湄等译，江苏人民出版社2006年版。

［89］［法］罗兰·巴特：《恋人絮语——一个解构主义的文本》，汪耀进、武佩荣译，上海人民出版社2004年版。

［90］［美］朱迪斯·巴特勒等：《偶然性、霸权和普遍性——关于左派的当代对话》，胡大平等译，江苏人民出版社2003年版。

［91］［美］露丝·本尼迪克：《文化模式》，何锡章、黄欢译，华夏出版社1987年版。

［92］［英］齐格蒙特·鲍曼：《作为实践的文化》，郑莉译，北京大学出版社2009年版。

［93］［英］玛尔考姆·波微：《拉康》，牛宏宝、陈喜贵译，昆仑出版社1999年版。

［94］［美］贝蒂·弗里丹：《女性的奥秘》，程锡麟等译，北方文艺出版社1999年版。

［95］［德］康德：《判断力批判》上卷，宗白华译，商务印书馆1964年版。

［96］［法］皮埃尔·布迪尔：《实践感》，蒋梓骅译，译林出版社2003年版。

［97］［德］西蒙·德·波伏娃：《第二性》，桑竹影译，湖南文艺出版社 1986 年版。

［98］［法］E. 杜尔干：《宗教生活的初级形式》，林宗锦、彭守义译，中央民族大学出版社 1999 年版。

［99］［法］爱弥儿·涂尔干、马塞尔·莫斯：《原始分类》，汲喆译，上海人民出版社 2005 年版。

［100］［法］伊·巴丹特尔：《男女论》，陈伏保等译，湖南文艺出版社 1988 年。

［101］［美］约瑟芬·多诺万：《女权主义的知识分子传统》，赵育春译，江苏人民出版社版 2003 年版。

［102］［德］恩格斯：《家庭、私有制和国家的起源》，见《马克思恩格斯选集》第四卷，人民出版社 1995 年版。

［103］［法］阿诺尔德·范热内普：《过渡礼仪》，张举文译，商务印书馆 2010 年版。

［104］［德］费迪南·费尔曼：《生命哲学》，李健鸣译，华夏出版社 2000 年版。

［105］［奥］西格蒙德·弗洛伊德：《弗洛伊德后期著作选》，林尘等译，上海译文出版社 1986 年版。

［106］［美］约翰·迈尔斯·弗里：《口头诗学：帕里——洛德理论》，朝戈金译，社会科学文献出版社 2000 年版。

［107］［加］弗莱：《批评的解剖》，陈慧等译，百花文艺出版社 2006 年版。

［108］［法］珍妮薇·傅蕾丝：《两性的冲突》，邓丽丹译，天津人民出版社 2003 年版。

［109］［法］米歇尔·福柯：《知识考古学》，谢强、马月译，生活·读书·新知三联书店 2007 年版。

［110］［法］米歇尔·福柯：《性史》，张延琛等译，上海科学技术文献出版社 1989 年版。

［111］［法］米歇尔·福柯：《必须保卫社会》，钱翰译，上海人民出版社 1999 年版。

［112］［美］贝尔·胡克斯：《女权主义理论：从边缘到中心》，晓

征、平林译，江苏人民出版社 2001 年版。

[113]［德］格罗塞：《艺术的起源》，蔡慕晖译，商务印书馆 1984 年版。

[114]［法］葛兰言：《古代中国的节庆与歌谣》，赵丙祥译，广西师范大学出版社 2005 年版。

[115]［澳］杰梅茵·格里尔：《女太监》，欧阳昱译，漓江出版社 1991 年版。

[116]［美］苏珊·格里芬：《女人与自然：她内在的呼号》，毛喻厚译，重庆出版社 2007 年版。

[117]［英］安东尼·吉登斯：《亲密关系的变革：现代社会中的性、爱和爱欲》，陈永国、汪民安等译，社会科学文献出版社 2001 年版。

[118]［德］黑格尔：《美学》第二卷，朱光潜译，商务印书馆 1979 年版。

[119]［德］恩斯特·卡西尔：《人论》，甘阳译，上海译文出版社 1985 年版。

[120]［美］保罗·康纳顿：《社会如何记忆》，纳日碧力戈译，上海人民出版社 2000 年版。

[121]［英］科林伍德：《艺术原理》，王至元、陈华中译，中国社会科学出版社 1985 年版。

[122]［法］拉康：《拉康选集》，褚孝泉译，上海三联书店 2001 年版。

[123]［英］拉波特、奥弗林：《社会文化人类学的关键概念》，鲍雯妍、张亚辉等译，华夏出版社 2005 年版。

[124]［英］伊利莎白·赖特：《拉康与后女性主义》，王文华译，北京大学出版社 2005 年版。

[125]［德］汉斯·罗伯特·耀斯：《审美经验与文学解释学》，顾建光等译，上海译文出版社 1997 年版。

[126]［法］让·弗朗索瓦·利奥塔：《后现代性与公正游戏》，谈源洲译，上海人民出版社 1997 年版。

[127]［美］流心：《自我的他性》，常姝译，上海人民出版社 2005

年版。

［128］［美］伊罗生：《群氓之族：群体认同与政治变迁》，邓伯宸译，广西师范大学出版社 2008 年版。

［129］［德］马克思：《1844 年经济学哲学手稿》，中共中央马克思恩格斯列宁斯大林著作编译局译，人民出版社 2000 年版。

［130］《马克思恩格斯全集》第 42 卷，人民出版社 1979 年版。

［131］［德］马克思、恩格斯：《马克思恩格斯论文学与艺术》上卷，陆梅林辑注，人民文学出版社 1982 年版。

［132］［美］赫伯特·马尔库塞：《爱欲与文明》，黄勇、薛民译，上海译文出版社 1987 年版。

［133］［英］马林诺夫斯基：《野蛮人的性生活》，高鹏编译、金爽绘，团结出版社 2004 年版。

［134］［美］曼素恩：《缀珍录：十八世纪及其前后的中国妇女》，定宜庄等译，江苏人民出版社 2005 年版。

［135］［美］卡洛琳·麦茜特：《自然之死——妇女、生态与科学革命》，吴国盛等译，吉林人民出版社 1999 年版。

［136］［美］玛格丽特·米德：《三个原始部落的性别与气质》，宋践等译，浙江人民出版社 1988 年版。

［137］［美］摩尔根：《古代社会》，杨东莼等译，中央编译出版社 2007 年版。

［138］［德］诺伊曼：《大母神：原型分析》，李以洪译，东方出版社 1998 年版。

［139］［美］马歇尔·萨林斯：《文化与实践理性》，赵丙祥译，上海人民出版社 2002 年版。

［140］［德］格奥尔格·西美尔：《哲学的主要问题》，钱敏汝译，上海译文出版社 2006 年版。

［141］［德］西美尔：《金钱、性别、现代生活风格》，顾仁明译，学林出版社 2000 年版。

［142］［法］吕西·伊利加雷：《二人行》，朱晓洁译，生活·读书·新知三联书店 2003 年版。

［143］［美］苏珊·王·斯考伦等：《跨文化交际：话语分析法》，

施家炜译，社会科学文献出版社 2001 年版。

　　[144]［加拿大］泰勒：《自我的根源——现代认同的形成》，韩震等译，译林出版社 2001 年版。

　　[145]［英］维克多·特纳：《仪式过程——结构与反结构》，黄剑波、柳博赟译，中国人民大学出版社 2006 年版。

　　[146]［美］布莱恩·特纳：《身体与社会》，马海良等译，春风文艺出版社 2000 年版。

　　[147]［苏］C. A. 托卡列夫等主编：《澳大利亚和大洋洲各族人民》，李毅夫等译，上海三联书店 1980 年版。

　　[148]［德］温德尔：《女性主义神学景观：那片流淌着奶和蜜的土地》，刁文俊译，生活·读书·新知三联书店 1995 年版。

　　[149]［美］梅里·E. 威斯纳—汉克斯：《历史中的性别》，何开松译，东方出版社 2003 年版。

　　[150]［德］沃尔夫冈·伊瑟尔：《虚构与想像：文学人类学疆界》，陈定家、汪正龙等译，吉林人民出版社 2003 年版。

　　[151]［美］詹明信：《晚期资本主义的文化逻辑》，陈清侨等译，生活·读书·新知三联书店 1997 年版。

　　[152]［美］詹尼特·A. 克莱妮编著：《女权主义哲学：问题、理论和运用》，李燕译，东方出版社 2006 年版。

论文

　　[153] 陈志红：《走向广阔的人生——对新时期"女性文学"的在思考》，见《文艺理论家》1987 年第 2 期。

　　[154] 陈庆德、潘春梅：《箐口哈尼族村寨中的妇女角色》，见《思想战线》2008 年第 4 期。

　　[155] 程蔷：《婚前教育与哭嫁风俗》，见《民间文化》2000 年第 Z1 期。

　　[156] 程文超：《新时期女作家创作的情感历程与时代意识》，见《批评家》1987 年第 4 期。

　　[157] 戴雪红：《他者与主体：女性主义的视角》，见《哲学研究》2007 年第 6 期。

［158］范秀娟：《民间歌唱与乡土秩序——壮族传世情歌〈嘹歌〉研究》，见《民间文学研究》2011 年第 1 期。

［159］黄爱华：《米德自我论的来龙去脉及其要义综析》，见《社会学研究》1989 年第 1 期。

［160］蒋欣欣：《西方女性主义理论中的“身份/认同”》，见《文艺理论与批评》2006 年第 1 期。

［161］金少萍：《云南少数民族女性与传统纺织文化》，见《云南民族学院学报》2000 年第 6 期。

［162］李静：《性别角色刻板印象与女性发展的民族学研究》，见《贵州民族研究》2004 年第 2 期。

［163］刘思谦：《关于女性文学》，见《文学评论》1993 年第 2 期。

［164］刘长荣：《齐泽克的意识形态认同理论与主体的自由可能性》，见《世界哲学》2011 年第 6 期。

［165］刘钊：《女性意识与女性文学批评》，见《妇女研究论丛》2004 年第 6 期。

［166］刘红：《云南民族民间文学“夫妇”叙事的女性倾向》，见《云南民族大学学报》2011 年第 3 期。

［167］刘孝瑜：《哭嫁习俗的成年礼意义》，见《中南民族学院学报》1986 年第 5 期。

［168］马威等：《情绪人类学视野下的土家族“哭嫁”习俗研究》，见《中南民族大学学报》2010 年第 1 期。

［169］孟慧英：《史诗与认同表述》，见《民族文学研究》2001 年第 2 期。

［170］苗启明、刘向民：《性、爱、婚的三元统合：“人的生产”前提的人类学考察——从〈基诺族传统爱情文化〉说起》，见《思想战线》2009 年第 4 期。

［171］彭谊：《隐藏在民间哭嫁与哭嫁歌中的女性意识》，见《广西师范学院学报》2006 年第 4 期。

［172］乔以钢：《论女性文学的学科建设》，见《南开学报》2003 年第 2 期。

［173］沈海梅：《族群认同：男性客位化与女性主体化——关于当代中国族群认同的社会性别思考》，见《民族研究》2004 年第 5 期。

［174］沈有珠：《〈诗经〉情歌与苗族情歌的婚恋文化再探》，见《船山学刊》2008 年第 2 期。

［175］王卫东、曾静：《关于"女性文学"命题的反思》，见《南开学报》2010 年第 4 期。

［176］万建中：《"哭嫁"习俗溯源》，见《民俗研究》1991 年第 1 期。

［177］吴黛英：《新时期的"女性文学"漫谈》，见《当代文艺思潮》1983 年第 4 期；

［178］吴承学：《"诗能穷人"与"诗能达人"——中国古代对于诗人的集体认同》，见《中国社会科学》2010 年第 4 期。

［179］武新军：《近年来女性文学研究思路批判》，见《学术月刊》2006 年第 7 期。

［180］朱虹：《美国当前的"妇女文学"——〈美国女作家作品选〉序》，见《世界文学》1981 年第 4 期。

［181］杨福泉：《政治制度变迁与纳西族的殉情》，见《中南民族大学学报》2005 年第 5 期。

［182］杨堃：《女娲考》，见《民间文学论坛》1986 年第 6 期。

［183］杨国才：《少数民族女性知识的缘起和发展——以传统手工艺服饰为例》，见《云南民族大学学报》2010 年第 2 期。

［184］周宪：《文学与认同》，见《文学评论》2006 年第 6 期。

［185］刘锋著：《巫蛊与婚姻》，云南大学 2005 年博士论文。

［186］王小燕：《中古诗歌中的女性形象研究》，复旦大学 2011 年博士学位论文。

［187］刘经庵：《歌谣与妇女》，见苑利主编：《二十世纪中国民俗学经典·史诗歌谣卷》，社会科学文献出版社 2002 年版。

［188］巴莫曲布嫫：《彝族祝咒经诗〈紫孜妮楂〉的巫化叙事风格》，见中国社会科学院少数民族文学研究所编：《民族文学论丛》，内蒙古大学出版社 2000 年版。

［189］方铁、万永林：《我国西南古代居民的婚姻生育风俗》，见

方铁主编：《传统文化与生育健康》，中国社会科学出版社1997年版。

［190］赵捷：《性别角色透视：母爱的歌与泣——云南多民族社会中的生育文化与妇女的生育意识和行为》，见方铁主编：《传统文化与生育健康》，中国社会科学出版社1997年版。

［191］肖远平：《生命底蕴的拓展——"鱼姑娘"型故事初探》，见刘守华、黄永林主编：《民间叙事文学研究》，华中师范大学出版社2005年版。

［192］公刘：《〈阿诗玛〉的整理工作》，见赵德光主编《阿诗玛研究论文集》，云南民族出版社2002年版。

［193］［美］钱德拉·塔尔帕德·莫汉蒂：《在西方的注视下：女性主义与殖民话语》，见罗钢、刘象愚主编：《后殖民主义文化理论》，中国社会科学出版社1999年。

［194］［英］斯图亚特·霍尔：《文化身份与族裔散居》，见罗钢、刘象愚主编《文化研究读本》，中国社会科学出版社2000年版。

［195］［丹麦］斯文德·埃里克·拉森：《文化对话：形象间的相互影响》，见乐黛云、张辉主编：《文化传递与文学形象》，北京大学出版社1999年版。

［196］［罗马尼亚］保罗·柯奈阿：《相对主义的挑战和理解"他者"》，见乐黛云、张辉主编：《文化传递与文学形象》，北京大学出版社1999年版。

［197］［美］路易莎·沙因：《中国的社会性别与内部东方主义》，见马元曦主编：《社会性别与发展译文集》，生活·读书·新知三联书店2007年版。

［198］［美］芭芭拉·史密斯：《黑人女性主义评论的萌芽》，见张京媛主编：《当代女性主义文学批评》，北京大学出版社1992年。

［199］［法］埃莱娜·西苏：《美杜莎的笑声》，见张京媛主编：《当代女性主义文学批评》，北京大学出版社1992年版。

［200］［美］凯瑟琳·凯勒：《走向后父权制的后现代精神》，王成兵译，见［美］大卫·雷·格里芬编：《后现代精神》，中央编译出版社1998年版。

［201］［德］耶尔恩·吕森：《危机、创伤与认同》，见陈新译、

陈新主编:《当代西方历史哲学读本（1967—2002）》，复旦大学出版社
2004 年版。

[202] Julia Kristeva，Woman Can Never Be Defined，in E. Marks and
I . Courtivron eds . ，*New French Feminisms* ，New York：Schocken Books，
1981.

后 记

在写作的时候，由于所选取对象的非传统性，致使有些人可能认为我是在进行民族学的分析。我为自己无力避免这些而感到忧心忡忡：我安慰自己说，这种可能性在研究中的出现，乃是因为我的研究应该从学科的多样性和多种形式中汲取养分并从中超脱出来，采取了一种交叉学科的方法；当然，如果没有出现这些困难以及别人提出的疑义，我绝不可能如此清楚地看到这个研究所涉及的多重相关性。这也证明，我之所想与所写，并不是某种安于知识总体性的一成不变的结构，而是某种开放的、充满亲身体验的、不断询问乃至冲突的磁场。

如果说，写作是一个人可以通过它来摆脱自我面孔的方式的话，我非常彷徨和苦于对这种方式的掌握，每当我在写作中迷失时，自己会觉得自己是多么的面目可憎；而每当我在迷失中重获一丝曙光时，我又是那么的欣喜若狂。在追赶之中写作，令人身心俱疲。况且，这样非传统性的写作又是那么地苦于求取认同。要保有对自己研究对象的热情，是多么不易之事。然而，让我稍微宽慰的是，在这精神极度困苦之中我终于坚持下来。不论我满意与否，人们认同与否，这都已成为与我息息相关的东西。于我而言，批评将成为未来研究的起点，我会努力。

回顾从学之路，最大的幸运，莫过于从学于我的导师卫东先生门下。我永远铭记于心的是：初次以文相见时，先生不提名的课堂点评给予我的鼓励；在学期间，先生以多次写作任务给予我的锻炼；在工作困顿之际，先生以破釜沉舟之言使我重拾返校读书的勇气；在生活之中，先生以微言大义的方式所给予我的深切开导。应该说，多年来所承仰的先生恩泽，我终生不能忘怀。这些点点滴滴已凝练成学生今后立业为人的基准和原则。

　　值得庆幸的还有，目前云南大学人文学院中文系，汇聚了文艺学领域的多位专家。我们的专业课，便是由张国庆、谭君强等诸位先生以专题的形式一人一讲来完成的，这使我们得以直接感受和领悟到各位先生在专业领域内的精辟见解。先生们授课风格各异，或前沿新派、或古道庄重、或独辟蹊径、或理性思辨，术有专攻、各有千秋。千言万语，化为一句：对于诸位先生，吾辈当终身执弟子礼。而与同学诸君在课堂上各抒己见、互相"攻讦"的时光，回想起来，令人莞尔，也令人十分怀念。

　　在人与人的关系中，我推崇和欣赏"人生若只如初见"的美好，但也往往拘泥于此，而未敢与人过于亲近。平日之际，不免心生遗憾。只待日后，对师长更加关心，对学友更加重视，对亲人更加珍惜。随着时间的流逝，身边重要的人越来越少，但留在身边的人越来越重要。

　　我与丈夫郑宇，相识于无忧的学生时代，执手于艰难困苦之际。九年来，同甘共苦，不离不弃。他的存在，使我真切感受到所谓"岁月静好、年华无伤"的隽永与美好。而我的母亲，如今已白发苍苍，尽管父亲早逝，但她始终竭尽全力，扶持我至今。感愧之余，唯有恭亲孝顺以报。

　　同时，这本书的出版，还得到了云南艺术学院院长吴卫民教授和戏剧学院诸位领导的大力支持，在此，深表感谢！

　　学术之路，道阻且长。假若能时常与心中的真知隔岸照面，也不枉溯游从之的执着和艰辛。要真真正正学有所长，还需吾辈踏踏实实的继续努力。尽管对于本书我已然尽力，但不如意之处仍然存在。诚请师长学友雅正，有待来日修改。

　　谨记！

曾　静

2014 年 5 月于朝花小筑